même pas peur même pas mal

Pour ma mère.

Certains passages de ce livre sont susceptibles de heurter les plus sensibles.

Slalom, un département d'Édi8
92 avenue de France, 75013 Paris
www.slalom-editions.fr
Correction : Krysia Roginski
Couverture : Nicolas Caminade
Loi n° 49-956 du 16 juillet 1949 sur les publications destinées à la jeunesse, modifiée par la loi n° 2011-525 du 17 mai 2011.
ISBN : 978-2-37554-352-8
4ème impression. Achevé d'imprimer en France en août 2023
par l'Imprimerie Maury S.A.S. à Millau (12)
Dépôt légal : août 2022 – N° d'imp. : G23/73627M

AURÉLIE MASSÉ

même pas peur même pas mal

Slalom

Je marche sur le rebord du monde.

Mes pieds foulent la pierre rendue ardoise par le crépuscule. Quelques touffes de fleurs sauvages s'élancent entre les rochers. Ça sent les coquillages et les galets. Je me rapproche et me penche vers la mer. Infatigable, elle se jette contre les falaises et les couvre d'une étoffe de satin. Elle a le velouté d'un visage de geisha ; on dirait qu'elle est faite de peau de lait. Loin derrière le phare, la côte se fond dans la brume et les nuages s'effilochent comme des oripeaux.

Me voici enfin.

Onze années qu'elle m'attendait, la pointe du Raz, mais les choses ont fait que.

J'avais 18 ans ; j'en ai 29 à présent. Et si j'ai réussi à surmonter les épreuves qui ont jalonné ma vie jusqu'à présent, c'est grâce à des détails.

La vie palpite dans les détails.

Dans ces objets, que j'ai conservés au fond d'une boîte à chaussures, et qui ont le pouvoir de réveiller ma jeunesse. À l'image d'un livre animé qui se déploie lorsqu'on l'ouvre.

Un stylo-pompon rose.

Une grille de mots mêlés tellement manipulée qu'elle se déchire le long des plis.

Une vieille carte routière barbouillée de lettres russes.

Un morceau de papier sur lequel on a griffonné : « j'ai pris 30 €, désolé ».

Deux T-shirts chiffonnés qui peinent à préserver l'odeur de leurs propriétaires.

Et des galets ornés de feutre noir.

J'avais 18 ans et je m'étais enfuie de chez moi.

Si j'avais su.

PARTIE I

LA FUGUE

OCTOBRE 2006

1

Un garçon douché par l'orage, debout sur le trottoir.

Voilà ce que j'ai aperçu à travers la fenêtre de mon hôtel, ce soir-là. Le ciel se dilatait, écartelé par une masse de nuages bouffie. Le tonnerre a roulé sur les bâtiments en crépitements forcenés. Un éclair a zébré le paysage et allumé le visage pâle de ce garçon, offert à la pluie déchaînée. Dans sa main gauche, un objet étincelait.

— Mais qu'il est con, me suis-je dit en ouvrant la vitre. Mais qu'il est con, mais qu'il est con.

Une rafale s'est enfoncée dans ma bouche lorsque je me suis penchée au-dehors. J'ai gueulé mais l'averse couvrait ma voix à l'image d'une grande cape.

— HÉ, ai-je repris en agitant les bras.

Le garçon m'a enfin aperçue mais n'a pas esquissé un seul geste.

— TU VAS TE FAIRE ÉLECTROCUTER, ai-je beuglé.

Sourcils froncés, il m'a adressé un mouvement du menton qui pouvait tout autant signifier « dégage » que « quoi ? ». Le ciel ressemblait à un fleuve de vagues lourdes et huileuses.

L'estomac du monde a grondé une nouvelle fois, obscène.

Terrifiée par la fureur du déluge, je lui ai fait signe d'approcher. Il a fini par marcher dans ma direction d'un pas mou, traversant la route sans faire attention aux véhicules qui pouvaient surgir, puis a chaussé ses lunettes en s'arrêtant devant moi. Comme je me trouvais au rez-de-chaussée, j'ai aussitôt remarqué qu'il était grand. D'un blond presque blanc, ses cheveux frisés étaient rasés sur les tempes. Son nez pointu lui donnait une allure d'elfe.

Étrange impression de familiarité devant ce visage.

Je me suis précipitée vers mon parapluie et je l'ai ouvert au-dessus de lui, le ventre comprimé par le rebord de la fenêtre. Il a ébauché un sourire. Deux fossettes ont troué ses joues.

— Tu vas te faire électrocuter par la foudre, ai-je répété, soudain gênée.

Il a levé un sourcil mi-déconcerté, mi-amusé, derrière ses verres trempés.

— Y a plus de chance qu'elle tombe sur les paratonnerres de l'hôtel que sur moi.

Sous le déchaînement mouillé, sa voix sonnait douce et grave comme un morceau d'ambre chauffé.

— Y a des gens qui ont pris la foudre, ai-je répliqué.

— Oui, mais perdus au milieu de nulle part et sans paratonnerre.

Ma main tremblait, serrée autour de la poignée en plastique noir. Une nouvelle détonation a meurtri le ciel ; mon corps s'est contracté. On aurait dit qu'un dieu caché frappait son marteau sur les os du monde. Le grondement caverneux a secoué longtemps l'étoffe de ma chair.

— Tu veux entrer pour t'abriter... ? ai-je proposé, claquant des dents.

Il a penché la tête, surpris.

— Tu dégoulines, ai-je enchaîné, je vais pas te laisser dehors...

Il a ouvert la bouche sans prononcer un mot et il a finalement enjambé la fenêtre et il est resté là, immobile, mal à l'aise.

— Je fous de l'eau partout... a-t-il lâché dans une grimace en observant les traces de ses semelles sur la moquette.

— Pas grave, ai-je chuchoté en repliant mon parapluie.

C'est à ce moment-là que je me suis revue gamine, face à ma mère attrapant ses clefs de voiture en m'ordonnant de n'ouvrir « à personne, Cha, c'est bien clair ? Même s'il dit à travers la porte qu'il te connaît ou qu'il vient pour réparer la plomberie. Ne crois JAMAIS PERSONNE et ne fais confiance À PERSONNE ». Devant cet inconnu que j'avais fait entrer dans ma chambre sans réfléchir, j'ai paniqué. Un maelström d'émotions a bourdonné sous mon crâne ; j'ai alors reculé jusqu'au mur pour m'adosser à quelque chose de solide.

— Merci, a soufflé le garçon en plaquant ses paumes sur le radiateur.

Nous n'avons plus parlé durant de longues secondes puis il s'est frotté les bras avec torpeur avant de se retourner vers moi.

— T'as peur de l'orage ? m'a-t-il demandé en s'asseyant sur le sol, collé contre la chaleur.

J'ai confirmé, embarrassée, pendant qu'il déboutonnait son manteau, dévoilant des vêtements très sombres qui accentuaient sa blondeur.

— La foudre, c'est une feignante, a-t-il repris en nettoyant ses verres mouillés avec son pull.

J'ai noté qu'il était gaucher et que l'un de ses ongles était bleu-noir, très abîmé.

— Une feignante ? ai-je répété en partant chercher un mouchoir dans la salle de bains.

Lorsque je le lui ai tendu, il a hoché la tête pour me remercier. Ses pommettes étaient hautes, ciselées. Ses yeux très clairs ressemblaient à des bagues serties de pierres.

— Elle choisit toujours le chemin le plus court et le plus facile, a-t-il expliqué en chaussant ses lunettes sèches. Le plus court, c'est le point le plus près du ciel, et le plus facile, c'est le métal.

— J'avais 2 en physique, ai-je confessé.

Il a ri avec lenteur, d'un rire que j'ai senti forcé.

— Thomas, a-t-il enfin déclaré.

— Charlotte.

Puis il a observé la pièce avec délicatesse. Ma valise entrouverte dans laquelle j'apercevais le coin de l'enveloppe renfermant mes économies. Le livre à la tranche cassée jeté sur l'un des deux lits. L'îlot de contreplaqué sur lequel trônaient une bouilloire, deux tasses ainsi qu'un pot garni de thé, café et biscuits.

De l'autre côté de la vitre, le ciel a craqué comme on déchire du carton.

— Je peux boire ? a-t-il demandé en se frottant les bras.

— Bien sûr...

Il s'est relevé et s'est désaltéré un moment au robinet de la salle de bains. Mon cœur crépitait dans mon ventre, mes jambes, mes tempes. La présence de Thomas me laissait à la fois inquiète et rassurée. Il peuplait ma solitude mais ranimait mes angoisses. L'extrême douceur de ses gestes me désorientait.

J'avais peur de ce qu'elle dissimulait.

J'avais peur du *corps* derrière le garçon.

Une femme a ri dans le couloir, m'arrachant à mon engourdissement. Je me suis rapprochée de la salle de bains et me suis arrêtée dans l'encadrement de la porte. La pluie martelait toujours la vitre avec une rage effrénée.

— Tu peux prendre une douche, si tu veux te réchauffer.

Évidemment, j'ai aussitôt regretté ces paroles. Thomas a redressé la tête et m'a observée à travers le miroir rond. Ses iris cristallins semblaient percer mes secrets les plus clandestins – j'ai détesté cette sensation. Il a coupé l'eau puis ôté sa montre.

— Merci, m'a-t-il répondu. C'est très gentil, je fais vite.

De mon côté, j'ai tiré le rideau de la fenêtre et allumé la télévision pour me donner l'illusion d'une soirée ordinaire.

Rien n'était ordinaire.

J'étais partie de chez moi sans annonce, je m'étais réfugiée dans un hôtel de Vannes et un garçon que je ne connaissais même pas se lavait dans ma chambre. *Crétine*, a sifflé ma mère dans ma tête. Les chaînes défilaient sous mes doigts, inconsistantes. Le clapotis de la douche se mêlait au battement de la pluie. Le matelas a couiné lorsque je me suis allongée. Dans la pièce voisine, on a tiré une chasse d'eau et fait gronder les canalisations. Au loin, un klaxon de voiture a étoilé l'orage.

Et puis, lentement, j'ai senti mon cœur se tranquilliser. J'ai pensé à mon ancien moi abandonné à 450 kilomètres d'ici.

Trop lourd.

S'en aller avait été bien plus facile que ce que j'avais imaginé.

Quelques semaines plus tôt, mes bagages attendaient sur la moquette, calés contre le sommier de mon lit : une valise empruntée à ma grande sœur ainsi qu'un sac-besace que je portais en bandoulière et utilisais pour la fac.

Organiser ma fuite me permettait d'en mesurer l'ampleur.

Tout était prêt pour le jour où.

Je suis partie un jeudi sans prévenir personne. On ne part pas si on prévient ; on est retenu par un détail, on est accusé, dénoncé, on redevient enfant. Mes parents avaient déjà quitté la maison et j'ai finalement chiffonné le mot que j'avais posé sur la table du salon. Je me rappelle à peine le trajet vers la gare tellement j'étais désincarnée, les cahotements du bus, mes cuisses serrées autour des sacs et cette sensation fantastique d'être en train de faire quelque chose de complètement stupide et d'absolument fou.

Rentre, a ordonné ma mère dans ma tête tandis qu'une autre voix chuchotait : *pars*.

Le TGV a volé sur les rails dans un son de fusil laser. Je me suis installée côté fenêtre ; ça sentait le café fort et la moquette neuve. Un gamin s'est mis à pleurer, vite apaisé par les bras de son père. L'homme derrière moi a enfoncé ses genoux dans mon dossier. Quelqu'un a déballé un sandwich en faisant craquer l'aluminium qui le protégeait. Ça s'est raclé la gorge, ça a toussé, ça s'est mouché.

Puis le train a démarré dans un ronflement amorphe.

Ça y est, je m'en allais.

Dans ma tête s'agitaient les voix des gens que je quittais,

ma mère,

mon père,

ma sœur,

fondues à celles des voyageurs.

J'ai plaqué ma tempe sur la vitre et observé le paysage qui défilait, baveux. Plusieurs sièges derrière moi, quelqu'un a éternué. Une femme est sortie du wagon, le téléphone collé sur l'oreille. Par réflexe, j'ai fouillé dans mon sac et ramassé le mien. Le sifflement matelassé des portes résonnait comme une étrange musique de fond. Une odeur de thon est venue chatouiller mes narines. L'homme assis à côté de moi m'a proposé un morceau de son croissant aux amandes ; j'ai refusé malgré la faim qui me trouait le ventre. Le téléphone dansait toujours entre mes doigts et j'ai fini par le ranger sans réussir à l'allumer.

Rongée par une multitude d'émotions contraires, entre soulagement et frayeur, ivresse et culpabilité, je n'ai pas vu les kilomètres défiler.

Le train a ralenti puis s'est immobilisé en gare Montparnasse.

J'ai patienté une heure sur un banc sans dossier entre la foule et les pigeons, déconnectée de la réalité, puis j'ai sauté dans un nouveau wagon. Cette fois-ci, la place à mes côtés était libre et j'ai fermé les yeux.

Vider son esprit.

Se laisser flotter, enfin.

En descendant à Vannes, j'ai trébuché sur ma valise mais quelqu'un m'a rattrapée par le bras. Puis j'ai marché vers la sortie de la gare, tentant de ne regarder personne. Malgré tout, une fille assise dans les escaliers, un magazine ouvert sur ses genoux, m'a souri sans raison lorsque je suis passée à côté d'elle. Elle portait d'immenses créoles à strass et un anneau dans le nez.

Désarçonnée par cette douceur gratuite, je n'ai pas eu le réflexe de sourire en retour. J'étais seule, en pleine Bretagne, sous un ciel gigantesque.

Groupés en écumes de dentelle, les nuages levaient leur armée.

2

Thomas a quitté la salle de bains dans une bouffée de fleur d'oranger, enveloppé dans un peignoir blanc dont la ceinture en coton enserrait sa taille.

— Merci, a-t-il répété en étalant ses vêtements détrempés sur le radiateur.

Puis il a ajouté :

— J'ai mon caleçon en dessous, je précise...

J'ai ri pour masquer ma nervosité et je l'ai invité à s'installer sur le lit d'à côté, distant du mien d'un petit mètre.

— *L'Ombre du vent*, a-t-il lu en ramassant le roman qui traînait sur la couverture.

— Celui que j'emporterai sur une île déserte, ai-je confié.

Il a souri, avouant qu'il ne connaissait pas l'auteur, puis a posé l'ouvrage sur sa table de chevet. Ensuite il s'est allongé face à moi, appuyé sur un coude.

Et nous avons parlé du bout des lèvres.

Par peur qu'il ne m'interroge sur des sujets sensibles, je l'ai devancé et l'ai assailli de questions. Thomas habitait à Baden, ville dans laquelle il était né, et avait 19 ans. Lorsque je lui ai demandé si c'était près d'ici, il a secoué la tête sans en révéler davantage. Il était fils unique et ses parents travaillaient dans la santé : une mère dentiste et un père anesthésiste. Spontanément, j'ai voulu savoir si son nom sonnait breton.

— Thomas Le Cleac'h, a-t-il déclaré.

— Et qu'est-ce que Thomas Le Cleac'h faisait sous la tempête ?

Il a remonté ses lunettes sur son nez avant de répondre :

— J'ai essayé de me faire électrocuter mais j'ai pas réussi.

J'ai roulé des yeux pendant qu'il m'adressait un sourire furtif, perçant ses joues. Épuisé, l'orage s'était tu, laissant une pluie dense et régulière crachoter contre la vitre.

— Tu viens d'où ? a-t-il questionné à son tour en observant mes cheveux très bruns et ma peau mate.

— Poitiers, dans la Vienne.

— Et tu fais quoi dans cet hôtel, si loin de chez toi ?

Il a parlé sans faire vibrer sa voix ; je me suis emmêlée dans mes mensonges. J'ai dit que ma ville m'engluait, que j'avais besoin d'un air neuf. Il a hoché la tête avec mollesse, paupières plissées, puis a pointé son lit en demandant qui j'attendais.

— Personne.

J'ai expliqué avoir payé la seule chambre restante – une chambre double – parce que je n'avais pas fait de réservation. Je n'avais pas prévu de m'enfuir aujourd'hui.

— Il s'est passé un truc spécial qui t'a fait partir aujourd'hui ?

J'ai remué sur mon lit, décontenancée.

Je voulais me débarrasser de mon histoire. Je voulais renaître ici, propre et nettoyée.

Mais je n'ai pas pu lui avouer.

— Ton visage me dit quelque chose, ai-je murmuré pour dévier la conservation.

— T'es déjà venue en Bretagne ?

— Jamais.

Il a ôté ses lunettes, déplié son coude et laissé retomber sa tempe sur le matelas. Ses iris scintillaient comme s'il allait pleurer.

— Je suis peut-être le pote d'un pote d'une pote ?

J'ai souri, amusée. J'aimais sa voix grave et moelleuse qui me rappelait les pâtes de fruits. J'aimais sa façon de bouger, précise, gracieuse. J'aimais sa réserve qui m'invitait à fouiller.

— T'as l'air triste, ai-je risqué.

Il a frotté ses lèvres avec ses doigts puis soufflé :

— Sale journée.

Le chatoiement de ses yeux s'est terni. Il a roulé sur le dos puis remis ses lunettes et je n'ai pas osé le questionner davantage. Un groupe de jeunes est passé devant la fenêtre, emplissant le silence gêné. Ça beuglait et rigolait en frappant un objet en métal. L'un a lancé une imitation si fidèle de Bugs Bunny – « euh... quoi d'neuf, docteur ? » – que je suis partie dans un éclat de rire qui a contaminé Thomas.

Merveilleux, ce rire. Musical.

Je l'ai écouté s'éparpiller dans la pièce telle une explosion de sequins.

Puis nos voix se sont amincies. Nos paupières luttaient contre le sommeil. Thomas a écrasé un bâillement sur son poing.

— Pourquoi tu m'as fait entrer dans ta chambre ? a-t-il demandé en fixant l'écran de la télévision.

Les images valsaient sur les verres de ses lunettes, multicolores.

— J'ai pas réfléchi, lui ai-je dit tout bas.

À cette époque, j'agissais par instinct, manœuvrée par mes émotions. Le cœur s'exprimait avant la raison, me plongeant souvent dans d'improbables situations. Thomas s'est contenté de sourire avec léthargie. J'ai observé ses jambes minces à travers le peignoir, musclées, presque imberbes. Une cicatrice blanchie sur le tibia gauche. Des genoux étroits, la peau épousant l'os.

— Ma mère trouvait mes genoux gras, lui ai-je confié à brûle-pourpoint.

Il a tourné la tête vers moi et haussé un sourcil.

— J'étais en vacances avec mes grands-mères et on posait avec ma sœur devant je sais plus quel zoo. À notre retour, ma mère a examiné la photo, froncé le nez et m'a dit : « Fais attention à ce que tu manges, Cha, tes genoux *plissent.* » Elle a jamais dit un truc pareil à ma sœur, y avait que moi qui me prenais ce genre de réflexions.

Thomas a lâché un son laconique, entre rire et soupir.

— Ta mère semble être une femme très sympathique.

J'ai souri, la joue aplatie par l'oreiller, puis ajouté plus bas :

— À force d'entendre des saloperies sur soi, on finit par y croire...

Son visage s'est froissé mais il n'a pas eu le temps de répondre parce que je me suis jetée sur mon sac pour en sortir mon téléphone. Je l'ai allumé et lui ai tendu.

— Ça t'embête de regarder ?

Il l'a pris, à peine surpris. Plusieurs bips ont émaillé le silence.

— T'as un SMS de « Maman » et un appel manqué.

— Merde, ai-je dit en récupérant l'objet d'une main tremblante.

J'ai appuyé sur LIRE. Ma mère m'annonçait qu'elle rentrerait plus tard que prévu et me demandait d'aller chercher sa robe au pressing.

— Va te faire foutre avec ta robe, ai-je craché en jetant le téléphone sur la moquette.

Thomas m'a observée du bout des cils avant de se replier dans son étrange apathie. Un scooter a brouté dans le lointain. Sur l'écran de la télévision, une goutte de sang lâchée par un corbeau s'abattait dans l'œil d'un homme.

— J'ai enterré quelqu'un, a-t-il confié après s'être raclé la gorge.

— Oh.

Il a pris une longue et profonde inspiration qu'il a relâchée avec dureté. C'était évident, à présent : les vêtements noirs, le regard grave et le visage fermé. Je ne savais pas quoi lui dire d'intelligent et m'embourbais dans mes pensées.

— Quelqu'un que tu connaissais bien... ? ai-je enfin chuchoté.

Il a ouvert la bouche mais n'a rien dit et s'est contenté d'acquiescer. L'homme à la goutte de sang était saisi de convulsions puis son corps a été criblé de balles. Son agonie dansait sur la peau de Thomas par sursauts colorés.

— Ce bordel... a-t-il murmuré, les paupières à demi plissées.

— Quel bordel ?

— Dans ma tête.

Il a pressé ses tempes entre ses doigts par-dessus ses lunettes.

— J'aimerais éteindre ce bordel.

Instinctivement, j'ai fouillé mon sac pour attraper mon MP3 et je lui ai tendu un écouteur qu'il a pris avec un léger étonnement.

— Rigole pas, ai-je dit, j'ai que des vieux trucs dedans.

Je me suis rapprochée du bord du lit pour ne pas tirer sur les fils et j'ai lancé *The boxer* de Simon & Garfunkel. Je me suis revue dans la voiture paternelle, à 4 heures du matin, direction Nice pour quelques jours de vacances au soleil. Le trajet se déroulait toujours en compagnie du même CD et ce titre-là était le tout premier. Il a le goût des œufs durs qu'on gobait en vitesse sur les aires d'autoroute et la texture du cuir bouillant qui collait à nos cuisses nues. Il a le parfum arc-en-ciel de l'essence et des « quand est-ce qu'on arrive ? ». Il a le son de l'enfance innocente et libre.

— Joli, a commenté Thomas en me rendant son écouteur lorsque les notes finales se sont éteintes.

Puis il s'est affaissé sur l'oreiller.

— Excuse-moi, a-t-il dit, je ferme les yeux juste une seconde et après je m'en vais.

J'ai rangé le MP3 dans mon sac, marché sur la pointe des pieds pour récupérer mon roman et tenté de lire quelques pages. Inlassablement, mon esprit me ramenait à celui que j'avais fait pénétrer dans mon espace sans me méfier de rien.

Au bout d'un quart d'heure, j'ai compris que Thomas s'était assoupi.

— Tu dors… ? ai-je chuchoté pour en être certaine.

Il n'a pas répondu ni remué un seul cil. Je lui ai ôté ses lunettes avec précaution pour les poser sur sa table de chevet puis je me suis enfermée dans la salle de bains. Mon cœur tressaillait tandis que je recouvrais mon visage d'une couche de crème au citron et tressais mes cheveux avant d'enfiler ma chemise de nuit. Je n'ai même pas pensé à l'argent que j'avais caché dans ma valise et laissé à la portée du premier voleur venu.

Merde, me suis-je dit en tirant le verrou, mes vêtements contre moi.

Mais j'ai retrouvé Thomas dans la position où je l'avais quitté ; son bras droit pendait hors du lit.

J'ai éteint lumière et télévision puis je me suis glissée entre mes draps sans parvenir à trouver le sommeil.

Écoutant la pluie claquer ses ongles sur la fenêtre.

Écoutant la respiration sifflante du garçon près de moi.

Je me suis demandé quelle était cette personne qu'il avait enterrée : un parent ? un ami ? J'ai pensé à la fac et à ma vie très loin d'ici. M'est revenue en mémoire cette gamine de 6 ans accroupie devant un SDF pour lui offrir sa brioche au sucre. Les talons de ma mère qui brutalisent le bitume puis ses doigts qui m'agrippent le bras et m'éloignent tandis qu'elle s'exclame : « Pour l'amour du ciel, qu'est-ce qui t'a pris ? Il aurait pu te kidnapper ! » J'ai observé les poignets fluets de Thomas et sa silhouette longiligne crayonnée par le rayonnement perlé de la lune.

Et toute la nuit j'ai réentendu son rire crépiter en mille bulles de champagne.

C'est le vrombissement d'une voiture qui m'a réveillée au matin. Thomas avait renfilé ses vêtements de la veille et fumait une cigarette à la fenêtre entrebâillée. Son peignoir trônait sur le bord du lit.

— Désolé, m'a-t-il lancé en m'entendant bouger, fallait vraiment que je clope.

— Ça me gêne pas, ai-je dit en quittant mes draps.

Tandis que j'avançais vers lui, il a remarqué la sirène pailletée qui décorait ma chemise de nuit.

— Ça devait rester un secret entre moi et moi, ai-je bredouillé en plaquant ma main sur les sequins.

Il s'est contenté de sourire puis a tourné la tête vers un adolescent qui marchait à côté de son vélo dans un raclement métallique.

— Désolé de m'être endormi, a-t-il enfin chuchoté d'une voix sourde.

J'ai bafouillé trois mots confus. Lui a tiré une nouvelle taffe en fixant du regard une mère qui passait avec une énorme poussette. Embarrassée par les silences qu'il m'imposait, j'ai fait un tour aux toilettes puis je l'ai rejoint devant la fenêtre en enfilant un sweat à capuche. C'était une sensation étrange de se réveiller dans un endroit inconnu auprès d'un garçon inconnu. Dehors, ça sentait le feuillage mouillé et quelque chose de plus âcre et de plus sucré, comme une odeur de poire et de feu mélangés. Une lumière argentée mordillait la moquette.

— Qu'est-ce que tu vas faire aujourd'hui ? ai-je demandé en l'observant du coin de l'œil.

Il a ébauché un geste indécis qui enrobait le paysage : continuer à marcher, sans doute. Droit devant lui. Comme il l'avait fait hier durant trois bonnes heures. Et, non, il n'avait pas l'intention de rentrer chez lui. Pas encore, pas maintenant. Ses yeux m'étaient inaccessibles, cloués sur le décor. La cigarette enlaçait son visage d'une broderie vaporeuse.

J'aimerais que tu restes un peu, ai-je pensé, le ventre serré, en remplissant la bouilloire dans la salle de bains. J'ai cru que j'avais besoin de solitude alors que j'avais besoin d'espace. J'étais partie pour qu'on ne puisse plus m'attraper et voilà que l'exil me terrifiait.

Et surtout je ne voulais pas abandonner un garçon que rien ne semblait plus émouvoir.

— J'ai pas envie que tu t'en ailles, ai-je confessé.

Juste après l'avoir dit, je me suis sentie ridicule. Il a éteint son mégot contre le mur extérieur, refermé la fenêtre et s'est tourné vers moi, adossé à la vitre, les mains dans les poches de son jean.

Le claquement de la bouilloire m'a sauvée.

— Café ? ai-je interrogé. Thé ?

Il a pointé le sachet de café soluble. Mes doigts tremblaient lorsque Thomas a saisi la tasse que je lui tendais. Les voitures filaient dans un ronronnement d'acier. Un chien a lancé deux jappements très brefs.

Comme deux frappements de cœur.

— Je pourrais marcher un peu avec toi, ai-je suggéré tout bas.

J'ai cru apercevoir un sourire chatouiller sa bouche mais le contrejour me dissimulait les traits de son visage. Emmaillotant sa tête, le ciel nous offrait un bleu ébouriffant, sans défauts.

— Qu'est-ce que tu fuis, Charlotte ?

La bienveillance imprévue de sa voix m'a déstabilisée.

— Rien, ai-je bafouillé en plongeant le nez dans les vapeurs de mon café.

Nous avons bu sans partager un mot de plus puis je me suis éclipsée dans la salle de bains. Tentant de repousser le moment où il s'en irait et où je me retrouverais seule avec mon corps, mes pensées effrénées et le vide devant moi.

J'aurais pu en pleurer.

Je me reconnaissais dans ce désert qui habitait Thomas et j'avais besoin d'un allié.

Au bout d'une minute, il est venu me rejoindre et m'a interrogée du regard pour savoir s'il pouvait m'emprunter du dentifrice. J'ai hoché la tête ; il a déposé une boule de pâte sur son index et s'est frotté les dents. Mais comme son coude cognait le mien, nous avons échangé nos places. Nous nous épiions à travers le miroir, lèvres mousseuses.

J'ai fait durer ce moment, je l'ai savouré.

De retour dans la chambre, Thomas a nettoyé ses lunettes puis enfilé son manteau. Sans que je ne sache trop pourquoi, ses yeux erraient dans la pièce, désynchronisés.

— Merci pour le lit, la chaleur et tout le reste.

Il a remonté son col et lacé son écharpe autour de son cou. Ses pas ont chuinté sur la moquette lorsqu'il s'est dirigé vers la porte puis il s'est arrêté et a fait demi-tour.

— Je vais plutôt filer par là, a-t-il dit d'un ton plus tendre en pointant le soleil pâle à travers le vitrage. Histoire de pas me faire embarquer par un employé vénère.

J'ai souri mais le voir escalader la fenêtre m'a retourné le ventre.

— Merci beaucoup, mademoiselle Sirène, a-t-il lancé avant de s'éloigner.

Mon bras s'est relevé instinctivement comme pour le retenir.

C'est mon corps qui a décidé.

J'ai enfilé à la hâte mes vêtements de la veille, ramassé mes affaires et quitté la chambre, mes bagages à la main. Une odeur de chocolat chaud emplissait le couloir, longue volute veloutée. J'ai marché vers la sortie avec une détermination étonnante.

J'avais besoin de Thomas.

Et j'avais senti que lui aussi avait besoin de moi.

3

J'ai reconnu sa longue silhouette marine au bout d'une ruelle, entre les passants et les maisons à colombages. Je l'ai appelé du bout des lèvres mais il ne s'est pas retourné. Alourdie par mes bagages et mon parapluie, j'avançais à pas de tortue. Les roues de ma valise tressautaient sur les pavés fauves.

Ensorcelante, Vannes exhibait ses belles façades pastel.

Demeures rose poudré, jaune citron, boutiques de macarons ou de faïence, crêperies d'où suintaient des effluves de beurre et de jambon grillé. À quelques pas de là, quelqu'un a couru sur une plaque d'égout. Thomas a tourné la tête vers le bruit puis s'est arrêté trois secondes, le temps de s'allumer une cigarette.

Au fil des rues, les bâtiments semblaient plus neufs. Les pavés sous nos pieds avaient pris une teinte bleu ardoise. Soudain, Thomas a stoppé sur le trottoir sans se retourner. Sa voix a tinté, chaude et grave :

— Je *t'entends*, Charlotte. Ta valise fait un boucan d'enfer.

J'ai souri et rougi en même temps. Ses cheveux ivoirins humiliaient la pureté du ciel. Lorsqu'il m'a enfin fait face, il plissait les paupières comme pour se protéger d'un soleil agressif.

— J'ai quelque chose pour toi, lui ai-je lancé.

J'ai cru le voir froncer les sourcils, étonné. J'ai lâché ma valise, fouillé mon blouson et agité les deux petits-beurres que j'avais volés dans ma chambre. Thomas a ri autour de sa cigarette et j'en ai profité pour me rapprocher à petits pas. Lorsque je me suis arrêtée face à lui, il a saisi l'un des biscuits que je lui tendais.

— Tout est pour toi, ai-je précisé.

Il a secoué la tête en ouvrant le sachet. J'ai glissé le deuxième dans la poche de son manteau tandis qu'il mâchait.

— T'as pas faim ? m'a-t-il demandé.

— Je mange jamais le matin, ai-je menti en détournant les yeux.

Au loin, les deux cornes d'argent d'une cathédrale chatouillaient des nuages en forme de pains aux raisins. Une femme est sortie d'une boulangerie-pâtisserie avec un trio de baguettes chaudes ; Thomas l'a fixée.

— Je peux aussi aller acheter de la vraie nourriture, ai-je suggéré.

Thomas s'attaquait au second sablé.

— J'ai pas une thune sur moi, a-t-il dit, gêné, en froissant le plastique entre ses doigts.

— Et alors ?

— Je pourrai pas te rembourser.

J'ai soupiré avec emphase.

— Je veux t'offrir une viennoiserie, Thomas, pas un paquebot.

Cette fois-ci, il a ri avec franchise, ce qui a déclenché une quinte de toux qu'il a étouffée contre le dos de sa main.

— Qu'est-ce que tu veux manger ? ai-je repris d'un ton plus solide.

Ses yeux agrippaient les miens avant de se dérober. Il tirait si fort sur sa cigarette qu'il en creusait ses joues.

— Croissant ? a-t-il enfin proposé d'un filet de voix.

— OK.

Je lui ai confié mes bagages et je suis entrée dans la boulangerie. Les parfums m'ont sauté au visage, onctueux et charnus. *Sors-de-là-sors-de-là*, a ordonné la voix-vipère en moi. Tentant d'éviter tout cet étalage de nourriture luisante, j'ai acheté une bouteille d'eau et deux viennoiseries avant de rejoindre Thomas dans la rue. Nous nous sommes assis sur un banc de fer forgé détrempé qu'il a essuyé avec la manche de son manteau. Ça sentait le métal rouillé et la pluie qui vient de tomber.

— Merci beaucoup, m'a-t-il dit sans me quitter du regard lorsque je lui ai offert le sac en papier.

C'est moi qui ai fêlé le lien, embarrassée. Il a jeté son mégot et l'a écrasé sous sa chaussure, puis il a mordu dans un croissant et m'a tendu le second. J'ai refusé en repoussant du pied un emballage de bonbon qui traînait. Le ciel reflétait ses nuances dans chaque point d'eau, chaque flaque intacte, chaque gouttelette égarée. Le paysage entier brillait.

— Tu me laisses m'empiffrer tout seul ? a-t-il plaisanté d'un ton plus léger.

Mon cœur a tressauté. J'ai senti mon corps se crisper d'un coup, verrouiller sa tanière. Sans pouvoir le comprendre, Thomas a perçu mon malaise et n'a plus osé m'adresser un mot. Ce n'est qu'au bout d'une longue minute que j'ai réussi à rompre ce silence lourd.

— Tu vas aller où après ? ai-je demandé en frottant mes cuisses glacées.

Il a avalé sa bouchée puis il m'a dit :

— Nulle part, je vais marcher tout droit.

— Jusqu'où ?

— Jusqu'où ça m'arrêtera.

— Tu vas finir par atteindre la mer... lui ai-je fait remarquer.

— Je nagerai, a-t-il conclu, désinvolte.

— Et quand tu te cogneras contre le dernier mur de la Terre ?

Il a desserré son écharpe du bout des doigts.

— La Terre est ronde, Charlotte.

Sa voix sonnait plus douce.

— Donc tu vas marcher en rond et la tête en bas.

Il m'a jeté un coup d'œil ; j'ai aperçu le prélude d'un sourire sur ses lèvres. Puis le deuxième croissant a craqué mollement sous ses dents. J'ai étiré mes jambes en cherchant un nouveau sujet de conversation mais rien ne venait. J'ai alors désigné l'amas noir qui volait en cercle au-dessus d'une maison.

— J'aime pas quand les oiseaux tournent en *repeat* comme ça. Ça fait mauvais présage.

Thomas a redressé la tête et observé cette danse étrange.

— C'est peut-être un cadavre qui les attire.

— Tu crois... ?

Il m'a lancé un regard chaud par-dessus la monture de ses lunettes.

— OK, ai-je ronchonné. Je suis une fille naïve. Ne t'en sers jamais contre moi.

Il a levé deux mains désolées puis de longues secondes de silence ont coulé. Nous écoutions les gens bourdonner sur la place. Une sonnette de vélo a tinté en bas de la rue. Un homme a gueulé : « C'est mon tour, Lucien ! » puis a jeté un rire huileux. Au-dessus de nous, le ciel se teintait d'un blanc d'albâtre.

— Thomas... ?

— Mmm.

— Si tu marchais tout droit vers la pointe du Raz ?

Il a haussé des sourcils déroutés alors je lui ai confié que ma chambre était couverte de cartes postales de cet endroit – je n'avais pas choisi la Bretagne par hasard ; la région m'attirait, me fascinait.

— C'est pas tout près, a-t-il soufflé en avalant la dernière bouchée de sa viennoiserie.

— Je sais.

— Charlotte... a-t-il débuté sans achever ses paroles.

Il a essuyé sa paume graisseuse sur son pantalon. Ses yeux donnaient l'impression d'être emplis d'éclats de verre.

— Je suis pas de bonne compagnie en ce moment, a-t-il enfin avoué d'une voix si ténue qu'elle a été étouffée par les talons d'une femme qui passait devant nous.

Mon ventre s'est tordu. Il s'est levé, a resserré son écharpe et m'a remerciée à nouveau pour la chambre d'hôtel et le petit déjeuner. Il a hésité à me faire la bise puis s'est ravisé. Tous ses gestes vers moi se brisaient.

— Moi, je suis de bonne compagnie, lui ai-je jeté sans réfléchir.

Il a ouvert la bouche sans me répondre, fixant le dossier écaillé du banc.

— Reste avec moi, ai-je poursuivi avec un culot que je ne me reconnaissais pas. J'ai besoin d'un guide pour m'emmener jusqu'à la pointe du Raz.

Il a fait claquer sa langue en observant le ciel translucide. Un enfant s'est mis à pleurer sur le trottoir d'en face et Thomas s'est crispé jusqu'à ce que le gamin disparaisse. Le vent a charrié une odeur de fleur fanée.

— C'est un phare à la con avec de l'eau, Charlotte.

— Mais j'aime bien les phares à la con.

Il m'a décoché un sourire navré puis il s'est éloigné. Je m'apprêtais à me lever mais il s'était déjà retourné et revenait vers moi. Tout près de nous, un jeune homme est passé en gueulant les paroles d'une chanson qu'il écoutait dans son casque. Thomas a sorti un Kleenex puis s'est mouché.

— Et tu comptes y aller comment ? m'a-t-il demandé en visant la poubelle sur sa droite.

— Avec toi.

Le mouchoir est retombé avec légèreté sur le sol. Thomas l'a ramassé puis l'a jeté.

— T'as une voiture ?

— Non.

— Un vélo ?

— Non plus.

— Une moto ? Un camping-car ? Un bus ?

— J'ai mes jambes, ai-je répliqué en frappant sur ma cuisse.

Il a lâché un soupir en se frottant les paupières derrière les verres de ses lunettes et j'ai su que j'avais gagné. Rétrospectivement, je pense qu'il avait décidé de m'accompagner dès le début. Je crois qu'il avait besoin que je le retienne.

Que *quelqu'un* le retienne.

— T'as une carte routière, au moins ?

J'ai acquiescé et ouvert mon sac mais, tout à coup, la lumière a tangué. Le ciel s'est chargé d'un lourd plumage anthracite. Ça claquait sur nos fronts et sur les pavés bleus. Thomas a déployé le parapluie au-dessus de nos têtes et la musique de la pluie s'est changée en un clapotis plastifié.

Il fallait trouver un abri.

Nous avons poussé la porte d'une librairie qui fleurissait sur deux étages et nous a craché une bouffée d'air chaud au visage. La moquette était d'un marron tabac. Les lampes avaient une allure futuriste. Il flottait une odeur de bois ciré et d'élégance.

Et moi j'avais toujours cette sensation d'être en dehors du monde.

C'est au début du voyage qu'on se sent libre ; les embûches surgissent plus tard.

Nous avons erré entre les rayonnages le temps que l'averse s'apaise. Thomas s'est mis à feuilleter un grand livre sur l'œnologie. Lorsque je lui ai demandé s'il buvait du vin, il a saisi le pied d'un verre invisible, l'a porté à ses lèvres puis a enchaîné les bruits de bouche répugnants en prenant un air inspiré.

— Très gouleyant, a-t-il conclu. Bien corsé et bouqueté.

J'ai réprimé mon rire pour ne pas déranger les gens. J'aimais cette lumière naissante qui réanimait ses traits. J'entrevoyais le garçon qu'il était sans doute, en temps normal.

— Tu te moques ou t'es connaisseur ?

— Je me moque, a-t-il dit en refermant l'ouvrage.

Il a reposé le verre invisible puis nous nous sommes accroupis dans un coin pour étudier la carte routière. J'écoutais le martèlement de la pluie jaillir à chaque fois que la porte s'ouvrait. J'écoutais les murmures et bruissements des pages sous les doigts des clients pendant que Thomas évaluait le nombre de kilomètres qui nous séparaient de la pointe du Raz.

— 150 environ.

— Ça fait combien de jours ?

Il a réfléchi un instant puis répondu :

— Six à peu près, si on marche vite.

— Et si on marche pas vite ?

Il a souri en repliant la carte puis s'est relevé.

— Si on marche pas vite, on a toute la vie, Charlotte.

J'ai aimé cette remarque qui ondulait en moi comme une mer calme.

— L'ennui, a-t-il repris, c'est qu'on va être ralentis par tes bagages et mes pompes de merde.

— On tente quand même.

— OK, a-t-il conclu dans un haussement d'épaules.

Lorsque nous sommes sortis, le paysage semblait avoir été lavé. Un parfum de vêtements mouillés et de feuillages embaumait l'air. Thomas a toussé avant d'attraper ma valise et nous avons remonté l'avenue.

Les pavés ont disparu pour céder la place au bitume des ronds-points.

Nous avons croisé des maisons aux volets magenta, lavande et jaune jonquille. Un jardin garni de buissons taillés en formes de poires qui nous a fait sourire. Puis un jeune homme avec une basse sur le dos, jean en lambeaux, foulard attaché au poignet gauche et pouce levé. Thomas a voulu l'imiter ; je l'en ai dissuadé.

— On est vendredi 13, Thomas. J'ai pas envie d'être embarquée par un taré.

— C'est déjà fait, a-t-il répliqué en m'adressant un clin d'œil taquin.

— Ha ha, ai-je marmonné.

Nous avons donc abandonné le projet « auto-stop » et poursuivi la marche. Une grande maison travestie en manoir d'Halloween a vite surgi devant nous : guirlandes de squelettes aux fenêtres, citrouilles collées aux vitres, chauves-souris accrochées aux branches et niche du chien ornée d'une tombe en plastique blanc.

Nous sommes restés un long moment devant, abasourdis.

— Ça rend peut-être moins kitsch la nuit, a commenté Thomas, sceptique.

J'ai ri en le tirant par la manche puis la ville s'est éloignée, nous jetant sur des routes plus tristes et moins fleuries. Dès qu'un véhicule bourdonnait au loin, nous nous serrions sur le côté, nos chaussures dans la boue mêlée d'herbe flétrie. Ça sentait la terre détrempée et la mousse sur les arbres.

Le soleil jouait à cache-cache avec nos cheveux et les nuages ressemblaient à des napperons de dentelle.

— Quand j'étais plus jeune, ai-je dit en pointant le panneau « risque de verglas » qui apparaissait devant nous, je comprenais pas le dessin. Je croyais que c'était un bonhomme qui dansait.

Thomas a remonté ses lunettes et plissé les paupières.

— Désolé, je vois pas ton bonhomme qui danse.

J'ai avancé jusqu'au panneau.

— La voiture, pour moi, c'était un chapeau, ai-je expliqué en glissant mon doigt sur les traits. Et les vagues en bas, c'était les jambes du bonhomme. On le voit de profil avec un gros nez rond.

Thomas a penché la tête à droite, puis à gauche, et fini par me jeter un regard perplexe.

— Pas grave, ai-je dit en me remettant à marcher.

Sans savoir pourquoi, je sentais Thomas se refermer comme une fleur qui se replie pour la nuit. Je m'inquiétais des crises de toux qui le secouaient. Le roulement mat de ma valise comblait le silence lourd.

— On pourrait aller voir des funambules, ai-je suggéré en pointant une vieille affiche du cirque Zavatta collée sur une publicité pour un grand magasin de bricolage.

Le prospectus était décoloré et déchiré par la pollution et le temps. Thomas s'est arrêté devant.

— « 19 et 20 septembre 1996 », a-t-il lu avant de m'adresser un sourire mince. Je crois qu'on arrive un peu tard.

— Tant mieux, ai-je répliqué, j'aime pas les clowns. Surtout le clown tout blanc.

— Pourquoi le clown tout blanc ?

— Il parle pas, ai-je confié. Il me fait penser aux mimes dans les rues. Tu trouves pas ça bizarre ces gens qui bougent pas et parlent pas ?

— Ma famille, a sifflé Thomas dans un rire narquois en contournant un amas de pierres qui lui barrait la route.

J'ai tenté de croiser son regard mais il le maintenait fixé sur l'horizon, inaccessible.

Nous avons ensuite débouché sur un chemin si délabré qu'il n'y avait plus aucune ligne blanche à suivre. La terre était grasse sous nos pieds, ponctuée de marguerites éparses et abîmées.

— On est paumés... ? ai-je demandé au dos de Thomas.

Il s'est arrêté si brusquement que j'ai manqué percuter ma valise. Il a jeté ses yeux vers le sentier qui se déployait devant nous et amorcé une moue sceptique.

— Disons qu'on a *dévié* de la route principale.

Il a ouvert la bouteille d'eau et avalé plusieurs gorgées avant de me la tendre. Puis il s'est mis à inspecter les environs, sourcils froncés.

— On va passer par là, a-t-il décrété en désignant du menton une grande étendue d'herbe folle.

— Ça doit être le champ de quelqu'un...

Il m'a lancé un regard en coin en récupérant la bouteille.

— Et puis ?

— On risque de se faire tirer dessus...

Il a souri aux arbres et logé ma valise dans ses bras.

— T'as vu l'état du champ ? Y a un paquet de temps qu'il est plus à personne.

J'ai hésité deux secondes puis je l'ai suivi. Nous avons enjambé le bas-côté couvert de mousse et plongé dans cette immensité défraîchie. Autour de mes mollets, ça crissait et sifflait.

— Y a des bêtes... ? ai-je demandé, agitée.

— Possible.

— Des serpents... ?

Calant la valise contre son torse, Thomas m'a offert sa main libre. J'ai agrippé la manche de son manteau et nous avons repris la marche. Il avait du mal à avancer tant je me cramponnais au tissu. Le poids de ma valise le déséquilibrait. Ça empestait le foin rance et la fleur moisie.

— C'était quoi, ça... ? ai-je soudain dit en me figeant.

— Un merle.

— Mais non, derrière le merle...

Il a tendu l'oreille un court instant avant de secouer la tête.

— J'entends rien.

— Ça faisait « crrrrrk crrrrrk crrrrrk ».

Il a levé un sourcil, le sourire au bord des lèvres.

— Refais pour voir ?

J'ai réitéré mon imitation et il s'est mis à rire ; un rire qui m'a réchauffée à l'image d'une longue étreinte. À chacun de nos pas, les feuillages froufroutaient, les arbres gazouillaient. Nous avons trottiné un bon quart d'heure puis les maisons ont reparu et l'herbe a cédé la place au goudron d'une rue. Thomas a pu reposer ma valise et délasser les muscles de ses bras. Le ciel semblait suffoquer sous les nuages lourds et empâtés. Nous nous sommes serrés sur le bas-côté pour laisser passer une voiture puis Thomas a relancé la fameuse question que j'avais lâchement éludée :

— Alors, dis-moi : pourquoi t'es partie de chez toi ?

Le silence qui a suivi le grondement du moteur m'a paru plus dense encore. J'ai ébauché quelques pas au hasard, tâtonnant entre le besoin de falsifier la réalité pour ne pas avoir à affronter mes ténèbres et l'envie impérieuse de me livrer. Un enjoliveur rouillé traînait au fond du fossé.

— J'ai fui des gens malsains, ai-je enfin murmuré.

Mais j'avais beau fixer le sol, je sentais le poids des yeux de Thomas sur moi.

— Des gens qui m'écrasaient, ai-je précisé. Qui me renvoyaient l'image d'une fille laide, stupide, inadaptée au monde.

En prononçant ces derniers mots, j'ai pris conscience que je frissonnais et claquais des dents. Le vent suintant dénouait ma tresse. Un avion a fendu le ciel dans un filet d'écume. Puis la main de Thomas s'est posée sur mon épaule maigre.

— Viens, m'a-t-il dit d'un ton soyeux. On va te trouver à manger.

4

Le petit bourg dans lequel nous avons atterri ressemblait à une zone industrielle vide et symétrique : arbustes plantés dans leurs carrés de terreau, maisons mutiques aux briques vieillies, rues désertées. Nous cherchions les sons de la vie, les mouvements des corps et les voix.

Seuls nos pas résonnaient sur le sol, durs et mats.

Nous sommes passés devant un bar-tabac fermé par un rideau de fer. Un panneau défraîchi, égaré sous ce ciel d'octobre, indiquant « fraises à vendre », nous a fait rire. Puis, quelques centaines de mètres plus loin, nous sommes entrés dans une station-service qui puait l'huile de moteur et le mauvais café. La radio diffusait un air de rap gorgé de parasites. Nous avons filé aux toilettes, un endroit minuscule mais propre. J'ai confié mes affaires à Thomas puisque je ne pouvais les poser nulle part et j'ai étalé du papier-toilette sur la cuvette dépourvue d'abattant. Ensuite, Thomas a pris ma place puis nous avons profité du lavabo pour nous décrasser le visage et remplir la bouteille d'eau. Il manquait un morceau au miroir recouvert de traces de doigts graisseux.

Mon reflet m'observait, blafard et sale.

Dès que nous avons commencé à flâner dans les rayons alimentaires, mon corps s'est crispé. J'ai demandé à Thomas de choisir pour nous deux ; il a pioché une baguette parmi celles qui restaient avant d'y ajouter un sachet de chips ondulées.

— 5,45 €, a annoncé la jeune employée d'une voix blanche.

Thomas s'est figé tandis que je tendais un billet.

— On veut juste acheter les chips, hein ? a-t-il raillé. Pas le champ de patates avec.

La femme n'a pas ri et a balancé la monnaie sur le comptoir d'une main lasse. Contrarié, Thomas a mis un temps fou pour récupérer mes pièces une par une sans quitter son ennemie des yeux. Lorsque nous sommes sortis, une bourrasque nous a griffé le visage. Nous avons tous deux enfoncé le nez dans nos écharpes.

— Les voleurs, a râlé Thomas, abasourdi.

Nous avons pris place sur un banc et écouté les moineaux discuter d'arbre en arbre et de fil électrique en fil électrique. Puis j'ai attrapé mon MP3 et proposé de la musique. Thomas a hoché la tête en m'offrant un bout de pain que j'ai pris d'une main crispée. Mais lorsque les premières notes de *My year is a day* ont empli nos oreilles, je me suis sentie aussitôt plus légère. Thomas a calé son dos sur le banc, les jambes repliées contre lui, et a fermé les yeux. Ses doigts tapotaient sa cuisse tandis qu'il mâchait.

— Tu joues d'un instrument ? ai-je demandé en me penchant vers lui.

— J'ai fait un peu de violoncelle mais j'étais nul.

— Parce que t'es gaucher ?

— Non, parce que j'ai aucun sens du rythme.

En souriant, je l'ai fait sourire aussi. Puis nous n'avons plus échangé un mot jusqu'à la fin de la chanson.

La route me rendait vulnérable. Elle réveillait des inquiétudes anciennes, des questionnements profonds qui noyaient mon esprit : qu'est-ce que j'étais partie chercher ? Qu'est-ce qui me manquait tant ? Ces courts instants de musique partagés me permettaient d'étouffer ces pensées et de ramollir les contours du monde.

— Comment tu connais ces vieux trucs ? a demandé Thomas en me rendant mon écouteur.

Je lui ai confié que mon père était un fan de 33 et 45 tours. Des boîtes entières envahissaient les étagères de son bureau. Et dès qu'il s'en allait, je me glissais dans cette pièce fabuleuse, m'asseyais sur la moquette et fouillais parmi les disques pendant des heures. Il a remué la tête, songeur, en rompant un nouveau morceau de pain. J'ai éventré le mien et grignoté la mie.

— Avoue, ai-je alors soufflé, t'avais envie de m'accompagner.

Il a ébauché un demi-sourire puis répondu :

— Possible.

— Donc tu vas arrêter de bouder... ?

Il m'a jeté un regard en biais, faussement vexé.

— J'ai pas une thune, Charlotte. Je suis parti sans rien.

— Oui, je sais, tu l'as déjà dit.

Il s'apprêtait à me livrer autre chose puis s'est ravisé.

— J'avais *prévu*, Thomas, je peux payer pour deux.

Mal à l'aise, il s'est planté une cigarette dans la bouche et a fait crisser son briquet trois fois avant de réussir à l'allumer. J'ai remarqué qu'il se cachait souvent derrière ses clopes. Pour adoucir sa gêne, je lui ai parlé de mon job de vendeuse au marché. J'étais incollable en salades, en variétés de pommes et herbes aromatiques.

Il a souri en tapotant le bout de sa cigarette sur ses lèvres.

— J'ai même un truc drôle à te raconter, ai-je poursuivi. Les clients me donnaient des pièces souvent, des hommes surtout, ravis d'avoir été servis par la petite nouvelle dont ils mataient le cul, soit dit en passant. Mais moi j'étais tellement naïve que je rangeais mes pièces dans la caisse.

Une pie a auréolé mes paroles d'un cri rond et bouclé qui ressemblait à un long bigoudi.

— Tu refilais tes pourboires à ton boss ? a commenté Thomas, interloqué.

J'ai acquiescé, honteuse.

— J'avais pas compris comment ça marchait. Et comme l'ambiance était glaciale, j'osais pas poser de questions. Y avait le vieux patron, un type chauve et antipathique qui avait jamais appris à sourire, y avait la femme du patron, une vieille râleuse voûtée qui nous lâchait pas un mot, et y avait surtout la jeunette avec qui le patron couchait en douce. C'était une femme d'une trentaine d'années qui servait avec moi. Je te jure, c'était pas triste.

Thomas a ri puis toussé sur son poing serré. Un corbeau a jeté trois cris râpeux avant de s'esquiver.

— N'empêche, a-t-il dit, ça me gêne que tu me paies des trucs.

J'ai poussé sa jambe d'un coup d'avant-bras.

— J'avais besoin que tu viennes avec moi.

— Pourquoi ?

J'ai attrapé ma tresse et mâchouillé les pointes.

Parce que tu es l'un des rares garçons à ne pas m'avoir reluquée de haut en bas comme un bout de viande. Parce que j'aime ta discrétion, le respect qui peuple ton regard, la prévenance de tes gestes. Parce qu'il y a quelque chose en toi qui me touche, même si je ne peux pas encore le nommer.

— Je cherchais un garçon fort pour porter ma valise, ai-je enfin menti.

Il a levé un sourcil sceptique puis durci son biceps devant moi.

— On voit pas tes muscles à cause du manteau, lui ai-je fait remarquer.

— On voit pas mes muscles parce que j'en ai pas.

J'ai ri, lui arrachant une lueur d'amusement.

— Je te rembourserai, a-t-il soufflé dans une bouffée bleutée.

— Mais j'y compte bien.

Nos sourires se sont emmêlés, faciles et naturels. Une voiture a ronronné quelques rues plus loin. Une grille en métal a grincé, accentuant le silence. J'ai pensé à toutes ces choses que j'avais laissées derrière moi sans explication. J'imaginais ce que faisaient mes parents et ma sœur, tentant de m'appeler pour se retrouver aux prises avec mon répondeur vocal.

Et moi j'étais là, perdue au milieu du rien, cernée de bâtiments gris et sans âme.

Mais j'avais Thomas.

Le rire de Thomas.

— Je devrais être en amphi, ai-je confié tout bas.

— Quel cours ?

— Grammaire anglaise.

Il a hoché la tête en avouant que lui aussi aimait les langues étrangères mais il ne s'est pas étendu. Je lui ai dit qu'en réalité je n'allais plus à la fac depuis deux semaines. Ma mère me prêtant sa voiture, je me contentais de faire le tour du quartier pour fausser le compteur.

Soudain, sans que je ne comprenne pourquoi, un homme a klaxonné en passant devant nous avant de m'adresser un geste obscène par sa vitre entrouverte.

— En quel honneur ? ai-je marmonné.

Thomas lui a décoché deux majeurs provocateurs. Nouveau coup de klaxon, plus agressif, puis la voiture s'est éloignée.

— C'est peut-être moi qu'il draguait, a plaisanté Thomas pour alléger l'atmosphère.

J'étais en train de porter un morceau de mie à ma bouche lorsque le véhicule est revenu vers nous à toute vitesse. Le conducteur a écrasé le frein, projetant une ondée de graviers, et n'a plus bougé, le moteur allumé.

— Eh merde, a soufflé Thomas entre ses dents.

D'une pichenette, il a jeté son mégot puis s'est levé.

— Laisse-le, s'il te plaît, ai-je aussitôt bafouillé.

Mais il a continué à avancer et traversé la route en ouvrant les bras d'un geste interrogatif. Il m'a semblé l'entendre siffler : « Quoi ? Qu'est-ce que tu veux ? » Nouveau rugissement de moteur.

— REVIENS, THOMAS, ai-je gueulé tandis que le type lui faisait signe d'approcher.

Entêté, il ne m'a pas écoutée. La vision fulgurante de son corps ensanglanté sur le bitume m'a fait cavaler vers lui.

J'ai cramponné sa manche et je l'ai tiré vers le banc. Puis il a happé ma valise et nous avons couru sur plusieurs centaines de mètres pendant que la voiture nous pourchassait dans des crissements aigus. J'ai cru qu'emprunter une ruelle en sens interdit refroidirait ce taré mais ça n'a pas été le cas. C'est une passante toute voûtée, apparue subitement derrière un camion garé, qui l'a fait renoncer.

Épuisée, terrifiée, je me suis laissée tomber en plein milieu de la rue et je me suis mise à chialer. Thomas s'est accroupi devant moi et, pendant qu'il s'excusait, je l'ai traité de « crétin », d'« inconscient », de « sale fouteur de merde ». Il s'est penché comme pour me serrer dans ses bras mais s'est contenté d'ôter une mèche de cheveux qui s'était collée à mes cils.

— Si ça commence comme ça, je préfère que tu te barres, ai-je craché sans conviction.

Un souvenir est remonté de l'enfance.

J'avais 8 ans, blottie dans la Nissan de mes parents. Les embouteillages paralysaient l'autoroute ; nous avancions à 5 kilomètres à l'heure tandis que les appels de phares arrière se succédaient.

Elle a surgi devant mes yeux, la fille.

Assise sur le bitume. Sa longue chevelure noire couvrait son visage. Sa tête ballottait de gauche à droite comme si elle ne pesait rien et sa moto agonisait, à cinq mètres d'elle, déboîtée.

— Putain, tu m'as fait peur, ai-je bredouillé en frottant mes paupières pendant qu'il offrait sa main pour m'aider à me relever.

Je l'ai ignoré et nous sommes repartis sous un peloton de nuages graves, sans nous adresser la parole. Le vent avait forci et s'insinuait sous nos vêtements. Au fil de nos pas, les arbres s'élevaient jusqu'à créer un baldaquin feuillu au-dessus de nos têtes. Nous trébuchions sur des cailloux, la valise tressautait dans un bruit métallique et j'ai failli me tordre la cheville dans une crevasse imperceptible. Je me suis arrêtée dix secondes pour retirer ma tennis et faire tomber un gravier qui me piquait puis nous avons bifurqué vers une table de pique-nique abandonnée pour nous reposer. Le bois foncé était détrempé, assiégé de brindilles mortes. J'ai soufflé sur une petite araignée pour l'éloigner de moi.

J'aurais voulu que Thomas s'excuse ; il ne l'a pas fait.

Alors j'ai sorti mon téléphone et je l'ai allumé en tremblant. Aussitôt, il s'est mis à vibrer et biper dans tous les sens. Messages vocaux et textos s'affichaient les uns après les autres mais je n'ai pas osé les consulter. Je savais que c'était ma mère ; c'était toujours ma mère. J'ai tapé à la hâte que je dormais chez ma meilleure amie le temps de quelques jours et que j'étais désolée de ne pas avoir prévenu. J'ai ajouté trois cœurs puis envoyé très vite un autre message à Marion pour qu'elle me couvre.

Et j'ai éteint ce fichu téléphone.

— C'est fou quand même, ai-je dit en le plongeant dans le fond de mon sac. T'es obligée de disparaître pour que les gens se rendent compte que tu leur appartiens pas.

Thomas m'a observée avec intensité, les coudes sur la table et les poings contre la bouche. Puis il a croisé les bras et m'a demandé d'une voix très basse :

— C'est ce que tu cherches en partant ?

J'ai commencé par hausser les épaules avant de marmonner, acide :

— Ma mère m'étouffe.

J'ai attendu qu'une vieille voiture au moteur pétaradant s'éloigne pour ajouter :

— J'ai l'impression d'être une poupée ratée entre ses mains. Jamais assez bien pour elle.

Tandis que Thomas fronçait les sourcils, j'ai songé à mon corps, maigre, et à toute la chair dont je l'avais dépouillé ces dernières années.

Pour échapper à ma mère et à son contrôle dévastateur.

Démoralisée par cette pensée, c'est moi qui ai mis fin à la pause. Nous sommes repartis et les routes se sont succédé, identiques et monotones, cassant nos reins, accablant nos épaules, tiraillant la plante de nos pieds. Puis de grands murets ont remplacé les buissons. Un nouveau village nous ouvrait ses bras : ici une banque, là-bas un charcutier-traiteur et une friperie. Les maisons dévoilaient des chapeaux anthracite, le vent agitait les câbles électriques. Un vélo esseulé patientait autour d'un réverbère, enchaîné.

— Le canapé de nos rêves est ici, ai-je lu sur un panneau publicitaire.

— Bah, il nous attendra, a répliqué Thomas.

Ces paroles ont été si spontanées que j'ai ri pendant cinq minutes sous son œil atterré.

Mes inquiétudes se sont diluées.

Nous avons erré un long moment parce que je n'avais aucun sens de l'orientation et que Thomas confondait sa gauche et sa droite. La carte routière naviguait entre nos mains désœuvrées. Plus loin, un panneau de limitation de vitesse à 30 km/h avait été embouti et penchait vers le sol. Sur un trottoir, un homme promenait un chien aussi massif qu'un ours. Inspirée, la nature nous interprétait un air de flûte traversière.

— Oh, c'est Marcel, ai-je commenté.

Thomas m'a jeté un regard dérouté.

— Quoi ?

— Le corbeau qui nous suit depuis tout à l'heure, c'est Marcel.

Il a mâchonné le sourire menu qui pulsait sur sa bouche ; je lui ai donné un coup de sac dans le bras. Nous avons continué à trottiner une demi-heure entre les coiffeurs, les pharmacies et les PMU jusqu'à ce que Thomas réussisse à nous faire sortir de ce village en empruntant un sentier baigné de feuilles mortes. Nous avancions littéralement sur un tapis aux mille nuances de roux. Corail, abricot, miel ; nous marchions sur un tableau de Van Gogh. Nos pieds rendaient un son mou et pâteux. Le soleil peureux s'insinuait entre les branches des arbres et traçait sur le sol des ombres fines. La lumière cuivrée embrasait nos visages, réchauffait nos corps et dorait les yeux de Thomas.

J'ai ramassé une feuille et je l'ai déchirée le long de l'armature.

— Comment on appelle les habitants de Baden ? me suis-je demandé à voix haute. Les Badenais ? Les Badeneaux ?

— Les Badenois.

Nous n'avons pas eu le temps de réagir lorsque le ciel s'est fendu.

Une pluie d'une violence effarante nous a sonnés, compacte et verticale.

Le parapluie que j'ai tenté d'ouvrir s'est retourné ; l'une de ses baleines s'est brisée.

— LÂCHE ÇA, m'a gueulé Thomas en me cramponnant le bras, ET COURS.

Les roues de ma valise bondissaient sur les graviers qui nous déséquilibraient. Je mangeais les mèches de cheveux que l'averse plongeait dans ma bouche et j'avais la sensation de courir en faisant du surplace.

C'est une chapelle qui nous a recueillis, essoufflés, ruisselants.

— Bon dieu de merde, a jeté Thomas en retirant ses lunettes pour s'essuyer le visage avec son écharpe.

— Il jure dans une église, ai-je répliqué, faussement choquée, en me frottant les bras.

Thomas a grogné puis m'a tendu son écharpe. J'ai lâché mon sac et je me suis séchée comme j'ai pu, épongeant de l'eau avec de l'eau. Le tissu trempé sentait les olives vertes. La boue imbibait mes tennis.

— Je confirme, a repris Thomas en nettoyant ses lunettes avec un Kleenex : les mocassins sont les pires godasses du monde pour courir.

— Elle prévient jamais la pluie bretonne quand elle arrive ? ai-je demandé, effarée.

— Jamais, a confirmé Thomas.

La minuscule chapelle était constituée d'allées de bancs très rapprochées qui provoquaient une sensation d'oppression. Thomas a laissé ma valise dans l'entrée et descendu quelques marches ; ses pas ont résonné avec indécence sur la pierre. Logées dans des alcôves, des statues de saints nous fixaient d'un œil étrangement lisse. Cravachés par la pluie, les vitraux ne parvenaient pas à rallumer l'endroit. Il y faisait sombre, triste et froid.

— C'est glauque, ai-je chuchoté.

Ma voix ricochait sur les murs. Cette chapelle désolée pleurait sa solitude. Un seul bouquet de fleurs pâles égayait l'autel.

— T'es croyante ? m'a demandé Thomas tandis que je le rejoignais dans l'allée, bras serrés contre moi.

— Non.

— Moi non plus.

J'ai hésité deux secondes puis avoué :

— Mais je peux te réciter le « Notre Père » en latin.

Il m'a renvoyé un regard surpris. Je lui ai confié avoir étudié la langue au collège puis j'ai commencé à déclamer : « *Pater noster, qui es in cælis, sanctificétur nomen tuum, advéniat regnum tuum* ».

— Voilà, ai-je conclu, j'ai oublié le reste.

— T'as été en école catho ?

— Oui, au collège, mais après on m'a sauvée et envoyée en lycée public.

Dans un sourire frêle, il s'est laissé tomber sur un banc puis m'a révélé qu'il venait d'une famille catholique très pratiquante et que c'était l'enfer.

— J'ai subi les messes du dimanche matin jusqu'à mes 18 ans, a-t-il ajouté en récupérant l'écharpe que je lui tendais. Ils ont même essayé de me rendre droitier pendant des années mais j'ai jamais lâché.

Je me suis installée à ses côtés tandis qu'il plongeait ses doigts sous ses lunettes pour se masser les paupières. La pluie martelait le toit avec rage. Ça sentait le silex et le vieux bois.

— C'était ma grand-mère maternelle, a-t-il murmuré sans transition.

J'ai glissé sur le banc pour me rapprocher de lui et mieux l'entendre.

— Elle avait 80 ans parce que ma mère m'a eu tard. Elle perdait la tête à la fin, elle m'appelait « Claude ». Mais y a aucun *putain de Claude* dans la famille et je saurai jamais qui c'est. J'étais tout le temps fourré chez elle parce que mes parents bossent tard donc c'était comme une deuxième maison. Elle avait une commode dans son salon et le tiroir du bas était rempli de photos anciennes, pas classées, juste jetées en vrac, comme ça. Et moi j'adorais plonger mes mains dans ce lac de photos et les observer pendant des heures, comme toi avec les disques de ton père. C'était marrant, ils souriaient jamais sur les photos à l'époque.

Il s'est interrompu mais je n'ai pas osé tourner la tête vers lui.

— On jouait au *Mot le plus long*, tu connais ? Elle râlait parce qu'elle y voyait plus rien alors je faisais les deux joueurs : je jouais mon tour et puis je jouais pour elle. Je sais même plus quel âge j'avais... 8 ans peut-être ? Je sortais les quilles en plastique de son placard et j'improvisais un bowling dans le couloir. Ça faisait un bordel de dingue mais elle me disait rien. Elle m'a jamais rien dit, Mamie. Et elle aimait mon Bach, tu sais ? J'étais nul, je jouais faux, j'appuyais pas assez fort sur les cordes mais elle me réclamait mon Bach, tout le temps.

Il a parlé comme on vomit. Un flot amer, incontrôlable.

Il m'a dit que c'était comme un coup de lame dans la chair, la perte. Ça fracasse ton univers et te coupe le souffle et toi tu restes là, figé, traumatisé, abasourdi par la violence du choc. C'est comme un accident, t'es en bouillie, le corps, le cœur, tout est broyé, pulvérisé. Il m'a dit qu'il avait envie de le buter, ce foutu Claude, pour qu'elle arrête de prononcer son nom, mais bon c'était un peu sa faute, il avait pas mal maigri ces dernières années alors peut-être qu'elle avait pas intégré le nouveau Thomas. Il m'a dit qu'elle s'était ratatinée d'un coup alors qu'il se souvenait d'une *grande mamie*. Il m'a dit que depuis qu'elle n'était plus là, il avait la sensation d'être en train de tomber, sans cesse, une chute interminable sans que jamais le sol ne vienne à sa rencontre. Il m'a dit qu'au fond c'était ça la vie, perdre les gens un par un sur la route et en sortir un peu plus mutilé. Il m'a dit qu'il se sentait *physiquement* percé, ouvert. Une plaie béante que personne ne peut suturer.

Puis il a retiré ses lunettes et calé les branches autour de son genou. Adressé un sourire triste au banc devant lui.

— Elle était vieille, je sais bien. Les gens me disent que c'est normal de la perdre à cet âge-là mais quand on aime quelqu'un et qu'il part, c'est *jamais normal*, peu importe l'âge qu'il a.

J'ai opiné, aimantée par ses paroles et sa voix de cachemire.

— J'arrive même pas à pleurer, a-t-il finalement avoué. Comme si on m'avait congelé. Ça fait plus d'une semaine et moi j'arrive toujours pas à pleurer.

— Ça t'embête… ?

Il s'est redressé ; le bois a grincé dans son dos.

— J'aimerais pas qu'elle me voie et qu'elle pense que j'ai pas mal, a-t-il répondu. On me dit « laisse-la en paix où elle est » mais j'ai *pas envie* de la laisser où elle est. J'ai encore envie de lui dire des conneries pour la faire sourire, d'écouter sa montre parlante lui dire l'heure qu'il est avec ce son de robot, « il est seize heures », « il est vingt heures ». J'ai encore envie d'enrouler mon bras autour du sien pour l'aider à marcher, de lui voler des bonbons dans sa coupe en verre et de la faire chier en jetant mes quilles dans le couloir. J'ai pas envie de la laisser, Charlotte. J'ai peur d'oublier cette façon qu'elle avait de lisser sa jupe lorsqu'elle s'asseyait dans son canapé, ses pieds tordus qui la complexaient, ses cheveux si blonds et si fins qu'on apercevait son crâne. J'ai peur d'oublier ce trait violet qu'elle traçait toujours sous ses cils pour mettre en valeur la couleur de ses yeux. J'ai peur que son parfum disparaisse un jour même s'il m'arrachait le nez – *Calèche*, ça s'appelait. Et surtout, j'ai une peur terrible d'oublier sa voix.

J'ai tâtonné dans la pénombre pour trouver sa main mais je n'ai pas osé le toucher.

— Je sais pas quoi te dire, Thomas... J'ai encore perdu personne dans ma vie.

— Tant mieux, a-t-il soufflé avant de se lever pour examiner le petit autel.

Et j'ai réalisé que je n'entendais plus la pluie.

Thomas a ensuite remonté l'allée et fouillé mon sac pour en sortir le paquet de chips. Il est revenu vers moi puis l'a ouvert et l'a placé devant mon nez. J'ai pris une chips que j'ai discrètement laissée tomber sur le sol pendant qu'il s'en fourrait une dans la bouche.

— Tu manges pas, hein ? m'a-t-il lancé.

J'ai senti mon cœur hoqueter.

— Si, ai-je répondu instinctivement. Sans arrêt.

— T'as mangé trois miettes depuis qu'on s'est rencontrés.

— Je mange *des tonnes*, Thomas.

Cette phrase a roulé dans le silence caverneux de la chapelle. Thomas a fait claquer sa langue, sceptique, puis s'est mis à lécher le sel qui maculait ses doigts.

J'ai ressenti le besoin de me confier à mon tour mais ma gorge est restée coincée.

J'ai écouté les chips crépiter sous ses dents.

J'ai imaginé le goût dans sa bouche.

— Je sais pas comment tu fais, a-t-il conclu. Moi je suis de mauvaise humeur quand j'ai faim.

Lorsque nous avons enfin quitté notre abri, le ciel s'était allégé et avait viré au prune. L'averse avait épaissi l'air, le rendant collant et poisseux. Égarés parmi des arbres évoquant de longues silhouettes encapées, nous avons parcouru des rues émaillées de rares maisons jusqu'à retrouver les panneaux indicateurs. Nous suivions ceux qui menaient vers le centre-ville et marchions en zigzags, utilisant les flaques d'eau pour nettoyer nos chaussures boueuses. Les réverbères s'embrasaient au fil de nos pas comme des lucioles dodues. Les phares des voitures piquetaient le soir qui tombait. Mille points de lumière se réfléchissaient dans l'eau-miroir.

— Je l'ai fait, Thomas, ai-je dit, fière de mon audace. J'ose jamais rien dans ma vie et là je suis partie de chez moi.

Sans cesser d'avancer, il a levé un poing conquérant et j'ai souri au bitume. Quelques gouttes de pluie tardives chutaient dans les flaques et y traçaient des anneaux mous. L'une d'entre elles a percuté mon sourcil et m'a coulé dans l'œil. J'ai cligné des paupières.

— Je tuerais pour une douche brûlante, ai-je confessé.

— Des pâtes au beurre, a renchéri Thomas.

— Un feu de cheminée.

— Un lit chaud et douillet.

J'ai approuvé tandis qu'un drôle d'oiseau s'époumonait au-dessus de nos têtes. La bâche d'un échafaudage a bruissé. La porte d'une camionnette a coulissé puis quelqu'un a claqué des volets.

Et, chose étrange, je n'étais même pas angoissée.

Je n'imaginais pas pouvoir renverser ma vie ordinaire d'un seul billet de train, et pourtant je l'avais tenté. J'avais l'espoir de découvrir une vérité exceptionnelle qui bouleverserait mon existence et me rendrait capable de vaincre les désastres et les drames. Malgré tout, une part de moi-même savait que je me mentais et que mes peines, mes doutes, mes échecs, m'avaient suivie dans mes valises, que j'avais beau marcher depuis des heures, ça marchait aussi derrière moi, visqueux, mais j'avais envie d'espérer. D'avancer un pas après l'autre sans me soucier du pas d'après. J'aspirais à l'évasion, à la liberté ; les raisonnements viendraient plus tard.

5

Nous avons poussé la porte d'un bar pour en ressortir avec l'adresse d'une maison d'hôtes, à cinq cents mètres de là. Lorsque la propriétaire a ouvert avec une clef de fer forgé digne d'un château prestigieux, plusieurs lampes nous ont éblouis. Elle portait une robe longue ainsi que des bottines aux motifs baroques et possédait une grâce solennelle. Elle a offert sa main droite pour nous saluer mais Thomas lui a tendu la gauche et ce cafouillage a détendu l'atmosphère. Il lui restait une chambre avec un lit pour deux personnes ; nous l'avons prise. Tandis qu'elle s'écartait pour nous laisser entrer, une masse de chats s'est enroulée autour de nos jambes en une bande multicolore. La maison sentait le gratin de poisson à la crème.

Thomas m'a jeté un regard en coin lorsque mon estomac a grondé, impoli.

Nous nous sommes débarrassés de nos chaussures trempées dans l'entrée puis avons monté mes sacs à l'étage. La chambre était sommaire mais agréable. Des murs beiges rehaussés d'une frise gorgée de plumes. Deux portes séparées qui menaient à des toilettes et à une petite salle de bains. Une table en bois faisant office de bureau ainsi qu'un fauteuil à l'assise matelassée. Les grands rideaux semblaient lourds sous la main.

— Bon ça, je suis pas fan, a commenté Thomas en pointant la croix fixée au-dessus du lit.

J'ai opiné, mal à l'aise, et nous avons fini par décrocher le Jésus martyrisé. Deux personnes discutaient au loin, de l'autre côté du couloir. Le parquet grinçait sous nos pas.

Puis il a fallu descendre dîner.

Je me souviens qu'on nous a servi des moules panées qui sentaient mes vacances de môme au bord de la mer. Je me souviens n'avoir pu manger que la crème. Thomas a troué son morceau de pain et poussé vers moi une grosse boule de mie. Un chat blanc à la patte rousse a sauté sur ses genoux et tenté de lui dérober des moules. Le vent sifflait contre les volets, renforçant la chaleur de la pièce. Des assiettes en porcelaine étaient suspendues aux murs. Une horloge ancienne marquait les secondes. Le chat bicolore s'est endormi sur les genoux de Thomas.

J'ai cru que c'était ça, la liberté.

C'était très doux, facile, parfait.

Avant de regagner la chambre, Thomas a récupéré auprès de la propriétaire une brosse à dents neuve et un pyjama qui avait appartenu à son époux. Nous avons tour à tour passé un temps interminable sous la douche ; j'ai lavé mes cheveux, mes pensées, mes tracas. Mon corps tout entier n'était plus qu'une immense courbature.

— C'est trop bizarre le miroir dans les chiottes, m'a lancé Thomas lorsque je suis sortie de la salle de bains. Qui a envie de se voir en train de pisser ?

J'ai ri en m'installant dans le fauteuil pour masser mes pieds douloureux tandis que Thomas s'allongeait en travers du lit, bras en croix et paupières closes. Nous n'avons plus parlé. La maison était devenue tellement silencieuse qu'elle paraissait abandonnée. Seul le vent s'acharnait à racler les volets.

— Ça t'embête qu'on dorme dans le même lit ? a-t-il subitement demandé en se redressant sur ses coudes.

Mon corps a fait n'importe quoi : j'ai à la fois secoué la tête et haussé les épaules.

— Je peux dormir dessus si tu veux, a-t-il ajouté, plus doux. Et toi tu dors dedans.

— Mais non, ça va, ai-je répondu sans croiser son regard.

Dehors, on entendait quelqu'un courir sur les pavés. J'ai tressé mes cheveux, éteint la lumière et je me suis glissée sous les draps. J'étais pliée en boule, orientée vers Thomas, tandis qu'il était couché à plat ventre, la tête tournée vers moi. Dans l'obscurité presque totale, il m'était impossible de voir s'il avait les yeux ouverts ou fermés. Le lit exhalait un parfum de muguet détrempé.

— C'est quoi, le souci ? a chuchoté Thomas après plusieurs minutes de silence.

— Quel souci... ?

— Tu te trouves grosse ?

Mon cœur s'est cabré.

— S'il te plaît... non.

J'ai répondu avec davantage de brutalité que je n'avais voulu mais Thomas ne s'est pas braqué.

— OK, a-t-il capitulé.

Une moto a grogné durant de longues secondes avant de s'éloigner. Une alarme de voiture s'est déclenchée à quelques rues de là. Puis je n'ai plus entendu que la respiration de

Thomas qui sifflait par à-coups. La suite de notes flûtées d'une grive nocturne.

Et le silence.

Le souci, c'est ma bouche, Thomas. C'est ma chair, c'est ma peau. J'ai envie de la retirer comme de la peinture écaillée. Elle me serre, elle m'emmure ; j'étouffe à l'intérieur.

Le souci, c'est ma voix. Je n'arrive pas à m'exprimer alors je mange. Quand on m'a contrariée, ignorée, rabaissée, blessée, je mange. Des paquets de gâteaux, des tablettes de chocolat aux noisettes, des plats démesurés de riz noyé de mayonnaise.

Que je dégueule ensuite.

Je ne fais que ça de mes journées, Thomas : manger et vomir.

Depuis trois ans.

Je ne sais pas comment m'aider.

Je ne sais même pas si j'ai *envie* de m'aider.

J'ai voulu partir pour fuir le frigo mais le monstre est en moi.

La blessure est en moi.

Je suis une souillon dissimulée dans un costume de jeune fille modèle. Je ne *peux pas* manger un seul biscuit comme le font les gens « normaux » : moi je finis le paquet, l'assiette, le bol, le plat. Je suis un puits sans fond. Mon propre ennemi. Je mens, je triche, je leurre. J'ai pensé que sur les routes, il me serait impossible de me gaver et de vomir. Mais la nourriture est sans cesse là, à m'attendre, les crocs alertes. Et si je ne veux plus vomir, alors je ne peux plus manger. Je suis prise à mon propre jeu, Thomas. À la fois piégeuse et piégée.

— *Noz vat*, mademoiselle Sirène, m'a-t-il soudain soufflé.

Son intervention subite m'a fait sursauter.

— Ça veut dire quoi ?

— « Bonne nuit » en breton.

J'ai souri.

— *Noz vat*, Thomas.

— Merci.

J'avais beau tenter de jouer la fille tranquille, j'étais angoissée à l'idée de dormir à côté d'un garçon. Je me sentais à l'étroit dans ce lit, gênée par la seule vibration de sa respiration.

Je me rendais compte à quel point le corps m'embarrassait, m'effrayait.

Le mien comme celui des gens qui m'entouraient.

Et puis j'ai toujours redouté la nuit. Quand plus aucun son n'enraye les pensées et qu'elles crient dans ma tête, hideusement libres. L'obscurité s'invite avec ses ombres, ses diables et ses fantômes. On se voit plus fragile, plus fade, plus laid qu'en pleine journée.

Et cette nuit-là n'a pas été des plus paisibles.

Dans l'une des chambres voisines, un bébé a commencé à pleurnicher. Une demi-heure plus tard, un homme s'est mis à beugler dans la rue. Des phrases incompréhensibles. Des insultes jetées comme des crachats. Puis il a lâché une série de rots répugnants qui l'ont fait rire avec une étrange mollesse, comme si un enregistrement passait sa voix au ralenti.

— Thomas... ? ai-je appelé.

Il a remué dans les draps et marmonné :

— T'occupe, il doit être complètement bourré.

J'ai finalement tenté de m'endormir mais sursauté lorsqu'un grand bruit creux a émaillé l'air. Thomas a juré puis attrapé son oreiller qu'il s'est plaqué sur la tête.

— Y a du tonnerre... ? ai-je demandé, les ongles enfoncés dans les draps.

Il a répondu quelque chose que je n'ai pas compris donc j'ai soulevé son oreiller.

— Répète ?

— Il a dû se prendre une poubelle, ce con.

Le gars s'est remis à gueuler et ça a duré jusqu'à ce que des lumières bleues clignotent à travers les sillons du volet. J'entendais des voix graves emmêlées aux éclats du type alcoolisé.

— Y a les flics, ai-je dit, mais Thomas avait déjà chaviré dans les rêves.

Je me suis retrouvée seule avec mes divagations malades, le bras comprimé contre mon ventre affamé. J'ai repensé aux moules, puis je me suis souvenue que j'avais une tablette de chocolat dans ma valise.

Elle m'a appelée pendant vingt minutes, la mauvaise.

— Thomas... ? ai-je chuchoté pour vérifier qu'il dormait toujours.

Il n'a pas réagi. J'ai donc glissé hors du lit avec le plus de légèreté possible, tâtonné jusqu'à mes bagages et récupéré la fameuse tablette avant de m'enfermer dans les toilettes. Assise sur le carrelage froid, j'ai avalé un carré, puis un deuxième. Un éclat de noisette est tombé sur le sol ; je l'ai mangé quand même.

Stop, a craché la voix démoniaque qui hantait mon esprit. *Grosse vache, truie.*

Comme il m'était impossible de vomir alors que Thomas se trouvait à quelques mètres de moi, j'ai fourré un troisième carré dans ma bouche puis je suis sortie avant de perdre les pédales. Je me suis relavé les dents, j'ai rangé le chocolat à sa place puis regagné le lit.

J'ai touché les os de mes hanches en attendant de trouver le sommeil, même si mon estomac a grogné toute la nuit, frustré.

C'est un long miaulement dissonant qui m'a réveillée le lendemain matin. En ouvrant les yeux, le temps de quelques secondes, j'ai cherché à me rappeler où j'étais, dépaysée. Puis j'ai reconnu les rideaux, l'aménagement des meubles et mon esprit s'est réorganisé. Je me suis levée épuisée, ankylosée, et j'ai entrebâillé la porte. Nos chaussures propres et sèches nous attendaient sur le seuil, accompagnées du gros chat à la patte rousse. Lorsque l'animal a sauté sur le lit, Thomas s'est retourné, les paupières à demi-closes, et lui a caressé la tête. Un ronronnement sonore a très vite envahi la chambre.

— Hello, m'a chuchoté Thomas d'une voix engourdie par la nuit.

— Hello.

Le soleil s'insinuait à travers les volets et zébrait la couverture de rubans dorés. Je me suis arrosé le visage d'eau froide en écoutant Thomas discuter avec le chat. Lorsqu'il s'est étiré, j'ai entendu ses os craquer. J'ai gueulé ; il a ri. Puis il a quitté le lit, ouvert la fenêtre et les sons de la ville ont éclaté.

J'ai senti le parfum épicé du tabac embaumer l'air.

Lorsque je l'ai rejoint, il a confié sa cigarette à sa main droite pour l'éloigner de moi. Le ciel était bleu myosotis, d'une teinte presque insolente. Des talons martelaient le sol pavé. Un facteur est passé sur un vélo, pressé. La nuit ne nous avait pas reposés et la conversation butait.

— Ça fait longtemps que tu fumes ? ai-je demandé en fixant le manteau écossais d'une Asiatique.

Il m'a raconté qu'il avait commencé au lycée, classe de seconde, moins pour faire comme les potes que pour qu'on lui foute la paix une bonne fois pour toutes. C'était pas son genre de chercher à rentrer dans les cases ; lui avait le cœur fantaisiste. Mais dans ce cas-là, il avait sauté dans la trappe les pieds en avant. On teste une fois, on fait semblant d'aimer et puis on recommence lors des soirées, on tire une latte, puis deux, puis trois, et peu à peu on s'habitue. On finit par avoir besoin du geste. On finit même par apprécier le goût.

— C'est dingue comme on est attaché à ses poisons, a-t-il conclu en rejetant sa fumée par le nez.

Une masse chaude et soyeuse m'a subitement chatouillé le mollet – le chat bicolore m'examinait avec majesté. Le carré de la fenêtre se reflétait dans ses yeux de jade. Brûlées, les moustaches de son côté droit frisaient.

— Je sais où je t'ai vu, ai-je alors confié à Thomas en me baissant pour caresser le pelage doux. Dans mon bouquin d'histoire de terminale. Y avait la photo d'un résistant et c'est exactement toi. Les mêmes pommettes. La même coiffure.

Thomas a bombé le torse avec grandiloquence en écrasant son mégot sur le mur extérieur. Puis il a refermé la fenêtre avant de descendre au rez-de-chaussée, escorté par le chat que, secrètement, j'avais appelé « Bigoût ». J'ai profité de son absence pour enfiler mon jean et deux pulls propres, puis j'ai lavé mon visage et appliqué une couche de mascara sur mes cils.

Le regard de ma mère est venu saboter cet instant d'apaisement.

J'ai inspiré profondément puis rallumé mon téléphone et enfin décidé d'écouter les messages qui abreuvaient ma boîte vocale. Après m'avoir demandé si j'allais bien, ma meilleure amie m'annonçait que l'excuse n'avait pas pris. Ma sœur m'adressait des tas de SMS pour connaître les détails de ma grande aventure et mes copines de fac voulaient savoir si 1) j'avais braqué une banque et que j'avais dû fuir ou 2) j'avais décidé de changer d'identité et de repartir à zéro en Alaska. Quant à ma mère, elle se demandait quel garçon m'avait kidnappée et nom de Dieu est-ce que j'allais finir par la rappeler, oui ou merde ? En fond sonore, j'entendais la voix posée de mon père qui tentait de la calmer sans y parvenir. J'ai répondu à ma sœur et à mes amies puis supprimé tous les textos maternels d'un pouce rageur avant de taper succinctement : « je vais bien, ne vous inquiétez pas, je vous appelle bientôt ».

Et j'ai replongé mon téléphone en sommeil.

Même à plusieurs centaines de kilomètres de chez moi, je me sentais traquée. Si j'avais pu arracher ma mère en arrachant ma peau, je crois que je l'aurais fait.

Puis Thomas est enfin remonté, brandissant un caleçon usé d'une main triomphante.

— Quelle est cette chose hideuse ?

— Son mari me le donne, a-t-il dit en se glissant dans la salle de bains pour s'habiller.

— Oh, joie. Et le pyjama de vieux ?

— Je le garde aussi.

— Oh, double joie.

Son rire étouffé a percé à travers la porte entrouverte. Je me suis laissée tomber sur le lit, les yeux posés sur une minuscule fêlure du plafond. J'ai écouté les gestes de Thomas mêlés aux sons de l'extérieur, songeant que j'aurais aimé rester ici pendant des jours, voire des mois entiers. Mais j'ai également repensé à ce conducteur vicieux qui nous avait provoqués et au vacarme de l'homme éméché en pleine nuit. Toutes ces menaces, plus ou moins sérieuses, qui nous guettaient dans les replis du paysage dès que nous baissions la garde.

J'avais imaginé une aventure folle, toute en rondeur et rires faciles. Mais le monde se mue en entité sauvage lorsqu'on part sur les routes.

Au final, j'étais rassurée que Thomas soit là, près de moi.

Il est ressorti en jean et T-shirt, son pull noir à la main. Il a retiré ses lunettes avant de l'enfiler puis s'est assis à mes côtés. Le cadran de sa montre m'a éblouie lorsqu'il l'a attachée à son poignet.

Après la chapelle, il avait changé – je m'en rendais compte à présent. Ses regards vers moi semblaient plus ouverts, ses sourires plus entiers. Il avait le pas moins robotique et la voix plus colorée. J'ai rangé ses vêtements dans ma valise et nous avons quitté la chambre. Au rez-de-chaussée, le petit déjeuner avait été servi mais la châtelaine ne se trouvait pas dans la pièce. La table en acajou croulait sous les assiettes en porcelaine. Des bols aux dessins typiquement bretons emplis de serviettes en papier pliées. Des panières de croissants et de fruits frais. Une longue carafe de jus d'orange brillant. Un plat de far aux pruneaux tout juste sorti du four.

Évidemment, j'ai paniqué.

Thomas s'est installé et m'a regardée déserter la maison à la hâte, confus. J'ai amorcé quelques pas dans la rue avant de m'asseoir sur le rebord du trottoir, frottant les touffes de poils de chat qui s'étaient collées à mon jean. Une fille est passée devant moi, portant une robe bouffante et une grande capeline à dentelle. Déconcertant et magnifique. Puis la porte s'est rouverte et mes bagages ont été posés sur le sol. Un croissant à la main, Thomas s'est penché vers moi pour m'annoncer qu'il allait régler la chambre. Je lui ai tendu mon portefeuille puis je me suis relevée et j'ai traîné mes affaires jusqu'à la fontaine qui ornementait la place. Lorsque Thomas est ressorti de la maison et m'a cherchée du regard, j'ai levé le bras. Il m'a rejointe et s'est assis à mes côtés en me rendant le portefeuille dans un remerciement gêné.

— J'ai honte, ai-je bafouillé, ma voix étouffée par la sonnette d'un vélo. Toute cette bouffe... j'ai pas pu.

Un bref froissement de sourcils a dérangé la douceur de son visage.

— T'inquiète, j'avais pigé.

Il a sans doute attendu que je me livre davantage mais les mots sont restés vissés dans ma gorge. J'ai fixé la viennoiserie dorée qui graissait ses doigts. Mon estomac a protesté, morose. Thomas en a profité pour sortir de sa poche deux autres croissants emballés dans des serviettes en papier.

— La dame m'a donné ça, a-t-il dit. Pour la route.

Il a ajouté qu'elle avait rempli notre bouteille d'eau de jus d'orange et je me suis sentie affreusement coupable.

— Tu pouvais rester à table, ai-je lancé à mes genoux.

Je l'ai entendu souffler par le nez.

— J'allais pas te laisser toute seule dehors.

Nous nous sommes tus le temps que passe une femme qui pestait dans son téléphone en gueulant : « Tu sais pas ce qu'il m'a encore fait, Tristan ? »

— On s'en tape de Tristan, a râlé Thomas en récupérant, du bout de l'index, les miettes qui pailletaient son jean.

La femme s'est arrêtée à deux mètres de nous et piétinait le sol, furieuse. Ses sourcils très épilés semblaient presque inexistants.

— Non mais il a rangé tout l'appart en pleine nuit, j'te jure ! Tu vas me dire : OK, c'est top, pour une fois qu'il range quelque chose mais non, que dalle, c'était LE FOUTOIR ABSOLU. Il a fourré la bouffe dans les bibliothèques et les bouquins dans le frigo, autant te dire que mes yaourts ont tous fini à la poubelle. Des yaourts bio à cinq balles ! Non mais je t'en foutrais DU SOMNAMBULE, MOI !

Je tentais de dissimuler mon fou rire sous mon écharpe mais Thomas, lui, ne se cachait pas. Nous écoutions la discussion, hilares et passionnés.

— Et c'est pas tout, a poursuivi la femme, je l'ai trouvé à poil avec le plumeau à poussière en train d'épousseter la cuvette des chiottes. Il m'a même tartiné mes chaussures avec la confiture de maman ! J'te jure !

Elle a craché sa toute dernière tirade en s'éloignant et j'ai enfin pu libérer mon rire.

— Tu crois qu'il les a mangées, les chaussures ? m'a demandé Thomas en avalant l'ultime bouchée de son croissant.

J'ai cogné sa jambe avec la mienne en lui volant quelques miettes égarées sur ses cuisses. Il a plongé la main dans la poche de son manteau pour m'offrir une viennoiserie mais j'ai secoué la tête.

— Ce truc me donne envie de faire pipi, ai-je râlé en pointant du pouce la fontaine dans mon dos.

Thomas s'est levé avant de balayer le paysage du regard tandis que je lui tendais la carte routière. Il l'a étalée sur le bord de la fontaine et s'est accroupi devant.

— OK, on est ici, a-t-il déclaré en tapotant son ongle noir sur le plan.

— Pourquoi on a viré vers le bas ? lui ai-je demandé, perplexe, alors qu'il repliait la carte.

Il a penché la tête sur le côté et rappelé que tous les chemins menaient à Rome. Puis il s'est relevé, a saisi la poignée de ma valise et m'a lancé :

— Allez viens, l'opération « Pointe du Raz » nous attend.

Je lui ai repris la carte et je l'ai suivi d'un pas nerveux.

En frappant mes pieds sur le bitume, j'avais presque la sensation de frapper ma mère.

Nous avons croisé un rond-point orné de drôles de statues plates, un cycliste zigzaguant entre les véhicules à l'image d'une gazelle ainsi qu'une maison envahie par les racines jusqu'aux tuiles de son toit. Le vent nous jetait au visage quelques feuilles ocre. Les nuages m'évoquaient de la mousse à raser.

— C'est elle qui m'a rendue comme ça, ai-je marmonné en contournant une voiture garée de travers sur le trottoir. Ma mère. Avec ses réflexions de merde. À me taper sur les doigts à chaque fois que je voulais me resservir à table.

À stocker les paquets de gâteaux dans les placards les plus hauts pour que je puisse pas les choper. À cuisiner d'immenses marmites de soupe au chou et se gaver de pilules magiques qu'elle laissait traîner partout pour que je comprenne à quel point c'était *primordial d'être mince.*

J'avais presque craché les derniers mots. De son côté, Thomas m'écoutait sans parler et nous éloignait de la ville pour fuir le vacarme des voitures. J'ai raconté les crèmes amaigrissantes qui engorgeaient la salle de bains et les DVD de fitness. L'extraordinaire silhouette de ma mère qu'elle exhibait comme un joyau.

— Elle me tue, ai-je lâché, les dents de plus en plus serrées. Elle est comment, la tienne ?

Thomas a ouvert la bouche avant de se raviser.

— Dis-moi, ai-je réclamé en cramponnant sa manche.

Il a secoué la tête, buté ; je n'ai pas insisté.

Nous avons dépassé une magnifique bâtisse agrémentée d'un jardin gigantesque. Une petite fille s'amusait à entortiller les cordelettes de sa balançoire en tournant dans un sens puis dans l'autre. Lorsqu'elle nous a aperçus, elle a agité sa main dorée. Je lui ai rendu son sourire tandis que Thomas accélérait sans raison.

— T'aimes pas les enfants ? ai-je demandé en galopant pour le rattraper.

Il s'est dérobé en remuant les épaules avec indolence. Puis les maisons se sont raréfiées, les voix des gens s'étiolaient. Nous avons longé un grand champ de tournesols fanés qui penchaient vers le sol tels des gamins punis. Une 2CV d'un bleu électrique a teinté le décor au loin, glissant sur l'horizon. Nous avons traversé un pont couvert de lierre dégoulinant puis la terre molle a remplacé la pierre.

Le son de nos pas s'est éteint.

Et j'ai commencé à ressentir des fourmillements dans les jambes et le bout de mes doigts. Ça bourdonnait dans ma tête, martelait mon cœur, une rengaine moite qui se dissipait puis revenait, me donnant la sensation d'être gorgée de bulles de savon.

T'aurais dû manger un truc, me suis-je dit au moment où nous croisions un bouquet de fleurs fanées scotché à un poteau, accompagné de la photographie délavée de deux adolescents. Bouleversée, j'ai observé le sol bancal sous mes pieds, imaginant l'accident fatal, mais Thomas a tiré sur la bandoulière de mon sac pour m'arracher aux disparus. Nous avons aperçu un musée extérieur désordonné, nous n'avons pas réussi à deviner ce qu'il exposait. Puis nous nous sommes égarés près d'une ferme qui ressemblait à un manoir défraîchi. Un homme nous a adressé un signe de tête ; nous l'avons salué en retour sans rien comprendre à ce qu'il baragouinait.

— Qu'est-ce qu'il dit ? ai-je demandé à Thomas, confuse.

— Aucune idée, m'a-t-il répondu en frottant le sourire qui étirait ses lèvres.

— Je croyais que tu parlais breton...

— Mais j'ai pas l'impression qu'il parle breton, en fait.

Nous avons gloussé, fatigués, tandis que le vieux continuait à nous interpeller en esquissant de grands gestes vers la grange.

— OK, OK, a gueulé Thomas en levant la main.

— Mais qu'est-ce qu'il dit... ?

— Je sais pas, il a pas l'air content, on se casse...

Une odeur entêtante de boue grasse et de crottin frais saturait l'atmosphère. Ça caquetait, piaillait et grognait. Puis un âne à la plainte contagieuse nous a fait partir en fou rire.

— On dirait une porte qui grince, s'est esclaffé Thomas.

J'en avais les yeux qui pleuraient.

Notre crise a duré une demi-heure, sans cesse réactivé par l'un ou par l'autre, nous labourant le ventre.

Puis nous nous sommes éloignés de la ferme pour pénétrer dans un petit bois. Les arbres nous contemplaient, galants. Le soleil décalquait leur ombre délicate sur le sentier et striait nos visages par saccades régulières. Thomas portait ma valise dans ses bras et nous avancions avec lenteur, déséquilibrés par les morceaux de branches mortes qui encombraient le chemin.

Ça sentait fort la mousse humide et la résine.

Au-dessus de ma tête, des brindilles ont craqué. Un bouquet de feuilles a bruissé et le monde s'est mis à tanguer. J'ai juste eu le temps de tendre la main vers Thomas et de prononcer son prénom. Puis le sol est venu à ma rencontre et l'obscurité m'a engloutie, glaciale.

6

Lorsque j'ai repris connaissance, j'étais assise par terre, le dos soutenu par le bras de Thomas qui tapotait mes lèvres avec ses doigts mouillés de jus d'orange. J'avais la tête engourdie ; mes oreilles sifflaient. Spontanément, j'ai léché le jus sur ma bouche.

— Merde... ai-je soufflé, constatant que mon corps m'avait lâchée.

Thomas a demandé si j'avais mal quelque part.

— Non...

— Tu peux te lever ?

J'ai attendu quelques secondes que le paysage cesse de valser puis j'ai pris appui sur le sol. Thomas a pris mon sac et m'a conduite jusqu'à un banc de bois qu'il a nettoyé de ses feuilles.

— Tu la verras jamais, ta pointe du Raz, si tu manges pas.

Raide et sévère, sa voix. Il est parti récupérer ma valise puis s'est assis à mes côtés en plaçant un croissant sous mon nez. Le parfum de pâte beurrée m'a fragilisée.

— Non merci, ai-je dit en repoussant son bras.

— Prends-le, Charlotte.

— J'en veux pas.

Têtu, il a ouvert mes doigts pour y fourrer la viennoiserie. Je l'ai reposée sur sa cuisse.

— S'il te plaît, me force pas.

— T'as *besoin de manger.*

— Mais je FAIS QUE ÇA, ai-je gueulé en frappant l'air. Je fais que BOUFFER, THOMAS. Du matin au soir.

Bien sûr qu'il ne m'a pas comprise.

— Mords dans ce truc, m'a-t-il gentiment ordonné en retirant une brindille accrochée à mon blouson.

— T'es tenace, hein ?

Il a opiné et lâché :

— C'est un de mes nombreux talents.

J'ai glissé du banc pour me réfugier entre les arbres, repoussant maladroitement les branchages qui s'agrippaient à mes cheveux. Les pas de Thomas résonnaient derrière les miens.

— Arrête, a-t-il dit en me cramponnant le coude.

Je me suis dégagée, furieuse, et j'ai marché pour échapper à son regard. Mais il revenait sans cesse se poster devant moi. Ses yeux clairs réfléchissaient la dentelle rousse des feuillages.

— C'est un arbre magique, ai-je commenté en pointant un tronc qui se dédoublait.

— Détourne pas la conversation.

Coulant une main dans mon dos, il m'a conduite vers le banc. J'ai eu beau jurer que je me sentais beaucoup mieux et que j'étais prête à repartir, le croissant a de nouveau atterri entre mes doigts.

— Tu me *fais chier*, Thomas.

— Mange ça.

J'ai compris qu'il était aussi coriace que moi et que j'allais devoir abdiquer cette fois-ci pour ne pas abîmer nos liens. Alors j'ai pris une profonde inspiration puis attrapé la corne qui fermait la viennoiserie et retiré la première couche huileuse.

— Tu le déshabilles ? a souri Thomas.

— Me regarde pas...

— OK.

La nature jetait des notes saccadées comme autant de diamants tintant sur un collier. Thomas a sorti une cigarette et fait crisser son briquet. Et pendant qu'il fumait, je lui ai expliqué que je « déshabillais » tout ce que je mangeais. Les biscuits grignotés de l'extérieur vers l'intérieur et les pains au lait épluchés. Les céréales piochées par taille, les bonbons croqués par couleurs. J'avais besoin *d'agir* sur la nourriture, de l'ordonner, de la contrôler pour en avoir moins peur. Je lui ai surtout avoué que je n'avais pas dégusté de croissant depuis que j'étais gosse. Plus de dix ans déjà.

— Goûte, m'a-t-il répondu avec douceur. Les meilleurs sont bretons.

J'ai porté la lamelle rousse à ma bouche et j'ai mâché.

Mâché.

Et avalé.

C'était à la fois simple et torturant. Je me suis pressée contre le dossier du banc et j'ai fermé les yeux, écoutant la faune alentour qui pépiait, couinait, jacassait. Même si je bloquais les pensées griffant les parois de mon crâne – *sale truie, grosse vache* – j'ai eu besoin que Thomas me parle pendant que je mangeais.

— Dis-moi quelque chose sur toi.

— Quelle chose ?

— N'importe quoi.

Il a réfléchi de brèves secondes puis m'a confié qu'il faisait des rêves lucides.

— Les rêves où tu sais que tu rêves ?

— C'est ça.

Réfugiée sous mes paupières closes, je n'étais plus que sons : le vacarme des coucous, des tourterelles et de tous les rongeurs qui bruissaient sur le sol, le vent qui se coulait entre les branches et faisait pétiller les feuilles, les reniflements de Thomas. J'ai rouvert les yeux et ramassé la bouteille qu'il avait posée entre nous. J'ai avalé trois gorgées puis je lui ai demandé de continuer à combler le silence.

Compréhensif, il m'a livré tout ce qui lui venait à l'esprit, en désordre.

Il avait eu un bac S mais ce qu'il aimait le plus, c'était les langues étrangères, notamment les slaves : il parlait le russe et un peu de polonais qu'il avait appris en autodidacte. Les villes de Cracovie et Saint-Pétersbourg le charmaient ; il irait un jour, obligé. Et puis il adorait passer des heures à lire les encyclopédies, comprendre ce que dissimulaient les batailles légendaires de l'Histoire, rencontrer de grands personnages et de sublimes destins. Il était curieux et sociable mais aussi terriblement indiscret parfois. La faute à son signe astrologique : il était Gémeaux.

Les minutes ont filé.

J'avais mangé un croissant sans le vomir juste après.

Et j'en étais pas morte.

Sans réfléchir, j'ai posé ma tempe sur l'épaule de Thomas et je me suis assoupie. C'est une série d'éternuements qui m'a extirpée de mes rêves.

— Tu t'enrhumes, ai-je lancé en me frottant les bras. Fallait pas danser sous l'orage.

Il a gentiment soufflé par le nez.

— J'ai dormi longtemps ?

— Une demi-heure, peut-être, a-t-il dit.

Puis il a brandi mon MP3 et ajouté :

— Donc je me suis permis d'écouter Michel Sardou.

J'ai baissé la tête en jouant les étonnées pendant qu'il s'éclaircissait la gorge et se mettait à gueuler :

— « TERRE... BRÛLÉE... AU VENT... DES LANDES DE PIERRE... »

— Tu chantes faux, ai-je raillé en le poussant, renversant la bouteille qui a roulé à quelques mètres de mes pieds.

Je l'ai ramassée puis me suis réinstallée sans oser croiser son regard.

— J'adore la cornemuse, ai-je chuchoté pour me défendre.

Taquin, il a donné une pichenette à mon écharpe écossaise.

— Oui, c'est ce qu'ils disent tous.

— OK : j'aime bien Michel Sardou.

Son sourire immense m'a fait tanguer le cœur.

— Je baisse dans ton estime ? lui ai-je demandé d'une petite voix.

Il a fait mine de réfléchir un moment puis a grimacé. Je lui ai frappé l'avant-bras.

Et puis c'est moi qui ai parlé.

Je lui ai confié que j'étais envoûtée par l'Écosse mais surtout l'Irlande, ses décors et son histoire. Et tout en me livrant, je faisais tourner la bague de Claddagh qui enrobait mon annulaire. J'étais fascinée par la musique celtique et les cheveux roux – c'était aussi pour cette raison que la

Bretagne me plaisait tant. D'ailleurs, le tout premier garçon qui m'avait embrassée au collège était roux.

Puis je me suis tue un instant, revivant ce baiser originel qui m'avait tant émue.

— T'en joues ? m'a demandé Thomas en m'exilant de ma mémoire.

— De quoi ?

— De la cornemuse.

— Non, ai-je ri, mais j'ai fait quatre ans de chant lyrique.

Il a haussé les sourcils, impressionné. Je lui ai raconté que j'avais suivi ma meilleure amie dans cette passion puisque je n'avais aucune personnalité. À cette époque, j'écoutais les chanteuses qu'elle écoutait, je poursuivais les projets qu'elle menait. Mais finalement j'étais juste une mauvaise copie, un calque un peu vitreux. Toujours cette enveloppe sans caractère et sans âme. Un plagiat. Un fantôme.

Et pourtant, comme j'aimais chanter.

— Mais j'avais pas de voix, ai-je soupiré, nostalgique. J'ai jamais compris comment il fallait respirer.

Un grondement d'orage a dégringolé au loin. Nous avons alors décidé de quitter le bois, délaissé les rues et les sentiers douteux pour regagner les départementales. Nous trottions sur le bas-côté, protégés des véhicules par une barrière minuscule, nos pas crissant sur l'herbe. Thomas avançait derrière moi en tirant ma valise. Autour de nous, des champs immenses et vides, des arbres désolés, une botte de foin abandonnée comme un roulé à la vanille.

Et le vent sur nos joues, moite et piquant.

— C'est quoi là-bas... ? ai-je demandé en pointant la route à l'horizon. Un animal écrasé... ?

Thomas a accéléré pour se poster à ma hauteur, plissé les paupières et répondu :

— Non, un bonnet.

Je lui ai adressé une moue dubitative.

— On n'a pas la même image d'un bonnet...

— OK, a-t-il rectifié, c'est une toile de montgolfière.

J'ai levé les yeux au ciel.

— C'est un pauvre hérisson écrasé, Thomas.

Il a nié avec détermination avant de déclarer :

— Non, c'est une peluche qui voyage. La regarde pas, ça va l'intimider.

J'ai souri en rajustant la bandoulière de mon sac mais mon cœur s'est tordu. Nous approchions peu à peu de cette forme sombre et aplatie sur le bitume. J'ai détourné la tête mais Thomas avait déjà dressé sa paume devant mon visage.

Nous avons marché bien plus longtemps que le jour d'avant.

À la faveur de plusieurs raccourcis trompeurs, nous avons atterri face à un escalier étroit dont on n'apercevait pas le sommet. D'un mouvement du menton, Thomas a proposé qu'on fasse demi-tour mais j'ai tenu à l'escalader, ce monstre gigantesque, tel un défi que j'adressais à mon corps trop léger. Je n'ai même pas pensé à la valise que Thomas devrait porter jusqu'en haut et j'ai commencé à grimper, déterminée. La rampe, fine et rouillée, parsemait le sol de tessons orange.

— J'en peux plus, ai-je lâché en m'affalant sur la soixante-quatrième marche. Je vais crever.

Thomas a libéré ses bras, s'est étiré dans un craquement puis assis à côté de moi.

— Mais qui a construit ce truc ? ai-je pesté en shootant dans un mouchoir égaré.

Le déchet est allé rejoindre un papier de bonbon froissé, défraîchi par les semelles des passants. Je n'avais plus de souffle, je me sentais déçue, frustrée.

Et vieille.

Comment avais-je pu m'imaginer que ce serait simple ? Lorsqu'on planifie un voyage, on marche dans sa tête et on avance sans le poids du corps, agile, ailé ; on oublie que la route frappe, agresse, épuise et désarme. Après avoir avalé la moitié du jus de fruits, nous avons donc choisi de rallier les grands axes pour éviter les pentes ardues. Une longue bande grise s'étirait devant nous, soporifique, émaillée par une végétation famélique, quelques bornes d'appel d'urgence et la file indienne des poteaux électriques.

J'avais cru que la route m'illuminerait et me transformerait.

Mais elle me rappelait que j'étais chair là où j'aurais voulu être colibri.

— J'ai un point de côté, ai-je soufflé en m'arrêtant, la paume plaquée sur le ventre.

Je me suis accroupie, épuisée, mais Thomas a tiré sur mon bras pour m'éloigner des véhicules et m'a tendu le jus d'orange.

— Tu boites, ai-je dit, inquiète, après m'être désaltérée.

Il a marmonné qu'il avait mal aux pieds puis a saisi la lanière de mon sac.

— Donne-le-moi.

Refusant de l'accabler davantage, je l'ai gardé et nous avons repris la marche, l'un à côté de l'autre, le pas plus lent et plus morose. Les ailes fines d'un moulin froissaient le ciel. Des oiseaux rayaient les nuages en aquarelles gracieuses. Ça sentait la paille humide, le fruit avarié et les gaz d'échappement.

— J'ai horreur de ces trucs, ai-je confié en désignant la molle chorégraphie d'une troupe d'éoliennes, au loin.

Thomas a levé un sourcil.

— J'ai des angoisses bizarres, ai-je conclu d'un haussement d'épaules. Les grandes statues, les petits trous...

— Les grandes statues ?

— J'ai peur qu'elles commencent à bouger, ai-je avoué dans un rougissement.

Quant à mon effroi face aux petits trous, j'étais bien incapable d'en expliquer la raison.

— T'as peur que des bêtes en sortent ? a suggéré Thomas après un instant de réflexion.

J'ai réécouté ses paroles, méditative.

— Peut-être... ai-je murmuré. T'as des angoisses bizarres, toi ?

— Les orques, a-t-il répondu dans une grimace exagérée.

— Le poisson ou la bestiole de Tolkien ?

— Le *mammifère*, a-t-il corrigé, amusé. C'est le pire prédateur du monde. Ça tue pour le plaisir, comme l'être humain.

Je l'ai regardé avec de grands yeux choqués.

— Donc le Willy de mon enfance est un gros salopard ?

— *Une*, a-t-il souri en hochant la tête.

— Bah merde, alors.

Peu à peu la lumière se modifiait, nous avancions vers la masse noire qui ballonnait le ciel. Puis il a commencé à crachiner. Ça crépitait sur la joue, le front et le haut du crâne comme des baisers trop forts. Thomas a récupéré la bouteille vide avant de l'offrir aux nuages gris. J'ai ouvert la bouche et laissé l'eau claquer sur ma langue.

Il n'a fallu que dix secondes pour que la pluie se transforme en déluge.

Nous avons pressé le pas jusqu'à la prochaine commune puis Thomas a pointé du doigt un panneau « dolmen » et s'est mis à trotter, la valise tressautant derrière lui. Nous avons parcouru une allée entourée de pierres avant de nous glisser sous la construction énorme et glaciale. Nous nous tenions courbés pour ne pas nous cogner la tête. J'ai frotté mon visage et mes cheveux trempés. Thomas a retiré ses lunettes pour les essuyer.

Déroutant, cet abri.

La pluie frappait en une farandole hallucinée qui ressemblait au galop de mille chevaux. Nous étions forcés de gueuler pour nous entendre ; l'écho de nos voix ricochait sur les parois rocheuses.

— ON PEUT ÊTRE ÉLECTROCUTÉS SOUS UN DOLMEN ?

Le rire de Thomas a sonné creux, comme encombré d'eau.

— NON, LA PIERRE C'EST PAS CONDUCTEUR.

— ON PEUT ÊTRE MAUDITS ?

Cette fois il m'a dévisagée, perplexe.

— POURQUOI ON SERAIT MAUDITS ?

— PARCE QU'ON EST *DANS UNE TOMBE*, THOMAS.

Il a balayé ma remarque en arguant que j'étais protégée puisqu'en présence d'un vrai Breton 100 % pur beurre. Puis il a entrouvert ma valise et récupéré son caleçon qu'il a brandi sous l'averse.

— TU FAIS QUOI LÀ ? ai-je demandé, interloquée.

— MA LESSIVE.

Ça m'a frappée comme une gifle.

En une seconde, j'ai compris la jeunesse, l'effervescence, l'avidité de vivre. J'ai compris *dans ma chair* que notre temps sur Terre était bref et que ces moments improbables et fous méritaient d'être savourés tout entiers. J'ai surtout compris qu'à 18 ans, j'avais autre chose à faire que passer des heures au-dessus d'une cuvette de toilettes à vomir tout ce que je n'arrivais pas à digérer dans ma vie.

— J'ÉCRIRAI UN ROMAN, UN JOUR, ai-je crié en me penchant vers Thomas. ET JE RACONTERAI CETTE HISTOIRE.

— JE SERAI DANS TON BOUQUIN ?

— OUI, ÉVIDEMMENT.

Il a de nouveau gonflé son biceps.

— FAIS-MOI DES MUSCLES ÉNORMES, ALORS.

J'ai bousculé son épaule avec tendresse et ramassé un caillou pour me souvenir de cet instant. L'averse a cessé brutalement, comme tranchée par un coup d'épée ; le silence épais qui a suivi m'a désarçonnée. Lorsque nous avons quitté notre nid, le ciel s'était débroussaillé mais l'ondée avait glacé l'air. Thomas a essoré son caleçon puis attrapé la poignée de ma valise.

— Tu vas garder ce truc à la main ?

— Oui, pourquoi ?

— On va croiser *des gens*, Thomas.

— Et puis ?

— Où est passé le garçon élégant du début ? ai-je questionné, dépitée.

Il s'est penché et a fait semblant de fouiller sous le dolmen.

— Laisse tomber, ai-je lâché en lui dérobant le caleçon.

Je l'ai fourré en boule dans un coin de ma valise et nous avons remonté des routes terreuses jusqu'aux pavés du centre-ville. C'était si réconfortant de revoir la foule et les couleurs, d'entendre les rires et les voix. Nous avons contourné un groupe de trois femmes qui discutaient au milieu d'une ruelle, évité un adolescent qui zigzaguait entre les gens, perché sur des rollers, puis je me suis arrêtée devant un tourniquet de cartes postales. Les océans pirouettaient sous mes doigts en un long camaïeu de bleus.

Thomas m'a tapoté l'épaule et m'a désigné la façade rouille d'une crêperie.

— On bouffe ici ?

Je me suis retournée, j'ai observé l'endroit puis refusé.

— Je prends ça pour un « oui », a-t-il rétorqué en commençant à traverser la rue.

J'ai ronchonné mais il m'a juré qu'il me rembourserait dès qu'il aurait gagné le pactole au Loto. Je lui ai dit que je me foutais bien de son fric, que j'avais pas faim et qu'il était vraiment pas-sympa-merde-alors. Il est revenu vers moi et m'a poussée jusqu'à l'entrée de la crêperie.

— Si je mange pas, je vais devenir insupportable, a-t-il prévenu. T'as envie que je sois insupportable ?

— Tu l'es déjà.

— Je peux faire bien pire, a-t-il contré en levant l'index.

— Vas-y tout seul.

— Mais, toi aussi, t'as besoin de manger.

— Tu m'as fait avaler *un croissant entier*, lui ai-je rappelé, furieuse.

— Digéré depuis longtemps.

J'ai désigné nos vêtements et nos visages marqués par la pluie.

— T'as vu nos tronches ? On ressemble à des rats trempés.

— Entre, a-t-il doucement ordonné en poussant la porte.

— Y a écrit « TIREZ », Thomas.

Il a râlé puis nous nous sommes engouffrés dans le restaurant sous les clochettes d'un carillon. Aussitôt, des odeurs de lardons fumés et de chèvre chaud nous ont emmaillotés. Dès que nous avons été installés, Thomas a déménagé ses couverts – le couteau a atterri à gauche, la fourchette à droite – puis il a saisi une tranche de pain et mordu dedans. J'ai tenté d'arranger mes cheveux mêlés sans y parvenir. Mes yeux rôdaient autour des assiettes pleines, survolaient une omelette mousseuse, plongeaient dans les plis d'une galette aux champignons, léchaient de grosses pivoines de chantilly ornant une crêpe au miel. À la fois aimantés et apeurés. À travers les enceintes, un poète au timbre empli de mélancolie chantait qu'il voulait être un homme heureux.

— J'arrive pas à croire que tu m'aies traînée ici, ai-je dit en m'arrachant les peaux autour des ongles.

Thomas a baissé mes mains pour dégager mon visage. J'ai ouvert le menu plastifié que le serveur nous offrait pour le refermer aussitôt. J'avais compris quelque chose d'essentiel sous le dolmen, quelque chose de fou, de vital, mais on n'annule pas des années d'auto-sabotage d'un claquement de doigts. Cherchant à faire taire l'angoisse qui me broyait le ventre dans son poing de fer, j'ai contemplé le décor. Les lampes allumaient les murs en peignant des cônes ambrés. Des portraits aux airs d'années cinquante encadraient la porte. Mais la perle se trouvait tout près du bar. J'ai donné un léger coup de pied à Thomas pour attirer son attention et pointé le comptoir. Il s'est retourné pour admirer la grande mouette en céramique affublée d'un béret de marin qui scandait, magistrale :

I ♥ Breizh

— Le cadeau kitsch que t'offres à des gens que t'aimes pas, m'a lancé Thomas avant de lever la tête vers le serveur qui s'était arrêté à notre table, un bloc-notes à la main.

Je me suis mordu la lèvre inférieure pour ne pas éclater de rire.

— Oups, a-t-il murmuré, faussement embarrassé.

Je l'ai laissé commander pour nous deux pour ne pas avoir à choisir. J'ai écouté le concerto des voix qu'une femme engoncée dans un gilet jaune banane craquelait en parlant plus fort que tout le monde. Le parapluie rose calé contre son mollet était couronné de fourrure artificielle.

À aucun moment, à ce stade du voyage, je n'ai pensé au retour.

Loin de mes parents, de ma ville et de ma peau d'avant, j'avançais sans me retourner.

Et j'étais incapable de savoir si c'était salutaire ou très dangereux.

— On a fait combien de kilomètres ? ai-je demandé à Thomas.

Il a retiré ses lunettes pour les nettoyer avec sa serviette.

— Aucune idée.

J'ai tripoté le flacon de poivre, l'air absent, puis les Five Letters ont remplacé l'homme qui voulait être heureux. Les premières pulsations de la chanson m'ont fait sauter le cœur.

J'ai rapetissé d'un seul coup et retrouvé mes 14 ans.

« Day after day after night
after cry after another day another cry »

C'était les 38 ans de ma mère et la fête agitait le jardin. Je portais un débardeur en dentelle noire, une jupe courte et des baskets compensées. Je ressemblais à une gamine qui se prenait pour une femme.

En vérité, je voulais que Nassim Djebbari me trouve jolie et m'embrasse.

Le grand garçon brun, là-bas, planqué derrière la sono. C'était le fils d'une amie de ma mère et je le connaissais depuis de longues années. Encerclé par les boîtes de 45 tours de mon père, il mixait les succès des années quatre-vingt avec un savoir-faire étrange. Son cou scintillait sous une chaîne en or qui reflétait les lumières artificielles des lampes extérieures. Intimidés, nos yeux se frôlaient puis se détachaient, s'étreignaient pour se désunir.

Sans me rappeler pourquoi, j'avais fini par me réfugier dans ma chambre. J'avais ouvert le classeur dans lequel je recopiais des paroles de chansons et je m'étais installée sur mon lit. Du jardin, un homme gémissait un air maussade.

« I call your name ma keen dawn »

Comme aujourd'hui dans les enceintes de la crêperie.

Troublée, j'ai attrapé une rondelle de pain que j'ai vidée de sa mie ; Thomas a poussé la panière vers moi. J'ai englouti les tranches les unes après les autres, consumée par la faim. Puis un parfum d'œuf sucré a inondé mes narines tandis qu'on déposait des galettes au sarrazin devant nous. Mon estomac a grondé, hystérique. Mes mains ont tremblé sous la table.

L'envie de m'empiffrer était atroce.

Les pensées se débattaient sous mon crâne : bouffer, ne pas bouffer, bouffer, ne pas bouffer. Du bout de ma fourchette, j'ai déplié chaque pan de la crêpe sous l'œil attentif de Thomas.

— Déshabillage, a-t-il commenté d'une voix très tendre.

J'ai senti qu'il tentait de me détendre mais ça ne marchait pas. J'ai coupé un triangle et je l'ai avalé. Mon corps s'est réveillé. Mon ventre est devenu fou. La première bouchée en a appelé une deuxième, puis une troisième.

Et je n'ai pas pu m'arrêter.

J'ai dévoré la moitié du plat en quelques secondes à peine. Ça hurlait dans ma tête. Ça m'injuriait et m'humiliait. *Grosse truie, tu bouffes plus vite que lui. T'es obligée de te goinfrer devant tout le monde ? T'as pas honte, Lottie ? T'as pas honte ?* J'ai reposé ma serviette sur la table. Ma chaise a grincé sur le sol carrelé lorsque je me suis levée.

— Tu vas où ? m'a demandé Thomas tandis qu'il remplissait nos verres d'eau.

— Aux toilettes.

J'avais la sensation que tous les yeux s'étaient braqués sur moi.

J'ai traversé la salle dans un état second avant de verrouiller la porte. Mes gestes ont été automatiques, mille fois répétés : relever l'abattant des W.C., caler ma tresse dans mon pull pour qu'elle ne retombe pas sur mon visage et me pencher. J'ai regardé ma main, celle que j'enfonçais dans ma gorge sans réfléchir. Ma main de goinfre, ma main coupable. Puis je me suis vue de l'extérieur, dans cette cabine étriquée, et les nerfs ont lâché. J'ai chialé comme une môme, la bouche pressée sur mes genoux. Et j'ai dû y rester un long moment parce qu'on a fini par tapoter sur le bois.

— Charlotte... ? a murmuré Thomas.

Mon cœur s'est mis à cogner avec fureur ; j'ai plaqué ma paume dessus pour le faire taire. Thomas a frappé à nouveau, plus rude.

— Charlotte, ça va... ? Réponds-moi, s'il te plaît.

J'ai bredouillé trois mots tremblants puis tiré la chasse et rouvert la porte. Thomas m'attendait dans le couloir, mes bagages calés contre le mur. Son front s'est chiffonné.

— T'as pleuré ?

— Non.

Il m'a happé le bras puis redressé le menton de l'index. Ses yeux ont plongé très loin dans les miens.

— Ça va, ai-je ajouté en me dégageant de sa prise. Faut que je marche, c'est tout.

Pour ne pas penser à la nourriture qui s'entasse dans mon estomac.

Écrabouiller les angoisses sous mes pas.

J'ai demandé à Thomas de régler la note ; j'avais besoin de silence et d'air frais. Installé devant une côtelette épaisse, un homme aux cheveux parfaitement blancs m'a suivie du regard jusqu'à la porte et je me suis sentie

évaluée,

rabaissée,

humiliée,

comme je l'avais été quatre ans plus tôt lorsque sa silhouette s'était dessinée sur le seuil de ma chambre, le son de ses chaussures muselé par le solo de saxophone des Five Letters.

Qu'est-ce que tu fais de beau, dis-moi ?

Le carillon m'a arrachée à mes pensées et Thomas a sauté sur la route avec mes bagages.

— Fonce, m'a-t-il commandé du bout des lèvres en me fourrant mon sac dans les mains.

Mes yeux sont tombés sur le parapluie rose qu'il serrait contre lui.

— Oh putain, ai-je lâché en me retournant vers la crêperie avant de presser le pas.

Nous avons bifurqué à l'angle de la rue puis descendu une série d'escaliers aux marches démesurées. Abrité contre un bâtiment, Thomas a enfin pu déployer son larcin qu'il a fait tournoyer au-dessus de sa tête.

— De quoi j'ai l'air ?

— D'un sale voleur.

Une moue vexée a déformé ses lèvres.

— Elle m'a gonflé avec ses problèmes de garage, je lui ai pris son parapluie.

— Mais où est passé le garçon bien élevé du début ?

Il a de nouveau fait mine de chercher autour de lui. J'ai roulé des yeux, agacée.

— J'ai jamais été bien élevé, a-t-il conclu, plus sec.

Face à ma surprise, il a expliqué que c'était un déguisement qu'il endossait devant ses parents, sa mère surtout, mais qu'au fond de lui il détestait le conformisme, les règles, le bien-pensant. J'ai simulé un coup de pied dans sa direction puis cueilli une pâquerette flétrie que j'ai commencé à effeuiller. Un chien noir aux pattes blanches a trotté à côté de nous, son maître immobile quelques pas plus loin, tentant de s'allumer une cigarette. Instinctivement, Thomas s'en est planté une dans la bouche. Un avion a rayé le ciel d'un lacet vaporeux. J'ai refermé le poing sur ma pâquerette pelée.

— J'ai envie de voir la mer, ai-je dit en croisant le regard de Thomas.

Il m'a souri derrière sa cigarette. Son œil miroitait comme s'il était gorgé de paillettes.

7

L'océan ressemblait à une longue robe de velours bleu persan. Le sable fin avalait nos chaussures et crissait dès que nous tanguions. Un parfum d'algues emplissait l'air, salait ma bouche, piquait mes joues. Malgré le vent furieux, quelques silhouettes animaient le décor. Nous nous sommes assis, épuisés, les yeux jetés vers l'horizon. J'ai serré mes genoux entre mes bras. Une mouette a ricané.

— Tu sais ce qui me plaît ? ai-je avoué à Thomas sans quitter la nappe d'eau pure du regard. T'as pas connu l'ancienne Charlotte donc je suis neuve pour toi.

— Neuve ?

Oui, une fille sans tache.

Thomas ignorait ce que j'avais fait durant toutes ces années et qui j'avais été. Je lui offrais une version améliorée de moi-même. J'avais le sentiment d'être *recommencée*.

— Qu'est-ce que tu caches ? m'a-t-il soufflé d'un air faussement soupçonneux.

Mais je n'ai pas pu lui répondre parce qu'il s'est mis à tousser dans son écharpe. C'est à cet instant que sa pâleur m'a frappée. Ses yeux clairs s'étaient assombris de virgules mauves ; il frissonnait dans son manteau. Lorsque je lui ai demandé s'il se sentait bien, il a hoché la tête en glissant ses doigts derrière ses lunettes pour se masser les paupières.

— Non, ça va pas, Thomas...

— J'ai dû choper un truc, a-t-il lâché en ôtant une chaussure. Et j'ai sacrément mal aux pieds.

J'en suis restée abasourdie, main plaquée sur la bouche. La chaussette qu'il tentait de retirer s'était collée à l'une des ampoules qui maculaient ses orteils. Son talon saignait à l'endroit où le cuir l'avait écorché.

— Putain, pourquoi tu m'as rien dit... ?

Il n'a rien répondu et a entrepris de détacher le tissu qui s'était fondu à ses plaies.

— Tire pas, ai-je gémi, les yeux cachés sous mes doigts.

— C'est déjà fait.

J'ai couché ma valise et j'en ai sorti des pansements et de la Bétadine en me félicitant secrètement d'y avoir pensé. Le caleçon mouillé de Thomas avait bavé sur mes vêtements et ça puait l'eau croupie. Il a voulu désinfecter ses blessures lui-même mais j'ai repoussé sa main – sans trop savoir pour quelle raison, je tenais à le faire. Il s'est alors allongé à même le sable, la tête calée sur mon sac.

Et j'ai senti les barbelés de la colère enfler en moi.

Une colère qui masquait l'inquiétude que j'éprouvais pour Thomas.

À partir du moment où il avait accepté de se joindre à moi, je n'avais jamais imaginé qu'il pourrait m'abandonner sur le chemin. Lorsque nos regards se croisaient, il me transmettait à la fois une sensation de fragilité, d'honnêteté et de combativité.

Quelque chose d'acharné et de brillant.

Quelque chose qui résiste.

— Je me suis cassé à l'entrée du cimetière, a-t-il confié pendant que j'enroulais des pansements autour de ses orteils.

Il a expliqué qu'il n'avait pas pu dépasser les grandes grilles de fer forgé. Qu'il s'était senti incapable d'affronter la « boîte » de sa grand-mère qu'on allait plonger dans la terre. La rose qu'on l'obligerait à y jeter. Les pleurs, les gémissements. Alors il avait fait demi-tour et marché jusqu'au coin de la rue. Puis il avait marché encore, une heure, deux heures, sans pouvoir s'arrêter.

Par peur de prononcer des mots maladroits, je suis restée silencieuse. J'ai farci ses mocassins de cotons démaquillants et je lui ai prêté l'une de mes paires de chaussettes. Le talon, trop court, boulochait sous son pied.

— Saletés de pompes de bourge de merde, a-t-il râlé en les enfilant avec peine. En même temps, j'étais fringué pour un enterrement, pas pour un road trip improvisé jusqu'en Finistère.

— Fallait pas suivre une inconnue, ai-je riposté du tac au tac.

Il m'a tendu une moue blasée que j'ai fait semblant d'ignorer. J'ai rangé ma trousse de toilette et fermé ma valise avant de me relever.

— Merci, a-t-il murmuré pour la seconde fois.

— Tu peux marcher ?

Il s'est levé après moi, hésitant.

— Oui. Pas très vite, mais oui.

— Faut qu'on t'achète une vraie paire de chaussures, ai-je alors déclaré.

Nous avons secoué nos vêtements gorgés de sable ; j'en avais dans mon jean et entre les brins de ma tresse, dans les cils et la bouche. J'ai tenu à porter tous mes bagages mais je me suis écroulée au bout de trois pas sous le rire multicolore de Thomas. S'il m'a dépouillée de mon sac, j'ai insisté pour tirer ma valise.

La terre a succédé au sable, puis le bitume a remplacé la terre.

Nous nous entendions à nouveau marcher. Les mouettes crevassaient l'air de leurs cris discordants. Le vent nous léchait les paupières. Nous avons croisé deux chapelles avant de repérer une boutique de vêtements pour hommes. La porte s'est refermée derrière nous dans un chuintement raffiné. L'ambiance était chaude et ouatée. Les enceintes diffusaient une mélodie d'électro-jazz. Thomas m'a soufflé à l'oreille :

— Voilà un endroit qui va bien avec mes pompes de bourge de merde.

Je l'ai poussé vers un tas de chemises. Ça sentait la menthe poivrée à plein nez. Thomas a ôté écharpe et manteau qu'il a jetés en vrac sur un portant, puis il a décroché une cravate rouge qu'il s'est enroulée autour du cou à la manière d'un foulard. Ensuite, il s'est admiré dans le grand miroir en prenant des poses très guindées. Comme nous n'étions pas les seuls clients, le vendeur nous a laissés tranquilles en nous maintenant tout de même dans son champ de vision. Les néons fixés au plafond se reflétaient dans le carrelage charbon. Lorsque Thomas a pointé les baskets blanches que portait le mannequin vitrine, l'employé a rétorqué qu'il n'avait plus de pointures en réserve.

— Il fait du combien le monsieur ? a demandé Thomas, stoïque.

Dans un soupir contenu, le jeune homme est parti déchausser le mannequin.

— Du 43, a-t-il annoncé, accroupi.

Thomas lui a décoché un sourire crâneur.

— Nickel, c'est ma pointure.

Il a récupéré les chaussures que le vendeur lui tendait puis il s'est assis sur le sol pour les enfiler. Je me suis penchée vers lui.

— Tu fais vraiment du 43 ou t'as envie de le faire chier ?

— Je fais du 42, m'a-t-il répondu dans un clin d'œil. Donc un peu des deux.

Puis il s'est relevé et a ébauché toute une série de pas étranges et petits sauts pour tester les baskets pendant que l'employé s'occupait d'un couple plus distingué que nous.

— Tu me fais honte, Thomas.

Il a pivoté vers moi puis m'a offert une révérence avant d'annoncer :

— Pompes validées.

Je lui ai tendu un gros pull marin avec des boutons noirs sur l'épaule gauche. Il a retiré la cravate puis son haut pour enfiler le vêtement. Sentant mon visage s'échauffer, j'ai fait quelques pas puis observé son reflet dans la vitrine. Je ne sais pas si c'est l'éclairage agressif qui intensifiait les reliefs mais, torse nu, il m'a paru bien plus osseux et plus fragile. Le vendeur est resté imperturbable en nous proposant la cabine d'essayage à sa droite.

— Pas besoin, a rétorqué Thomas en testant la solidité de la laine. J'en ai pour une minute.

Je me suis enfin retournée vers lui et je l'ai étudié du coin de l'œil. Son dos était envahi de grains de beauté et de cicatrices pâles, sans doute d'anciens boutons d'acné.

Rétrospectivement, je me demande : est-ce ici que mon regard s'est affiné et que l'attraction a commencé à germer ? Devant ce garçon qui semblait si libre dans son corps – même si je sais aujourd'hui que ce n'était pas le cas –, qui se fichait de l'image qu'il renvoyait et vivait simplement, dans l'instant. Dix minutes plus tard, nous achetions deux caleçons, deux paires de chaussettes, le pull marin et les baskets que Thomas avait gardées aux pieds. Nous sommes ressortis dans le vent sauvage, alourdis d'un nouveau sac en papier, puis nous avons pris place sur un muret qui longeait la mairie.

À l'horloge dotée de chiffres romains, il était 14 h 50.

Thomas a récupéré ses mocassins et visé une grande poubelle qui se trouvait à trois mètres de lui mais l'a manquée. Il s'est relevé pour jeter les chaussures puis est revenu s'installer à côté de moi, plus calme. Nous avons partagé quelques gorgées d'eau puis observé les passants. Une jeune fille noire, visage de poupée et sourcils dessinés au crayon, nous a frôlés en riant avec son téléphone plaqué sur l'oreille. Un couple s'enlaçait au loin, comme coincé dans une boule à neige.

— J'aime bien ce Thomas, ai-je avoué tout bas.

Il n'a tourné la tête vers moi qu'après s'être allumé une cigarette, penché au-dessus de la flamme.

— Quel Thomas ?

— Celui qui se fout à poil au milieu d'une boutique et provoque le vendeur.

J'ignorais encore s'il s'agissait du « vrai Thomas » ou s'il se protégeait derrière un masque pour me dissimuler sa peine. Poussée par le vent, sa fumée m'étreignait le visage. Il l'a balayée d'un revers de main puis s'est levé pour que nous échangions nos places.

— Il m'a rappelé un mec qui me cassait les couilles à l'internat, m'a-t-il confié.

— T'as été en internat ?

Il a hoché la tête en se grattant la lèvre avec l'ongle de son pouce.

— Chez les curés, pendant quatre ans.

Il m'a raconté la douche de cinq minutes max une fois par semaine et l'extinction des feux à vingt et une heures. Interdiction de pénétrer dans le bâtiment avant le début des cours. Obligation formelle d'aller en salle d'étude à défaut de pouvoir traîner une seconde dans la cour.

— Et y avait ce pion qui entrait sans arrêt dans nos chambres pour vérifier qu'on faisait pas les cons. On l'appelait Daredevil parce qu'il entendait tout. Un soir, on chuchotait avec mon pote et le type a déboulé dans la chambre en gueulant : « Vous la bouclez ou je vous ramène le directeur ! »

J'ai ri devant la voix rocailleuse qu'il avait prise pour imiter le surveillant. Mais je savais que derrière ses plaisanteries, Thomas continuait à porter sa grand-mère sous ses côtes et qu'elle resurgissait parfois dans les plis de son front ou la distanciation subite de son regard.

Alors j'ai profité de cette accalmie, loin des spectres envahissants de la réalité.

En face de nous, deux vieillardes bavardaient, l'une appuyée contre la porte d'un immeuble et l'autre sur sa canne. Un jeune homme est passé sur la place, en tongs et short à palmiers, muni d'une planche de surf. J'ai happé les yeux de Thomas, perplexe.

— La Bretagne, a-t-il seulement commenté dans un haussement d'épaules.

— C'est joli où tu vis ? ai-je demandé, curieuse.

Il a éteint son mégot contre le muret.

— Y a des églises. Y a un dolmen.

— Tu m'emmèneras un jour ?

Je me suis rendu compte de ce que je disais au moment où je le disais. Thomas m'a jeté un regard en coin par-dessus ses lunettes. Un sourire fin lissait sa bouche.

— Si tu veux, a-t-il enfin répondu en replaçant ses yeux sur les deux petites vieilles.

Au fil des heures qui ont suivi, nous avons erré dans les rues, admiré des menhirs, puis nous nous sommes affalés sur un banc à la peinture tout écaillée, en face d'une biscuiterie.

Avec le recul des années, je suis certaine que nous gagnions du temps.

Thomas n'avait pas envie de rentrer chez lui et je n'étais pas pressée d'atteindre le bout du monde qui m'éblouissait tant. La pointe du Raz était devenue annexe ; la seule chose qui m'importait, c'était de marcher aux côtés du garçon qui me soutenait sans le montrer. J'aimais ses taquineries et cette manie de faire craquer ses os même si elle me crispait, j'aimais ce sourire gigantesque, j'aimais cette assurance apparente et cette authenticité qui le rendait magnétique et puissant, j'aimais la couleur de sa voix, j'aimais son odeur d'olive verte.

Pour la première fois de ma vie je ne me sentais pas jugée et c'était aussi déstabilisant que merveilleux.

J'aurais repoussé ma pointe du Raz de mille kilomètres si j'avais pu le faire.

Pour garder Thomas près de moi.

Pourtant, la fatigue se faisait de plus en plus coriace. Nos corps pesaient, affaiblis par des courbatures et des blessures que nous ne prenions pas le temps de réparer comme il aurait fallu. Thomas continuait à tousser par crises violentes, l'œil lointain et la main molle autour d'une cigarette qu'il avait oublié d'allumer. Moi je me sentais lourde, laide et poisseuse.

Et j'avais tellement faim.

Dans le but de tromper mon estomac, j'ai parlé à Thomas de mon adoration pour les flans, les clafoutis et la tarte au citron. J'ai aussi évoqué le cake à la banane que cuisinait ma mère et dont elle supprimait la moitié des matières grasses.

Puis il y a eu des blancs dans la conversation.

Mes oreilles ont commencé à siffler et grésiller, mes mains à trembloter, mon cœur à tressauter. Tout est devenu silence. Sur ce banc érodé par la rouille, j'ai cessé d'entendre le timbre grave de Thomas. Je n'ai pas perdu connaissance parce que le vertige n'a duré qu'une poignée de secondes et les bruits sont enfin revenus. Une moto a ronflé. Les cloches de l'église ont carillonné. Puis une bande d'adolescentes s'est assise tout près de nous. Les filles discutaient fort et accumulaient les fautes de français.

— « Malgré *le fait* que », a rectifié Thomas dans un soupir las. Pas « malgré que ».

J'ai souri avec apathie.

— J'ignorais que vous parlâtes aussi bien.

— Joli, a-t-il dit en levant l'index, mais faux.

J'ai alors désigné du pied cette grande biscuiterie aux couleurs du Gwenn ha Du qui m'aguichait depuis une demi-heure.

— On entre... ? ai-je proposé d'une voix chevrotante.

Thomas a tourné la tête vers moi, sourcils froncés.

— Ça va ?

— Ça va, ai-je assuré avant de répéter : on entre ?

Il a opiné et nous avons pénétré dans la boutique. Tout était mordoré : le parquet, les sablés agencés avec soin, la lumière qui coulait des abat-jours et les poutres au plafond. Thomas a pioché dans toutes les dégustations gratuites et s'est goinfré de crêpes dentelles, de cidre et autres pâtes de fruits. De mon côté, j'ai attrapé un gros sachet de caramels salés. Si j'avais longtemps été incapable d'approcher du sucre, ce temps-là était révolu : je ne comptais plus les calories mais ne parvenais à manger que des aliments de petite taille, tenant dans la paume de ma main.

Tant que mon estomac demeurait plat, je gardais le contrôle.

Une fois sortis, nous avons acheté une deuxième bouteille d'eau dans une épicerie, croisé une porte sur laquelle on avait affiché une note manuscrite : « merci de ne plus laisser votre chien chier sur mon paillasson », puis repris le chemin des départementales en suçotant des bonbons qui nous assoiffaient.

— C'est pas la meilleure idée que j'aie eue, ai-je marmonné, tentant de déloger avec ma langue le caramel qui collait à mes dents.

Thomas m'a jeté un sourire mais nous pouvions à peine nous parler tant la route était bruyante. Les éoliennes avaient réapparu, au loin, et me narguaient entre les poteaux électriques. J'avais le cœur lourd et la bouche salée. Je m'aidais du parapluie pour rythmer mes pas. Sans cesse je repensais aux blessures de Thomas.

— ÇA VA MIEUX, TES PIEDS ? ai-je demandé en pointant ses baskets.

Il a dressé son pouce libre.

— EN NÉCROSE DE STADE 3.

J'ai soupiré, exaspérée.

Nous avons marché plusieurs kilomètres jusqu'à ce que le ciel vire du gris perle au rose ballerine. À un moment donné, une voiture a ralenti puis klaxonné derrière nous. Nous nous sommes retournés, tendus. La vitre du côté passager s'est baissée.

— ON VOUS EMMÈNE ? nous a gueulé un garçon barbu d'une vingtaine d'années.

Thomas m'a questionnée du regard mais j'ai refusé. Le jeune homme nous a salués d'un bras mou avant de remonter sa vitre. J'avais l'image d'un dôme qui s'était formé autour de Thomas et moi. Un dôme onctueux qui nous protégeait du monde extérieur comme une cuirasse.

Je ne voulais y laisser pénétrer personne.

Je voulais en conserver la pureté.

— C'est quoi le truc de La Fontaine ? ai-je soudain lancé en fouillant ma mémoire. « Mieux vaut partir à point que... » ?

Impossible de me rappeler le célèbre proverbe. J'ai tenté « mieux vaut partir à pied... » puis « mieux vaut ne pas partir et courir » qui a fait pouffer Thomas. Pendant que je réfléchissais, il m'observait du coin de l'œil, l'air malicieux.

— Tu connais la phrase, hein ?

Il a acquiescé en silence.

— Alors aide-moi au lieu de te foutre de ma tronche.

— « Mieux vaut partir à point qu'en carré », a-t-il proposé, flegmatique.

J'ai soufflé, agacée.

— Non, c'est pas ça.

Il a pris un ton très pédant et déclaré :

— « Mieux vaut partir à point que de ne *point partir.* »

Il a récolté ma tennis dans le mollet et gémi en sourdine. Puis il a désigné un clocher perçant le ciel en suggérant qu'on s'arrête à la prochaine commune. Les ultimes lueurs du soir se reflétaient sur la route, embrasant la peinture des voitures qui filaient. Les oiseaux s'élançaient sous ce ciel d'écume rouge et ressemblaient à des ombres chinoises.

— Tu sais ce qui serait bien ? ai-je dit en pointant le bitume devant moi. Qu'ils installent des escalators... ou des tapis roulants, comme à la gare.

Thomas a approuvé d'un signe de tête, amusé. Dans un dernier souffle, le soleil a illuminé le champ que nous longions d'une immense éclaboussure cuivrée.

Puis tout s'est précipité.

Nous nous sommes engagés sur la chaussée pour traverser un rond-point et le véhicule a surgi de nulle part. J'ai à peine réagi, tétanisée au milieu de la route, tandis que les pneus hurlaient dans un crissement suraigu. Je serrais encore mon sac avec fureur là où Thomas avait lâché ma valise. Il s'est planté devant la voiture grise et a frappé ses paumes sur le capot en gueulant des obscénités. Je me souviens d'un : « T'AS FAILLI NOUS PERCUTER, CONNARD ! ». Je me souviens de sa rage effrayante et de la violence de sa voix, opaque et noire.

Et moi, je n'avais toujours pas compris ce qui venait de se passer.

Ça s'est vite mis à klaxonner, à monter sur le bord du rond-point pour s'enfuir à grands coups d'appels de phares menaçants, à beugler des : « TIREZ-VOUS DE LÀ ! » et autres : « DÉGAGE TA CAISSE, DUCON ! ». J'ai rassemblé mes bagages sur le carrefour en attendant de pouvoir traverser. De son côté, échauffé par l'exaspération ambiante, Thomas a contourné le véhicule qu'il avait malmené, rapproché son visage de la vitre et tapé dessus.

— SORS, a-t-il ordonné sans obtenir de réaction.

Une dizaine de secondes plus tard, j'ai couru entre les voitures pour le rejoindre. Il avait pris l'initiative d'ouvrir la portière mais restait figé. Devant son air dérouté, je me suis penchée vers l'intérieur de l'habitacle. Le conducteur avait les doigts resserrés autour du volant et l'œil halluciné. Il ne semblait pas beaucoup plus âgé que nous. Son menton tremblait comme s'il était sur le point de fondre en larmes.

— Hé, mec, ça va... ? a murmuré Thomas d'un ton plus calme.

Le garçon a remué les lèvres mais n'a pas prononcé un mot.

— Faut que tu bouges, a repris Thomas en avisant le panneau CÉDEZ-LE-PASSAGE qui visiblement n'avait pas été respecté. Tu bloques la route.

— Comment tu t'appelles ? ai-je questionné à mon tour.

Mais nos interventions n'ont eu aucun effet. Les jurons et klaxons se poursuivaient, haineux. Thomas s'est engouffré dans la voiture puis a serré le frein à main.

— Relâche les pédales, a-t-il demandé mais l'inconnu n'a pas bougé.

Le ciel n'était plus qu'une huile bleu cobalt. Thomas a saisi le bras crispé du garçon et finalement réussi à le faire sortir. Il s'est installé à la place du conducteur puis a redémarré pour aller se garer sur le bas-côté de la route. J'ai entendu l'embrayage lâcher un gémissement métallique.

— C'est quoi ton nom ? ai-je répété avec douceur.

— Matthieu.

Le timbre de sa voix sonnait feutré.

Matthieu avait une ossature de visage incroyable et de grosses boucles rousses, lourdes et soyeuses, qu'on avait envie de toucher pour en sentir la rondeur dans les paumes. Impossible de savoir si ses yeux étaient marron ou noirs tant ils étaient foncés. Des taches de rousseur tapissaient son nez et le haut de ses joues. Une veine en forme de V sillonnait son front – peut-être parce qu'il fronçait les sourcils. Il ne portait pas de manteau et nageait dans son pull vert et son jean usé.

La portière a claqué. Les clefs ont tinté entre les doigts de Thomas.

— T'avais même pas tes phares, a-t-il marmonné en revenant vers nous.

— Je vous ai pas vus, a finalement bredouillé Matthieu, le teint blanchi par l'émotion.

Thomas lui a rendu les clefs en ajoutant :

— T'avais pas remarqué que ton tableau de bord était éteint ?

Mais Matthieu répétait, comme une prière : « Je vous ai même pas vus, je jure, je vous ai même pas vus. »

8

Nous sommes restés auprès de Matthieu jusqu'à ce que le choc ait déserté son regard. Il s'est réinstallé sur son siège, les mains autour du volant, mais sa respiration chuintait, bancale.

— Tu peux conduire ? ai-je questionné, inquiète, à travers la vitre entrouverte.

— Oui, a-t-il chuchoté, fixant le pare-brise avec hébétude.

Comme il n'activait pas ses phares, c'est Thomas qui l'a fait, illuminant la route devant nous. Glacée, j'ai resserré mon blouson autour de moi. Puis nous avons attendu que Matthieu reparte.

En vain.

Ses iris foncés reflétaient l'éclat inanimé du réverbère qui nous veillait.

— Je vais pas y arriver, a-t-il enfin lâché.

Lorsque nous lui avons demandé où il allait, il a haussé les épaules.

— Tu vis où ? ai-je tenté.

— Kervignac.

Les yeux de Thomas ont croisé les miens. J'y ai lu l'hésitation qui s'y débattait.

— J'ai pas mon permis sur moi, a-t-il dit en m'interrogeant du regard.

— Moi, je l'ai.

Thomas s'est alors penché vers Matthieu en lui annonçant que j'allais le reconduire chez lui.

— Mais j'en *pars*, de chez moi.

J'ai froncé les sourcils, désarçonnée. Thomas a lâché un soupir qui s'est transformé en une quinte de toux râpeuse. Il s'est éloigné de quelques mètres puis nous a rejoints, les cils luisants.

— Tu peux pas rester là, a-t-il repris en tournant la tête vers la route. Tu vas finir par te faire emboutir.

Matthieu n'a pas bronché. Autour de nous, la nuit s'écrasait sur les formes et les couleurs. Après chaque véhicule, le silence revenait nous ficeler, liquide et abyssal. Tout m'apeurait : le craquement d'une branche ou le clappement d'une aile de rapace.

— Descends, Matthieu, ai-je risqué d'une voix douce.

Il s'est exécuté. Je me suis assise à sa place puis j'ai réglé la distance du siège et tripoté les rétroviseurs. Il régnait une odeur entêtante de parfum au patchouli et de cigarettes froides, différentes de celles que fumait Thomas.

— Grimpez, ai-je dit tandis que Matthieu s'installait déjà sur la banquette arrière.

Thomas a rangé mes bagages dans le coffre puis s'est affalé à mes côtés. J'ai remonté la vitre puis mis le contact et inspiré, expiré. Deux fois.

— C'est par où, Kervignac ? ai-je soufflé à Thomas.

— Dans les parages.

— Merci, super précis...

— Je retourne pas chez moi, a prévenu Matthieu en glissant sa tête entre les sièges avant.

Il grelottait, claquait des dents. Pourtant, le ton de sa voix sonnait dur.

— Attache-toi, s'il te plaît, lui ai-je dit en tournant la molette du chauffage.

Je lui ai tendu mon écharpe qu'il a enroulée autour de son cou dans un « merci » timide. Puis j'ai enclenché la première et retenté :

— Je vais où, alors ?

— Pas chez moi, a répété Matthieu.

Ses yeux interminables ont empoigné les miens dans le rétroviseur central. Désorientée, j'ai donné un coup de coude à Thomas pour qu'il me guide mais il a secoué les épaules avant de fermer les paupières.

— Si vous me dites rien, je me barre en Irlande, moi...

Thomas a souri sans rouvrir les yeux.

— Trouve-nous un endroit où dormir, a-t-il finalement répondu d'une voix si ténue qu'elle s'éteignait derrière le ronronnement du chauffage.

Je le sentais exténué. Triste aussi. Matthieu s'était couché sur la banquette et avait disparu de mon rétroviseur.

Alors j'ai conduit jusqu'au bourg suivant sous une nuit de charbon.

— T'es à la fac, Matthieu ? ai-je demandé pour combler le silence.

Il s'est redressé et a marmonné qu'il faisait des boulots de merde.

— Du genre ?

— J'ai appuyé sur le frein, a-t-il affirmé sans répondre à ma question. Je comprends pas ce qui s'est passé...

— On s'en fout, Matthieu, on est tous vivants.

À travers le rétroviseur, je l'ai vu se dérober en tournant la tête vers sa vitre, happé par le paysage qui défilait, brumeux.

— T'as quel âge ? ai-je demandé.

— 18.

— T'as des frères et sœurs ?

— Non.

— Et pourquoi t'es parti sans manteau... ?

— La voiture de ma mère, c'est une épave, a-t-il pesté comme s'il n'avait pas entendu ma remarque.

Puis il a commencé à m'étourdir de paroles superficielles qui ne menaient nulle part. Dès que je tentais de réorienter la discussion vers lui, il me renvoyait mes propres questions.

J'ai abandonné, agacée, tandis qu'il renfonçait son dos dans la banquette.

Malgré son allure angélique, jamais je ne l'aurais fait entrer dans ma chambre d'hôtel comme Thomas. Il était plus brut et plus sombre. Ses yeux sans doute, trop grands, trop graves, peuplés d'images errantes et de silhouettes fumeuses.

Je sentais en lui une grille qui ne laissait pénétrer personne.

J'ai donc continué à rouler, suivant de curieux panneaux sur lesquels le français côtoyait le breton, puis j'ai tourné un moment dans des rues étroites sans réussir à trouver une place de parking. Les essuie-glaces couinaient à l'aller et grinçaient au retour. Exaspérée, j'ai fini par me garer à cheval sur un trottoir puis coupé le contact et remué l'épaule de Thomas.

— Tout le monde descend, ai-je dit en ouvrant la portière.

Matthieu a bondi hors de la voiture tandis que Thomas a mis de longues secondes à s'en extirper. Il a récupéré mes bagages dans le coffre puis je suis allée fouiller ma valise sur la banquette.

— Prends ça, Matthieu, ai-je dit en lui tendant mon sweat.

Il s'est réfugié dans l'habitacle pour l'enfiler. Thomas a déployé le parapluie et me l'a confié. J'ai ramassé mon sac puis nous avons déambulé dans la ville à la recherche d'un lieu où nous pourrions passer la nuit. Matthieu marchait replié sur lui-même, épaules rentrées et bras serrés autour de lui, le front camouflé sous la capuche de mon sweat. Thomas traînait ma valise avec une torpeur préoccupante.

— Donne-la-moi, lui ai-je dit.

Il a secoué la tête, buté. Je sentais physiquement son abattement engluer l'air. Nous avons croisé deux hôtels déjà complets, accosté quelques personnes pour savoir s'ils avaient l'adresse d'une chambre d'hôtes et, après plusieurs impasses et le prélude d'une crise de nerfs, nous nous sommes arrêtés devant une petite bâtisse allumée. Avec ses grosses fenêtres et sa longue porte en forme d'arche, on aurait dit qu'elle nous souriait.

Nous avons pressé la sonnette à deux reprises, mais comme nous ne l'entendions pas résonner à l'intérieur des murs, Thomas s'est décidé à frapper. Un homme au regard chaleureux nous a ouvert – cinquante ans ? soixante ? –, pas beaucoup plus grand que moi. Pantoufles rembourrées aux pieds, bouc blanc, joues rondes et sourire communicatif. Il portait un drôle de costume à carreaux beige.

— On a sonné, ai-je bredouillé, mais vous avez pas entendu...

— Entrez, entrez, a-t-il dit en glissant un bras autour des épaules de Thomas.

Nous avons pénétré dans la maison qui sentait la pomme caramélisée – *danger*, a sifflé la voix dans ma tête. Bonne nouvelle, ses deux chambres étaient inoccupées : l'une avec deux lits et l'autre avec un lit double. Sans demander l'avis des garçons, j'ai opté pour la première. Nous avons grimpé un escalier et débouché dans une pièce au papier peint immaculé. Deux portraits de pêcheurs agrémentaient une décoration typiquement bretonne : couvertures et oreillers bleu marine, des lampes de chevet inspirées des lampes à huile, un parquet crème et des coquillages lustrés en guise de bibelots.

C'était trop blanc pour moi, trop clair.

J'aimais pouvoir me fondre dans les ombres et ici je me sentais exposée et nue.

D'instinct, j'ai compris que j'aurais du mal à m'endormir.

Le propriétaire nous a quittés un instant et j'en ai profité pour souffler à Thomas :

— Il a des ronds.

Thomas m'a dévisagée, ahuri. J'ai tapoté mes propres coudes.

— Sur sa veste, ai-je précisé en bridant mon rire.

— Ah, des *coudières*.

— C'est marrant, non ?

Thomas a levé un sourcil pendant que l'homme revenait avec un drap de bain et un oreiller supplémentaires, proposant même un troisième matelas. J'ai interrogé les garçons du regard mais Thomas se laissait déjà chuter sur un lit, le corps mou et les bras ballants, tandis que Matthieu s'est contenté d'un haussement d'épaules.

— On n'est pas épais, ai-je dit. Vous embêtez pas.

Gêné, il nous a informés que la salle de bains se trouvait tout au fond du couloir – il avait bien prévu d'en construire une juste à côté de notre chambre mais les travaux avaient pris du retard. Il nous a ensuite demandé si nous voulions dîner ; j'ai tourné la tête vers Thomas qui a ébauché un « non » vague, le visage pressé sur la couverture. Debout, appuyé contre le radiateur, Matthieu a esquissé le même geste.

— On va dormir tout de suite, ai-je répondu à notre logeur en le remerciant.

Il a hoché la tête puis la porte s'est refermée dans un claquement creux.

Le silence s'est couché sur nous.

Étrange, cet instant de flottement. Matthieu s'est laissé glisser le long du radiateur pour s'asseoir sur le parquet. Nous nous épiions du bout des yeux, embarrassés. Le vent secouait le volet dans un battement régulier. Puis on a frappé à la porte. Comme personne n'a bougé, je suis allée ouvrir. Le propriétaire exhibait un plat de far aux pommes accompagné d'assiettes et de cuillères.

— Cadeau de la maison.

J'ai bredouillé un « merci » inaudible ; il nous a souhaité une bonne nuit et m'a rappelé que nous pouvions le déranger à tout moment si nous avions besoin. J'ai refermé la porte et posé le plat sur le lit, déboussolée. Attiré par le parfum chaud et sucré, Thomas a levé la tête. Moi je suis passée en mode « fuite » : j'ai attrapé ma trousse de toilette, ma chemise de nuit et j'ai traversé le couloir jusqu'à la salle de bains. Ici aussi, l'éclairage était très blanc, presque clinique. Une mosaïque d'un gris perle recouvrait la pièce. Une frise de galets incrustés ornait le miroir au-dessus du lavabo. La peinture d'un bateau agrémentait l'ensemble – signée du même artiste que les pêcheurs de la chambre.

J'ai fixé ma tresse avec une pince et je me suis glissée sous la douche.

Le jet puissant n'a pas réussi à apaiser mes angoisses. J'avais peur d'arriver à la pointe du Raz comme j'avais peur de ne pas y parvenir. Je ne savais plus ce que je voulais. Je ne savais plus où j'allais. Je retrouvais cette sensation d'oppression qui m'avait peu à peu délaissée. Et la pâleur subite de Thomas n'y était pas étrangère.

La raideur de Matthieu non plus.

Après la douche, j'ai mis dix minutes pour démêler mes cheveux puis je les ai tressés. J'ai démaquillé mes cils, brossé mes dents et quitté la salle de bains. En retraversant le couloir, les voix des garçons ont fendillé le silence. Curieuse, j'ai tendu l'oreille mais je n'ai pas pu entendre ce qu'ils se disaient alors je suis entrée. Thomas était accoudé à la fenêtre entrouverte, cigarette à la main, le front plaqué sur son avant-bras droit. Assis sur le parquet, dos collé au radiateur et jambes pliées contre lui, Matthieu trouait le flan avec sa cuillère en ne mangeant que les pommes. Il n'avait pas retiré mon écharpe.

— T'as froid, Matthieu ?

— Non, m'a-t-il répondu tout bas.

— T'aimes pas la pâte ?

Il a secoué la tête et n'a fait aucun commentaire sur ma chemise de nuit pailletée. J'ai étendu le caleçon humide de Thomas sur le radiateur, mis mon MP3 à charger et écrit la date du jour sur le galet que j'avais ramassé sous le dolmen. Puis nous avons débattu pour savoir qui dormirait où et avec qui. Au bout du compte, c'est moi qui ai tranché : j'aurais un lit à moi tandis que les garçons partageraient le second.

Dehors, le vent a miaulé mou.

Matthieu est sorti pour aller se réchauffer sous l'eau chaude et j'ai profité de son absence pour me rapprocher de Thomas. Il avait repris sa place sur son lit, le visage comprimé par le matelas. Je me suis allongée à ses côtés.

— T'es mort... ? ai-je murmuré en remuant son épaule.

Il a marmonné quelque chose que je n'ai pas compris.

— Déshabille-toi, Thomas.

— Plus tard.

— Mets-toi dans le lit, au moins...

— Plus tard, a-t-il répété, la voix aplatie par sa position.

Mon doigt suivait paresseusement le motif des mailles de son pull. Dehors, le vent grognait par saccades agressives. Puis Matthieu est revenu en T-shirt et caleçon, ses vêtements dans les mains. Une médaille dorée pendait à son cou. Thomas a envoyé valser ses baskets d'un coup de pied et s'est coulé sous les draps tout habillé.

— Je peux garder ton sweat pour la nuit ? m'a demandé Matthieu en se frottant une cheville du bout des orteils.

— Oui, bien sûr.

— Et je peux t'emprunter ta brosse à dents ?

Mal à l'aise, il balançait sur ses jambes. J'ai souri, attendrie par sa timidité qui me rappelait la mienne, et je lui ai tendu ma trousse de toilette. Il est aussitôt reparti vers la salle de bains.

— Et tes dents à toi ? ai-je chuchoté en tapotant le dos de Thomas.

— M'en fous.

Des épluchures de crayon de papier, sa voix.

Matthieu a éteint les lumières en regagnant la chambre et nous nous sommes glissés dans nos lits sans un mot de plus.

Mais je n'ai pas pu m'endormir.

Le volet claquait, déchaîné. Le radiateur en fonte crachait de temps en temps des clappements d'eau. Du lit voisin, la respiration sifflante de Thomas m'exaspérait autant qu'elle m'inquiétait. L'un des garçons se tournait dans les draps sans réussir à trouver le sommeil.

— C'est toi qui bouges, Matthieu... ?

— Désolé, a-t-il ronchonné, j'ai faim.

— Y a le flan par terre...

— Mais j'ai mangé tous les fruits.

J'ai souri et je l'ai senti se détendre avec moi.

— J'ai des caramels si tu veux, ai-je alors proposé.

Il est resté silencieux de brèves secondes puis il a répondu :

— Je veux bien.

Pour ne pas réveiller Thomas, nous avons traversé le couloir et trouvé refuge dans la salle de bains, assis sur le tapis bleu marine. Aussitôt, Matthieu s'est attaqué aux bonbons et j'ai noté que son incisive gauche était cassée : un petit triangle manquant qui lui donnait l'air malicieux.

Son genou droit exhibait une croûte épaisse que j'avais très envie d'arracher.

— Mange-les tous si tu veux, ai-je dit en poussant le sachet vers lui.

— Merci de pas m'avoir laissé tout seul.

J'ai froncé les sourcils.

— Cette nuit... ?

— Non, tout à l'heure, dans la voiture.

Je ne m'attendais pas à cette remarque et j'ai hoché la tête, bêtement. Puis j'ai continué à le regarder mastiquer en imaginant le goût du salé sur ma langue. Son corps me tourmentait, couvert de bleus, d'égratignures et de vieilles cicatrices. Surprenant mon regard, il a retroussé une manche pour exposer l'intérieur de son coude, écorché.

— Eczéma, a-t-il dit. J'en ai partout. Ça me gratte de partout.

J'ai ouvert de grands yeux compatissants. J'avais mal à sa peau marquée. J'avais mal à son torse osseux et à ses clavicules saillantes. Et j'étais repoussée des années en arrière, juste avant la dégringolade. Ce corps avait été mon objectif au tout début. Sans le moindre surplus de gras, lisse, net et pur. Silhouette aux hanches étroites qui aurait aussi bien pu appartenir à une fille qu'à un garçon.

C'était l'époque où j'arrivais à m'affamer des semaines entières sans effort.

Aujourd'hui, mon corps épuisé s'agrippait tel un dément aux rares miettes que je lui accordais.

— Tu manges pas avec moi ? a demandé Matthieu, gêné.

J'ai secoué la tête puis embrayé sur des questions banales qui me permettaient de sabrer le malaise. Il a répondu à côté, encore. Alors j'ai tenté le tout pour le tout.

— Je me suis barrée de chez moi, ai-je révélé en caressant les poils du tapis de bain. Je suis pas d'ici. Thomas aussi s'est barré mais pour une autre raison. On se connaissait pas avant.

Étonnamment, il n'a pas semblé très surpris. Je l'ai désigné du menton.

— À toi, maintenant.

Il a froissé un emballage de bonbon dans son poing puis accepté de se livrer.

Il m'a raconté le divorce de ses parents – deux ans plus tôt – et son sentiment d'avoir été brinqueballé dans tous les sens comme un volant de badminton. Son père s'était remarié avec une femme bien plus jeune qui ne supportait pas la présence du fils et avait fixé un règlement intérieur sur la porte d'entrée.

— Un règlement... ?

Il a hoché la tête en serrant la mâchoire. Tapé à l'ordinateur, en majuscules rouges. Dans son exaltation, la belle-mère avait même agrémenté son œuvre d'une bordure ombrée.

— Fallait pas que je regarde la télé plus d'une heure par jour ou elle débranchait la prise. Fallait pas que j'utilise sa serviette sans faire exprès en sortant de la douche sinon elle pétait les plombs et me forçait à faire une lessive pour que je lui rende propre. J'avais droit à une demi-heure de console par jour, et, crois-moi, on peut rien faire sur un jeu en une demi-heure.

— Mais elle est complètement dingue, ai-je lâché.

Il a opiné puis esquissé un geste qui signifiait : et y en a encore beaucoup dans le style. Le seul point positif, c'est qu'il n'avait pas eu à le subir longtemps, le règlement, puisque « la folle » l'avait viré de la maison, deux mois plus tard, en hurlant comme une hystérique.

— Il était une heure du matin et moi j'étais dehors, pieds nus, en pyjama.

J'ai baissé la tête et tripoté les poils du tapis, choquée. Le père ne s'était jamais levé pour le faire rentrer. Il avait donc atterri chez la voisine, puis chez sa mère qui désormais partageait sa vie avec un chasseur mutique, lequel chasseur était en réalité l'ex-meilleur ami du père de Matthieu.

— Comme ça, on n'est pas trop dépaysés, a-t-il plaisanté d'un ton gris.

Involontairement, j'ai laissé échapper un rire sourd qui a résonné contre les carreaux. Matthieu a souri avec moi. Puis nous avons tous les deux cessé de parler, en apnée, lorsqu'une latte du couloir a craqué. J'ai ouvert la porte et sorti une tête timide en m'attendant à voir Thomas mais il n'y avait personne.

Nous avons tout de même décidé de rejoindre la chambre. J'ai débranché mon MP3 et lancé les Moody Blues pour tenter de m'endormir.

Je me suis réveillée emmêlée dans mes écouteurs, l'empreinte des fils incrustée sur mon bras. Matthieu se frottait les paupières avec mollesse mais Thomas n'a pas réagi lorsque j'ai prononcé son nom. Instinctivement, j'ai sauté de mon lit, gagné celui des garçons et posé ma tempe sur le dos de Thomas. J'entendais son cœur pulser sous ses côtes. Son pull puait la transpiration. J'ai glissé mes doigts entre son visage et l'oreiller pour atteindre son front : bouillant et moite.

— Oh merde, ai-je lâché, affolée.

9

À force d'être secoué, Thomas a bredouillé quelques mots inintelligibles.

— Je comprends rien quand tu parles dans ton oreiller...

Il a glissé sa tête vers moi et marmonné :

— J'ai mal aux yeux. À l'intérieur des yeux.

— Comme une crève ?

— Mmm.

Il s'exprimait d'une voix lourde et rauque, crevassée. Un grain de beauté ornait le lobe de son oreille droite – c'était la première fois que je l'apercevais. J'ai pioché un caramel au beurre salé et je lui ai chatouillé les lèvres avec. Il s'est tourné de l'autre côté, agacé.

— Mange-le, Thomas...

— Pas faim.

La seule chose qu'il voulait, c'était une aspirine. Non : dix. Je me suis habillée à toute vitesse tandis que Matthieu se rongeait l'ongle du pouce avec frénésie, assis sur le radiateur.

— Je descends une minute, lui ai-je dit en plongeant mes pieds dans mes tennis.

Au rez-de-chaussée, le propriétaire ne s'est pas contenté de m'offrir une aspirine : il a préparé du lait chaud imprégné de miel et de sauge. Lorsque j'y ai glissé le comprimé, ça s'est mis à chanter. De retour dans la chambre, j'ai pris place sur le bord du lit et j'ai posé le verre sur la table de nuit. Matthieu avait enfilé mon sweat par-dessus son pull vert et fixait les lattes du parquet, toujours perché sur le radiateur.

Un klaxon de voiture nous a fait sursauter en chœur.

De son côté, Thomas n'a même pas tressailli.

— Tourne-toi, Thomas.

Il a obéi avec lenteur puis plaqué son avant-bras sur ses paupières.

— Tu veux que je ferme le volet ?

— Non.

— Bois, ai-je ordonné en attrapant le verre.

Il s'est redressé, l'a pris et l'a reniflé.

— Tu m'empoisonnes ?

— Si seulement, ai-je répliqué d'un ton malicieux.

Il a avalé la moitié du breuvage en m'adressant une moue faussement vexée puis a roulé dans les draps et son visage s'est renfoncé dans l'oreiller. Matthieu s'était posté devant la fenêtre, absorbé par le banc de fer forgé et les trois arbres roux qui faisaient office de jardinet.

— On sort ? a-t-il proposé en se retournant vers moi.

Spontanément, j'ai tourné la tête vers Thomas.

— C'est ça, a-t-il grogné. Cassez-vous et laissez-moi décéder en paix.

On sentait de la tendresse derrière ces paroles. J'ai donc accepté l'invitation de Matthieu.

— On prend ton manteau et ton écharpe puisque t'en auras plus besoin, ai-je lancé à Thomas pour les offrir à Matthieu.

Puis je suis allée remplir les bouteilles d'eau dans la salle de bains. De retour dans la chambre, j'ai enfilé mon blouson, saisi mon sac et je me suis penchée vers Thomas.

— Que Dieu le Père me débarrasse de ta présence pénible, ai-je soufflé sur sa joue.

— J'emmerde ton Dieu le Père.

— Que Satan me débarrasse de ta présence pénible, ai-je rectifié avant d'enfoncer un écouteur dans son oreille.

J'ai cru l'entendre sourire après avoir lancé *Les Lacs du Connemara*.

Matthieu et moi avons descendu l'escalier et quitté la maison sous un vent hargneux. Malgré tout, le soleil pulsait, énorme, sous un ciel lilas. Un oiseau a poussé un cri gaufré. Un clocher a sonné.

Matthieu a plaqué la capuche de mon sweat sur sa tête et nous avons remonté les rues au hasard vers le cœur de la ville. Ici, les sons se réveillaient. Nous étions dimanche et c'était jour de marché. Nous avons donc déambulé entre les fruits de mer, les potirons et les poireaux. L'odeur du poisson nous brûlait le nez, les commerçants s'interpellaient, ça braillait des « MESSIEURS-DAMES » et des « BONNE JOURNÉE ! » de tous côtés. Sur ma gauche, un rire vif et franc, derrière moi, le gazouillis laiteux d'un bébé. Un homme a gueulé : « TROIS POUR TROIS EUROS, MADAME ! », une caisse enregistreuse a tintinnabulé.

Abrutis par le bruit, nous avons dérivé vers des ruelles moins fréquentées. Ça sentait l'algue et la roche frappée par les vagues. À mes côtés, les bras serrés sur le torse, Matthieu slalomait entre les gens pour éviter de les frôler et avançait en fixant les pavés.

Puis il s'est aperçu qu'une masse grise escortait nos pas.

— Hey, a-t-il murmuré.

J'ai suivi son regard ; il s'est accroupi face à un gros chat touffu et l'a caressé au milieu de l'allée, indifférent aux passants qui le contournaient en râlant. Puis nous nous sommes assis sur les marches en pierre d'une boutique fermée, coincés entre une crêperie et une brasserie. L'animal s'est frotté contre les genoux de Matthieu. Le soleil m'aveuglait, planté comme une boule de glace entre deux immeubles. À chaque fois que la porte de la crêperie s'ouvrait, des parfums beurrés et fumés enlaçaient mon visage.

— Pourquoi t'es partie de chez toi ? m'a demandé Matthieu à brûle-pourpoint.

— Pour fuir la bouffe.

Les mots ont jailli sans prévenir. Matthieu a tourné la tête vers moi sans cesser de chatouiller le chat sous le menton. Je ne sais pas ce qui m'a pris. Je n'avais pas pu avouer à Thomas mes crises de gavage quotidiennes parce que j'avais envie qu'il ait une belle image de moi. À Matthieu, j'ai confié le laid, le dégradant, le sale.

— Je mange pas assez ou je mange trop, ai-je ajouté en fixant une mère et son landau. Et quand je mange trop, je vomis. Volontairement.

J'étais partagée entre panique et soulagement face à ces secrets, indociles, qui s'émancipaient sans mon accord.

— Pourquoi ? a questionné Matthieu.

— Parce que je peux pas garder tout ce que j'avale.

Je ne veux pas sentir la nourriture s'affaisser dans mon ventre. Je ne veux pas conserver toutes les émotions mauvaises que j'ai tenté de noyer sous la bouffe. Je veux rester plate, creuse et propre.

Matthieu a continué à m'interroger comme s'il s'agissait d'une discussion banale.

— Pourquoi tu manges trop ?

— Parce qu'il faut que je me remplisse. Sans arrêt.

— Pourquoi ?

— T'es lourd, ai-je soupiré.

— C'est le chat qui demande.

— Parce que mon corps me réclame quelque chose et que j'arrive pas à savoir ce qu'il veut. Ça te va ?

Matthieu n'a pas semblé offensé par la dureté de ma voix. J'ai senti son regard sur moi, profond.

— Désolée, ai-je repris en tripotant la fermeture Éclair de mon blouson.

Du coin de l'œil, j'ai observé les fils qui cernaient les trous de son jean. Son genou droit était totalement exposé, pâle et osseux.

— T'aimes les animaux ? ai-je questionné pour changer de sujet.

— Oui, beaucoup.

Et cet attachement le transfigurait.

C'était sa maigreur qui m'avait dérangée lorsque j'avais fait sa connaissance, sa mâchoire constamment serrée, ses yeux trop vieux pour lui. Mais tandis qu'il câlinait ce chat, il se métamorphosait. Ses épaules s'étaient relâchées, ses bras s'étaient ouverts. Il devenait souple, il devenait soie.

— On l'embarque ? a-t-il proposé d'un ton sérieux.

— Il a un collier, Matthieu.

— On l'enlève ?

J'ai souri, amusée.

— Y a des chats chez toi ?

Non, Matthieu n'avait pas eu le droit d'adopter de chaton parce que le beau-père possédait une meute de chiens de chasse qui beuglaient sans arrêt pour des conneries. Ça empestait la terrine au porc et le poil mouillé chez lui. Ça puait la violence et le sang.

— Y a une énorme tête de cerf au-dessus de la télé.

J'ai grimacé, écœurée.

— Comment on peut avoir envie d'accrocher une tête de cerf ?

— C'est lui qui l'a tué, il en est très fier.

J'ai ouvert de grands yeux choqués.

— Mais quelle horreur...

— J'ai essayé de le décrocher plusieurs fois mais j'ai pas réussi. Il est cloué.

Nous avons souri en chœur, paupières à demi plissées par le soleil ciré. Il a précisé avoir voulu y foutre le feu mais a renoncé au projet par crainte de la raclée qu'il aurait récoltée. Mon sourire s'est brisé.

— Pourquoi tu pars pas t'installer ailleurs ? ai-je suggéré.

Son visage s'est muré. Il a suçoté ses dents en fixant le vide puis m'a répondu :

— Je veux pas laisser ma mère avec ce con.

Sans doute attiré par les odeurs du marché, le chat a fini par nous délaisser. Un peu plus loin, quelqu'un a fait tomber ses clefs.

— Un jour j'ai arrêté de manger, m'a confié Matthieu à travers le chuintement des voix. Comme ça, d'un coup.

J'ai cessé de respirer. Cette fois, c'est moi qui ai demandé pourquoi.

— J'avais la haine, a-t-il expliqué en s'acharnant sur les fils de son jean. J'avais tellement la rage qu'il y avait plus de place à l'intérieur. Plus rien pouvait rentrer.

— C'était quand ?

— Y a deux ans. Quand mes parents se sont séparés.

— Oh.

Il s'est levé pour se dégourdir les jambes et a voulu qu'on se remette à marcher. Au fil de nos pas, nous avons croisé un autre chat dont Matthieu a caressé le pelage rayé. Vu un vieil homme vêtu d'une toge en train de discuter avec une femme qui portait un tas de jardinières pour balcon. Nous avons écouté une jeune fille aux cheveux rasés capable d'arracher des sons enchanteurs à une simple guitare sèche puis stoppé devant un distributeur de confiseries que Matthieu a secoué dans tous les sens sans rien récolter.

— J'ai des pièces si tu veux.

— Non, non, a-t-il vite répondu. Mais j'essaie toujours, on sait jamais.

J'ai quand même sorti mon portefeuille pour qu'il puisse acheter un paquet de bonbons. Je crois que j'avais envie d'effacer toute cette maigreur qui heurtait mon regard et mon histoire.

— Merci, m'a-t-il dit en me tendant le sachet ouvert.

J'ai pioché une langue bicolore pour avoir un goût dans la bouche et mis une bonne minute à la mâcher. Au bout de la rue, une fresque de graffitis nous a hypnotisés. Magnifiques, ces feux d'artifice qui paraissaient jaillir des murs. Cet aigle magenta qui se transformait en panthère, ce tigre mou dont les dents se changeaient en flammes.

Évidemment, quelqu'un avait souillé ces œuvres d'art.

Au-dessus d'un poisson-clown cobalt, on avait tagué :

susse moi grosse pute

J'ai serré les dents, contractée par la colère.

— Macho et nul en orthographe, ai-je commenté. Le fond du fond.

Et je suis partie en vrille.

— C'est fou, quand même, ce pouvoir que vous avez sur nous. Même pas besoin d'une baffe pour nous faire mal. Vous pouvez nous salir avec des mots.

Lorsque j'ai tourné la tête vers Matthieu, son corps avait regagné sa raideur de fer et la veine sur son front était revenue.

— On se tire, a-t-il jeté, abrupt.

Durant tout le chemin du retour, je n'ai pas osé lui demander si c'était l'inscription qui l'avait blessé ou moi.

En rouvrant la porte de la maison qui souriait, nous avons retrouvé Thomas en compagnie du propriétaire, tous deux assis dans les fauteuils du salon et penchés sur la table basse. La pièce en question était lumineuse avec un buffet massif, une horloge ancienne et du carrelage ivoire. Un cadre avec de nombreuses photos de famille décorait le mur principal. Plusieurs plantes en pot dont je ne connaissais pas le nom ajoutaient quelques touches de vert à cette blancheur immaculée.

— Vous jouez aux échecs ? ai-je souri en me rapprochant d'eux.

Le propriétaire a hoché la tête, coudes posés sur les bras de son fauteuil, les doigts lacés contre sa bouche. Thomas a poussé un grand pion avec emphase, le front plissé par la concentration. Il portait le pull marinière que je lui avais offert. Plusieurs Kleenex froissés recouvraient ses cuisses.

— Tu te sens mieux ? ai-je demandé en arrachant l'étiquette du prix qui dépassait dans sa nuque.

Les yeux qu'il a levés vers moi tanguaient, élastiques et brillants.

— Pierre-Guy m'a fait boire une eau-de-vie maison donc je préviens : je suis bourré.

J'ai éclaté de rire en ôtant écharpe et blouson. Matthieu a pointé l'échiquier du doigt.

— Tu peux pas bouger ton fou ici, c'est le cavalier qui saute trois cases.

— Le cheval ? ai-je questionné, ignorante, en montrant la pièce blanche.

Thomas a esquissé une moue énigmatique en nouant ses mains sur ses genoux.

— Je cheval mon fou si je veux.

Matthieu m'a regardée, sourcils en arc de cercle.

— Bah merde alors, vous me l'avez cassé, ai-je lancé à Pierre-Guy en m'asseyant sur l'accoudoir du fauteuil de Thomas.

Il a ri avec rondeur puis s'est levé, enthousiaste, en nous proposant une dégustation de son fameux breuvage. Matthieu a accepté aussitôt tandis que j'hésitais face à la conversation hautement philosophique que Thomas menait avec l'échiquier.

Le reste est flou dans mon esprit.

Je me souviens de la bouteille ornée d'une étiquette usée sur laquelle on avait écrit au stylo-bille quelque chose d'illisible. Je me souviens avoir emprunté le verre de Thomas pour y tremper mes lèvres sans pouvoir décider si j'aimais ça ou pas. Je me souviens que Matthieu plongeait ses bonbons dans le liquide avant de les manger. Je me souviens aussi avoir passé un long moment devant une plante dont les feuilles ressemblaient à des soucoupes.

Le remède a eu des effets différents chez chacun de nous.

Paraît que j'ai appelé la plante « Jacqueline » et que je lui parlais comme une mère s'adresse à sa fille. Paraît que Thomas s'est transformé en gros bisounours et voulait faire des câlins à tout le monde. Paraît que Matthieu s'est pris les pieds dans l'un des tapis, écorchant son bras déjà abîmé par l'eczéma contre l'angle d'un vaisselier.

J'avais beau n'avoir avalé que deux gorgées, j'ai sombré plusieurs heures ensuite.

C'est Pierre-Guy qui nous a relaté ces événements tandis que nous étions blottis près d'un feu de cheminée auréolé de crêpes au miel. Matthieu avait été soigné après avoir vomi ses tripes – heureusement que je n'y avais pas assisté –, Thomas dissertait sur de grandes questions existentielles auxquelles je ne comprenais rien et moi j'écoutais leurs voix cotonneuses en caressant les cheveux de Jacqueline. Affamés, les garçons n'ont pas laissé une miette dans leurs assiettes. De mon côté, je me suis retrouvée face au clafoutis que Matthieu avait dépouillé de ses fruits, sans savoir comment ni où je l'avais récupéré. Le cerveau encore ramolli par l'eau-de-vie, je me suis vue dévorer la pâte nue sans pouvoir rien y faire.

Pendant que nous mangions, Pierre-Guy nous racontait sa vie, une chope de bière entre les mains. Il avait bossé dans les ascenseurs pendant près de quarante ans : il les installait, les contrôlait, les réparait, les rénovait. Il était appelé à toute heure, la nuit, les jours fériés, pour débloquer des gens. La retraite l'a laissé perdu, étourdi par le vide. Alors il s'est mis en tête d'ouvrir une chambre d'hôtes – c'était le rêve de sa femme. Elle est partie, depuis, mais le rêve a fleuri.

— C'est elle ? ai-je demandé en désignant un cadre posé sur la cheminée.

Oui, c'était sa Denise. Il l'avait dessinée maladroitement après être tombé sur une boîte de fusains en fouillant son grenier. Cette première esquisse avait été une révélation mais il voyait encore plus grand et plus coloré. Donc il s'était précipité dans un magasin de loisirs créatifs et avait tout acheté : toiles blanches, pinceaux, palette ainsi que toutes les teintes qui attiraient son œil. Il avait testé l'huile puis l'aquarelle, avec une légère préférence pour la première. Après ce récit, il a tenu à nous faire visiter ce qu'il nommait son « petit cabinet » dans lequel il exposait ses œuvres.

— Oh, c'est vous les peintures dans la chambre et la salle de bains ? ai-je demandé, admirative.

Il a secoué la tête, expliquant que lui faisait plutôt « dans l'abstrait ».

Et abstrait, ça l'était.

— Allez-y, regardez, nous a-t-il pressés d'un bras exalté avant de nous quitter pour répondre au téléphone qui sonnait.

Thomas s'est coulé devant une toile compliquée aux multiples nuances de bleu. Il s'est raclé la gorge, perplexe, les mains dans les poches de son jean. Puis il a soufflé d'une voix alanguie par les restes d'alcool :

— La morale m'empêche de dire à quoi ça me fait penser.

J'ai décollé d'une aquarelle jaune pour me tourner vers lui.

— Ou bien j'ai vraiment l'esprit mal placé, a-t-il ajouté, railleur.

— Tu vois quoi ? ai-je questionné en penchant la tête sur le côté.

Il m'a saisi l'épaule et m'a poussée.

— T'es trop pure, Charlotte. Bouge de là.

— Moi, j'aime bien ça, a déclaré Matthieu, planté devant un camaïeu de verts, bras croisés sur le torse.

J'ai fait deux pas vers lui, examiné le tableau en plissant les paupières et pris un peu de recul, en vain.

— C'est quoi ? ai-je fini par lui demander.

— J'en sais rien mais j'aime bien quand même. On dirait des poivrons tordus.

Le rire de Thomas a éclaboussé la pièce en décalé.

— Il est flippant, a poursuivi Matthieu en stoppant devant une toile plus grande que les autres.

— Le tableau ou Thomas ?

Il n'a pas eu le temps de me répondre parce que Pierre-Guy nous a rejoints, tout excité à l'idée de savoir ce que nous pensions de ses œuvres. Thomas s'est lancé dans une tirade fantaisiste et saccadée qui mettait en scène un duel de carottes – la toile était orange – et s'achevait en allusions sexuelles douteuses.

Nos rires nous ont scié le ventre.

Même Pierre-Guy nous a accompagnés, fair-play.

Enfin, il a fallu regagner la chambre pour rassembler nos affaires ; il était 16 h 16 alors j'ai fait un vœu. Prise d'une mélancolie subite, j'ai voulu repousser le moment du départ et entrepris de vider ma valise pour tout réarranger. Couché à plat ventre sur son lit, Thomas feuilletait la prose laissée par les voyageurs précédents dans le livre d'or de Pierre-Guy et nous lisait les messages les plus niais. Quant à Matthieu, il se rongeait les ongles en admirant les coquillages-bibelots. Le ciel encombré nous avait contraints à rallumer les lampes. Une pluie étroite molestait la fenêtre ; on aurait dit qu'elle croustillait.

Tout à coup, Thomas a fondu en larmes. J'ai lâché le T-shirt que j'étais en train de plier et je me suis précipitée vers lui.

— C'est rien, a-t-il marmonné en retirant ses lunettes.

Je n'avais même pas eu le temps de m'asseoir près de lui qu'un courant d'air m'a fait tourner la tête : Matthieu venait de quitter la chambre en laissant la porte ouverte.

— C'est un truc que t'as lu... ? ai-je soufflé en posant mon visage sur ses omoplates.

Il a nié en se frottant les yeux sur la manche de son pull, puis tout a cédé.

— J'emmerde ma famille, a-t-il craché avec un mélange de chagrin et de déception. Tous des foutus glaçons. Quand j'étais gosse et que je me faisais mal quelque part, mon père me collait un pansement vite fait et me donnait une tape dans le dos avec un « c'est fini, retourne dans ta chambre ». Putain, c'est médecin mais ça sait pas consoler son gosse. Ma mère avait enfilé deux collants à l'enterrement, tu te rends compte ? Pour que ça soit plus noir et que ça fasse « plus deuil ». Je la cite, tu sais, j'invente rien. Elle joue l'abandonnée mais elle l'avait enterrée depuis un paquet de temps, Mamie. Elle avait déjà fourré la moitié de ses affaires dans des cartons. Tout dans l'apparence et rien dans le cœur. Ça se fabrique de la tristesse parce que ça ressent rien.

Bouleversée par ses confidences, je l'ai serré plus fort.

— Tu vois, tu me prends dans tes bras et je sais même pas comment réagir parce qu'on m'a jamais habitué à ça, on m'a pas éduqué comme ça. J'ai pas de *souvenir* de ma mère qui me prend dans ses bras ou qui me dit qu'elle m'aime, c'est grave quand même, j'entends pas ces mots, Charlotte. J'entends pas ma mère prononcer ces mots-là.

Tout le temps qu'il parlait, j'ai laissé ma tempe sur son dos. Puis j'ai revisité mon enfance et réécouté ma mère en me demandant si, moi, j'avais entendu ces mots. Impossible de le savoir, ma mémoire titubait.

— Quand t'es bourré, tu nous fais des câlins donc ça veut dire que tu sais faire.

Un souffle a bruissé sur l'oreiller mais il n'a rien répondu.

— T'as de belles dents, ai-je alors murmuré contre sa joue pour alléger sa peine.

Il a échappé un soupir cynique.

— Encore heureux, j'ai eu des bagues pendant deux ans.

— T'avais les dents dans tous les sens ?

Il a secoué la tête dans un reniflement.

— Celles de devant se chevauchaient alors ma mère s'est dépêchée de rafistoler son gamin, histoire qu'il lui fasse pas trop honte.

Il a prononcé ces dernières paroles d'une voix pleine de graviers. Puis il a roulé sur le dos, ramassé le paquet de Kleenex qui traînait et s'est mouché.

— T'as gondolé le livre d'or, ai-je dit en tentant de lisser la page mouillée.

Il a juré de ne plus jamais approcher une bouteille d'alcool sans étiquette *normale*. La pluie s'était ramollie et tachetait la vitre sans réelle motivation. On entendait une gouttière ruisseler.

— Toute cette eau... ai-je lancé pour fêler le malaise. Ça donne envie de faire pipi.

Thomas a souri en se frottant les cils puis s'est mouché une nouvelle fois. J'ai traversé le couloir, verrouillé la salle de bains et je me suis assise sur le couvercle des toilettes, la tête entre les mains. Les sanglots de Thomas m'avaient désemparée. J'avais besoin qu'il soit solide pour dompter mes propres fragilités et je le découvrais affaibli, inconstant.

Cassable.

Sans comprendre comment, je me sentais blessée à travers lui.

Comme si nous avions le même corps.

10

En sortant de la salle de bains, j'ai descendu l'escalier à la recherche de Matthieu que j'ai retrouvé dans la pièce des tableaux, posté devant les poivrons tordus. Il tripotait avec anxiété les cordelettes de mon sweat.

— Ça va... ? ai-je chuchoté en m'arrêtant à ses côtés.

Il a hoché la tête puis murmuré sans quitter la peinture des yeux :

— J'aime pas quand les gens pleurent.

— Pourquoi ?

Il a haussé les épaules en resserrant la mâchoire. J'avais l'impression que les os allaient percer sa peau.

— Je sais pas comment réagir, a-t-il finalement confessé du bout des lèvres.

Je m'apprêtais à lui répondre lorsqu'il a ajouté :

— Non, c'est pas vrai, je dis n'importe quoi. *Ma mère* pleurait tout le temps, c'est ça la vraie raison. J'entends ma mère quand les gens pleurent.

J'ai voulu lui prendre la main et puis je me suis ravisée. J'ai pensé qu'il ne fallait pas grand-chose pour que je m'effondre à mon tour. Trop pesante, l'atmosphère. Si fragiles, mes potes de voyage. Pour dévier la tristesse qui menaçait de m'envahir, j'ai pointé le tableau du doigt.

— Tu veux qu'on demande à Pierre-Guy s'il est d'accord pour nous l'offrir ?

Un sourire a effleuré la bouche de Matthieu, vite éraflé.

— J'aime bien le vert, a-t-il dit. Ça me calme.

J'ai avisé le pull émeraude qu'il portait sous mon sweat et magnifiait ses boucles rousses.

— Ou on peut le voler, ai-je repris à voix basse en me penchant vers lui. Je le planque sous mes fringues et je fais croire que je suis enceinte d'un carré.

Une fossette a retroussé sa lèvre du haut. Dans la lumière pâle qui bruinait de la fenêtre, ses yeux chatoyaient comme des perles.

— On y va ? ai-je lancé en me retournant vers la porte.

Mais Matthieu ne m'a pas suivie. Il s'est mis à gratter le bras qu'il s'était abîmé et que Pierre-Guy avait enveloppé d'un bandage.

— J'ai pas d'argent pour payer ma part de la chambre.

— Je m'en doutais, Matthieu. Tu me rembourseras plus tard.

Il a hoché la tête ; j'ai fait trois pas vers lui et attrapé sa main pour qu'il arrête de se gratter.

Je ne savais pas grand-chose de sa vie. Je ne connaissais de son histoire que ce qu'il avait accepté de confier et c'était peut-être une accumulation d'inventions et de mensonges.

Mais j'avais envie de le croire.

Nous avons abandonné les toiles et traversé le couloir pendant qu'il recommençait à se torturer le bras.

— T'as pas de crème ? ai-je demandé en montant l'escalier.

— Si, mais chez moi.

— Si tu grattes, ça va continuer à te gratter.

— Mais si je gratte pas, ça gratte encore plus.

— Conversation hautement intellectuelle, a raillé Thomas, tout en haut des marches, les mains dans les poches et une cigarette dans la bouche attendant d'être allumée.

Il avait les paupières rougies mais sa malice était revenue. Il ne m'a pas quittée des yeux jusqu'à ce que je le rejoigne.

— On en parle de ta discussion avec l'échiquier ? lui ai-je rétorqué.

Il a fait danser la cigarette entre ses dents, un sourire en coin.

— Me dit la fille qui cause avec les plantes.

J'ai arraché sa clope et je l'ai jetée dans son pull en la passant par le col.

— Ma dernière, a-t-il rouspété en tirant sur la laine pour la récupérer.

Nous avons traîné dans la chambre, le temps que Thomas fume et que je remplisse une page du livre d'or de gros cœurs dodus dont j'aurais honte plus tard. J'ai fait signer les garçons puis nous sommes redescendus.

Avant de nous laisser partir, Pierre-Guy nous a confié une écharpe à carreaux ainsi qu'un vieux blouson kaki. L'écharpe s'est enroulée autour du cou fin de Matthieu mais le blouson était bien trop grand pour lui ; c'est donc Thomas qui l'a enfilé, offrant son manteau marine à Matthieu. Nous avons également récupéré les dernières crêpes que Pierre-Guy avait placées dans une boîte en plastique, les fameux poivrons tordus – enveloppés de papier cadeau – et ma Jacqueline.

J'ai vite passé la porte d'entrée pour éviter de me mettre à chialer.

— Vous serez toujours les bienvenus, nous a lancé Pierre-Guy, pantoufles aux pieds, en agitant la main.

Debout, sur le seuil, il paraissait avalé par le sourire de sa maison.

J'ai accéléré le pas pour ne pas être tentée de me retourner à nouveau ; je ne supportais pas les départs, les adieux. Abrités sous le parapluie, la valise grognant derrière Thomas, nous avons regagné la Citroën grise. Matthieu m'a aussitôt tendu les clefs.

— Tu veux pas conduire ? lui ai-je demandé en déverrouillant la voiture.

— Vu mes derniers exploits, je préfère pas.

Je me suis installée au volant ; Matthieu à l'arrière.

— Au moins, on n'a pas récolté de PV, ai-je annoncé, soulagée.

De la banquette, Matthieu s'est penché vers la boîte à gants dont il a tiré le loquet : plusieurs contraventions ont glissé et atterri sur le sol.

— Ah, ai-je pouffé pendant que Thomas refermait le coffre.

Je n'avais pas fini de ramasser tous les PV lorsqu'il a ouvert sa portière. Il me les a dérobés pour les jeter sur le trottoir et s'est assis en ignorant mon regard outré. Puis il a tourné le bouton de la radio mais n'a obtenu qu'un long zozotement.

— Pourquoi ça capte pas ?

— Y a plus d'antenne, a répondu Matthieu d'une voix lointaine en mâchant un bonbon acide. On nous l'a piquée y a trois mois.

Thomas a enfoncé la cassette qui dépassait du lecteur ; un air country a empli l'habitacle.

— Oui, a repris Matthieu d'un ton blasé, ma mère est fan de Johnny Cash.

— J'aime bien, a commenté Thomas.

Il a commencé à s'agiter sur son siège de façon désynchronisée. Entraînante, la musique emmitouflait nos corps à l'image d'un grand plaid. Mon pied droit tapotait le sol, en rythme.

— Vous êtes sûrs que je peux conduire ? ai-je dit en me frottant le front.

— Mais t'as rien bu, a rétorqué Thomas.

J'ai grimacé en bouclant ma ceinture de sécurité.

— Combien j'en ai ? a-t-il demandé en levant plusieurs doigts.

— Deux.

— C'est bon, tu peux démarrer.

— C'était bien deux ?

— T'occupe.

— Mais c'est par où la pointe du Raz ?

— Vous allez à la pointe du Raz ? a questionné Matthieu tout en restant couché sur la banquette avec son sachet de bonbons.

J'ai acquiescé.

— Roule, m'a simplement lancé Thomas en calant sa tempe contre la vitre.

Alors j'ai roulé.

Traversant des villages dont les noms bretons me charmaient.

Essayant de gérer la pédale d'embrayage qui n'en faisait qu'à sa tête.

Peu à peu, je réalisais que les garçons m'aidaient à sortir de mon corps. En faisant attention à eux, en m'inquiétant pour eux, je cessais de me concentrer uniquement sur ce qui boitait chez moi : mes défauts, mes failles, mes échecs. *Ma mère.* Je m'éloignais de mes pensées obsessionnelles et déconnectais de mes sensations malades. Je m'ouvrais vers les autres au lieu de rester pliée en moi-même, prisonnière de ma propre geôle.

Lorsque je me suis rendu compte que Thomas s'était endormi, j'ai coupé la musique. Puis j'ai jeté un coup d'œil dans le rétroviseur central pour tenter d'apercevoir Matthieu ; son regard a croisé le mien.

— C'est joli, Kervignac ? lui ai-je demandé tout bas pour entamer la conversation.

Il s'est redressé et logé entre nos sièges en plaçant le sachet de bonbons sous mon nez. L'odeur du fruit chimique m'a frappé le visage ; j'ai refusé.

— J'ai grandi à Locmariaquer, a-t-il confié sans répondre à la question initiale.

— C'est près d'ici ?

— Non, c'est près de Carnac.

Il m'a expliqué que sa mère habitait Kervignac avec « le chasseur-de-mes-deux » et que son père avait gardé la maison à Locmariaquer où il vivait avec « la folle ». À chaque fois qu'il évoquait ses parents, sa voix se durcissait comme du métal. J'entendais sa mâchoire serrée, je sentais son corps se contracter et me communiquer ses tensions.

— Pourquoi ta mère pleurait ? ai-je murmuré en longeant une série de bâtisses aux briques rouges.

J'avais parlé sans réfléchir, encore, mais Matthieu ne s'est pas cabré. Il n'a même pas botté en touche.

— Parce que mon père est un gros nul.

Ses dents ont crissé sur le dernier mot. Il n'a rien dévoilé de plus. J'ai pesté deux minutes derrière un vélo que je n'arrivais pas à doubler puis j'ai tenté :

— C'est elle qui l'a quitté ?

— Oui, a-t-il soupiré, secret.

J'ai déboulé sur une route dont le marquage au sol s'était effacé. Une corneille a filé tel un pinceau noir devant le pare-brise. Matthieu a plaqué ses mains bleues sur les grilles de chauffage, poussées au maximum. Mais la voiture était vieille et la mécanique rouillait.

— C'est normal, l'embrayage tout mou ? ai-je demandé, de plus en plus inquiète.

— Ma mère devait l'apporter au garagiste mais elle s'y prend toujours au dernier moment.

Quelques minutes plus tard, nous avons sauté sur un nid-de-poule et Thomas s'est mis à bouger.

— Désolée, ai-je soufflé.

Il a remué les jambes et fait craquer sa nuque, m'obligeant à réprimer un frisson.

— Tu me soûles, ai-je râlé. Quand tu casseras d'un coup, faudra pas compter sur moi pour recoller tes morceaux.

Il a bâillé puis s'est mouché avant d'agiter ses cigarettes devant moi. Ses Chesterfield avaient laissé place à quelques Gauloises blondes égarées.

— Où t'as volé ça ? lui ai-je demandé.

— J'étais à sec et Pierre-Guy m'a sauvé.

J'ai donné une chiquenaude au paquet qui lui a glissé des doigts.

— Je vais devenir insupportable si je fume pas, a-t-il prévenu.

— Pire que tu l'es déjà ?

Il a fait claquer sa langue, agacé, en ouvrant sa vitre de quelques centimètres. J'ai pressé le bouton de ma poignée pour la faire remonter. Ce petit duel a duré une dizaine de secondes jusqu'à ce que Matthieu se plaigne du froid. Contrarié, Thomas a rangé ses cigarettes en marmonnant des mots que je n'ai pas compris.

— C'est du russe ?

— Polonais.

— Et ça veut dire ?

Un léger sourire a émaillé son visage.

— Vaut mieux pas que tu saches.

Pourtant, deux kilomètres plus tard, c'est un Thomas passionné qui nous apprenait ses expressions slaves favorites : je me souviens de *jesteśmy wolni*, « nous sommes libres », et d'une insulte qu'il a gribouillée sur ma carte routière – отъебись –, qu'il prononçait « atyibiss » et se situait entre le « dégage » et « va te faire foutre ».

De son côté, Matthieu était capable de nous citer tous les romans d'Agatha Christie par date de publication et, plus spectaculaire encore, il les avait tous lus.

— Ton préféré ? l'ai-je interrogé, intriguée.

— *Le Crime de l'Orient-Express.*

Parce que c'était le premier qu'il avait découvert. Le choix était sentimental.

— J'ai jamais pu trouver un seul tueur, ai-je avoué.

— Moi non plus, m'a-t-il souri à travers le rétroviseur.

Puis les confessions se sont succédé, anodines au premier abord mais plus intimes ensuite. Thomas était un grand fan de bandes dessinées et de mangas trash qu'il achetait en douce dans le dos de sa mère. Matthieu composait des poèmes dans un cahier de brouillon et, chose étonnante, adorait les odeurs de poulailler. Moi, je leur ai confié que je collectionnais les billes et les galets. Les billes, c'était celles que j'avais gagnées lorsqu'on jouait avec mes copines sur les plaques d'égout de la cour d'école. Les galets, je les ramassais dans des lieux qui comptaient pour moi et j'écrivais dessus au marqueur noir. La date, l'endroit, la personne qui m'accompagnait si je n'étais pas seule.

Mes souvenirs s'alignaient, sages, sur l'étagère de ma chambre.

— Le mystère des cailloux vient d'être élucidé, a lancé Thomas, amusé.

On s'éloignait des villages par une route plus dépouillée.

Puis la nuit s'est avachie comme un sac, rapide et sombre. J'ai allumé les phares pendant que Matthieu ouvrait le Tupperware de Pierre-Guy et grignotait une crêpe. Thomas et moi avons braillé des chansons de Disney mais le jeu a tourné court parce qu'il transformait les paroles pour les rendre obscènes. Exaspérée par le paquet de cigarettes qu'il agitait devant mon visage, je me suis enfin arrêtée sur le bas-côté. Il s'est installé sur le capot pour fumer ; son profil a étincelé sous la flamme de son briquet. Le ventre rond de la lune enduisait la route d'une couche d'opale. Quelques étoiles perçaient comme des boucles d'oreilles. J'ai allumé le plafonnier pour chasser la nuit.

— Toi aussi, t'as un péché honteux ? ai-je demandé à Matthieu en me retournant vers lui.

— Je casse des trucs.

J'ai été déstabilisée par cette réponse.

— Quels trucs... ?

— Des trucs qui font du bruit, comme des tasses ou des vases.

— Pourquoi ?

Il s'est rongé l'ongle de l'auriculaire, l'œil absent, avant d'avouer qu'il avait beaucoup de colère « à l'intérieur ». Parce que sa mère jurait qu'elle l'avait écouté mais qu'elle était ensuite incapable de répéter ce qu'il lui avait dit. Parce que son père restait amorphe, sans réaction, ne remarquant même pas que la belle-mère couchait les cadres des photos sur lesquelles il apparaissait. Parce que le beau-père se comportait comme un dictateur et n'avait aucun scrupule à entrer dans sa chambre pour fouiller ses affaires. Parce qu'il avait surtout la sensation d'être en partie responsable du divorce de ses parents.

— Mais c'est pas ta faute, ai-je répliqué, abasourdie.

Il a haussé les épaules et tiré sur les manches de son pull pour réchauffer ses mains. J'ai tourné la clef pour activer le chauffage et éteint les phares qui venaient de s'allumer. Il m'a remerciée d'un regard puis s'est penché vers la boîte à gants pour y récupérer un paquet de chewing-gum. Il m'en a offert un et le goût de la chlorophylle m'a aussitôt renvoyée quelques années plus tôt, lors de vacances à Tignes, aux sports d'hiver, où j'avais découvert la menthe à l'eau. Luminescente, la neige nous aveuglait et nous skiions en T-shirt sous un ciel miroir. Avec son meilleur pote, totalement inconscient, mon père avait entraîné toute la famille sur une piste rouge et je me souviens des cris de ma mère à chaque fois qu'elle chutait. Je me souviens des larmes de ma sœur, terrifiée, et de mon nez qui coulait et que j'essayais d'essuyer avec mes moufles sans y parvenir. Nous avons descendu la piste interminable sur les fesses et, dans le but de « réconforter les gamines », l'ami de mon père est parti nous acheter deux gros sachets de nougats.

Décidément, elle avait toujours répondu présente, la bouffe, pour consoler le cœur.

Dans l'espoir d'alléger l'atmosphère, j'ai demandé à Matthieu s'il connaissait la phrase de La Fontaine avec le lièvre et la tortue.

— Je l'ai sur le bout de la langue, ai-je précisé, mais impossible de la sortir.

Il a réfléchi un instant puis secoué la tête, dépité.

— Moi j'ai appris *La Cigale et la Fourmi* à l'école.

J'ai souri alors que la portière se rouvrait et Thomas s'est réinstallé dans des vapeurs de tabac épicé.

— Vous mâchez quoi ?

J'ai exhibé la pâte entre mes dents. Matthieu a fait tomber un rectangle vert dans la paume que Thomas lui tendait. J'ai redémarré la Citroën et enclenché les pleins phares mais le décor ressemblait toujours à un immense magma noir. Nous n'arrivions pas à quitter les champs et les suggestions de Thomas ne nous servaient à rien, à part nous faire rouler en rond.

— À droite j'ai dit, a-t-il râlé.

— Mais *c'est la droite*, ai-je gueulé plus fort.

— L'AUTRE DROITE.

Soudain, Matthieu s'est agrippé à mon siège en jetant :

— NON, Y A LES FLICS, FAIS DEMI-TOUR.

J'ai été très surprise par cette remarque. J'ai tendu le cou et avisé la voiture de police au loin, surveillant les mouvements de la nuit.

— Mais qu'est-ce que ça peut faire ? J'ai mon permis, je suis en règle.

Le souffle de Matthieu ricochait sur ma nuque. Je sentais ses doigts serrés sur la mousse de mon dossier.

— C'est peut-être ma mère qui les a appelés...

J'ai happé son regard dans le rétroviseur central avant de bifurquer vers le premier sentier qui m'éloignait des policiers.

— T'as pas le droit d'emprunter sa voiture ?

Il a mâchouillé sa lèvre inférieure sans me répondre.

— Matthieu, ai-je insisté, t'as le droit ou t'as pas le droit... ?

— J'ai pas vraiment 18 ans, a-t-il enfin lâché d'une voix sourde.

J'ai freiné d'un coup, déstabilisée, et passé la seconde mais cette fois-ci l'embrayage n'est pas remonté.

— Mais t'as quel âge ? a craché Thomas tandis que je m'emmêlais les pieds dans les pédales.

La voiture ne répondait plus. J'ai rétrogradé en me rapprochant du fossé alors que Matthieu avouait qu'il n'avait que 16 ans.

— Quoi... ? ai-je bégayé, paniquée, avant de caler.

Penaud, Matthieu a précisé que, bon, en fait il allait les avoir en décembre. J'en ai avalé mon chewing-gum. Thomas a débouclé sa ceinture d'une main rude.

— Tu te fous de ma gueule ?

Matthieu n'a rien répondu. Thomas s'est massé les tempes entre le pouce et l'index dans une grande expiration.

— Donc on peut être arrêtés pour kidnapping de mineur... Génial.

Les répliques ont fusé dans tous les sens ; aucun des garçons ne voulait plier. J'ai fini par dresser un doigt timide pour prendre la parole.

— Je veux pas vous inquiéter mais l'embrayage a lâché.

La querelle a cessé. Thomas a coulé ses yeux d'eau sur moi. Matthieu s'est renfoncé dans la banquette avec aigreur.

— Je vous jure, j'ai rien fait, ai-je dit en levant des mains innocentes.

À cran, Thomas est sorti de la voiture, a craché son chewing-gum par terre avant d'ouvrir ma portière.

— Fais voir.

Je lui ai laissé ma place et je me suis glissée à l'arrière à côté de Matthieu. Thomas a remis le contact et tenté d'enclencher la première sans y parvenir. Une chouette a lancé un cri tremblotant qui ressemblait au sanglot d'un revenant.

— Eh merde, a lâché Thomas en refermant les paupières.

— C'est cassé ?

— Ouais.

J'ai roulé mes yeux vers Matthieu qui posait les siens sur Thomas. La chouette a repris sa complainte fantomatique puis la voix de Thomas a crépité, pesante et basse :

— Je crois qu'on est bons pour passer la nuit dans la bagnole.

11

Il m'a fallu du temps pour intégrer les paroles de Thomas.

— OK... ai-je chuchoté. C'est possible de dormir dans une voiture... ?

— C'est possible de dormir partout, a répliqué Thomas du siège conducteur en se plantant une cigarette dans la bouche.

Il a sorti ses jambes de l'habitacle ; le briquet a crissé dans la nuit grasse. À mes côtés, Matthieu, recroquevillé en chien de fusil, fixait le pare-brise.

L'angoisse a brouillé ma mémoire.

Je me souviens avoir demandé à Thomas s'il y avait des risques d'être attaqué par des bêtes sauvages mais je ne sais plus ce qu'il m'a répondu. Je me souviens des mille sons qui poignardaient l'air. Je me souviens surtout de ce sentiment d'être

minuscule

égarée au milieu de la nature hostile, à portée de toute agression.

Après que Thomas a fumé deux cigarettes l'une après l'autre, nous avons verrouillé les portes. Les garçons ont dîné de crêpes et j'ai grignoté les derniers bonbons acides.

— Ça me rappelle quand je fabriquais des cabanes avec ma sœur, ai-je confié en léchant le sucre sur mes doigts. On sortait les chaises dans le jardin, on les recouvrait de couvertures et on volait les coussins du canapé pour s'allonger dessus. Ça nous faisait une maison.

Les garçons ont souri, même si eux n'avaient pas fait ça. Thomas ne se cachait nulle part mais Matthieu avait l'habitude de se replier sous son bureau pour que le beau-père lui foute la paix. Il déménageait sa lampe de chevet, s'asseyait sur son oreiller et lisait là, pendant des heures, accompagné de sucreries. C'est ici qu'il avait écrit les poèmes dont il était le plus fier.

— De quoi ils parlent ? ai-je demandé, curieuse.

Il a pressé ses lèvres comme on chuchote : « secret ».

Après avoir mangé, nous avons retiré nos chaussures, enfilé les pulls qu'il me restait et coincé les attaches des ceintures de sécurité dans les recoins des sièges. Matthieu a bâillé, la main sur sa bouche, ce qui a fait bâiller Thomas puis m'a fait bâiller, moi. Les garçons m'ont laissé la banquette et se sont installés à l'avant.

La buée a très vite étouffé les vitres.

Frigorifié, Matthieu rallumait régulièrement le moteur.

— Arrête ça, a râlé Thomas en lui volant les clefs. Tu vas nous asphyxier.

Je grelottais dans mon blouson, l'un de mes compagnons sifflait du nez et l'autre continuait à se gratter comme un damné. J'ai donc envoyé Thomas chercher la crème que j'avais laissée dans ma valise et nous avons rentré le cou dans nos écharpes lorsque la portière s'est ouverte puis refermée. Une fois revenu, il a allumé le plafonnier et

Matthieu s'est déshabillé en se cognant le genou contre le levier de vitesses. Puis il a commencé à se badigeonner les bras en évitant le bandage réalisé par Pierre-Guy. L'éclat artificiel offrait à sa peau un aspect phosphorescent. J'ai tenté de faire abstraction de ses clavicules qui saillaient comme des racines et du xylophone de ses côtes. Sa médaille renvoyait la lumière crue et m'éblouissait par à-coups.

Immédiatement, l'odeur familière du citron gras m'a réconfortée.

Mais la nuit était pleine de plaintes, de craquements et de bruissements menaçants.

Le vent se faufilait dans chaque interstice de la voiture et semblait vouloir forcer la vitre. Les garçons n'arrêtaient pas de remuer pour trouver une position confortable ; l'espace restreint est vite devenu insupportable.

Et la silhouette est revenue me hanter.

Dans l'obscurité, j'apercevais ses santiags sur la moquette claire de ma chambre. Dans le silence de la voiture, j'entendais un homme gémir

« you fly away ma keen dawn
it seems your crying have gone »

Il ne m'a fallu qu'une poignée de secondes pour enfiler mes tennis et quitter la voiture en brutalisant la portière.

Et j'ai marché.

Chavirant dans des creux puis butant sur des mottes de terre, assiégée par l'obscurité.

J'ai marché sur ma mère, j'ai marché sur ma peau. J'ai marché sur les prisons que j'avais cru laisser derrière moi et qui me pourchassaient partout. J'ai surtout marché sur ce type aux cheveux gris, nez busqué et petits yeux verts, qui m'amadouait avec son sachet de bonbons, *quel goût tu veux, Lottie-jolie ?* Question inutile puisque je réclamais toujours les framboises, *tu prends tous les framboises, Lottie-coquine, y en aura plus dans mon paquet,* et ça faisait sauter mes tresses, et ça me chatouillait le ventre, et ça me faisait tomber dans l'herbe tondue, pâquerettes aplaties sous mon corps, qu'est-ce qu'il m'a fait, qu'est-ce qu'il m'a fait ?

Thomas a agrippé mon bras et m'a stoppée dans mon élan.

— Lâche-moi, ai-je craché en me dégageant.

Mais il a continué à me suivre en prononçant mon prénom. Sa voix était si douce, si chaude. J'ai trébuché sur une pierre et pressé ma paume sur le sol pour ne pas chuter.

Je suis restée accroupie là, terrassée par mes vieux démons.

— Qu'est-ce qui va pas... ? a chuchoté Thomas au-dessus de ma tête.

Il devait s'imaginer que c'était l'idée d'avoir à dormir dans la voiture qui me faisait craquer. Or le malaise était plus ancien et plus profond.

— C'est cette chanson qui me rend folle, ai-je dit, la bouche sur mes genoux.

— Quelle chanson ?

Je me suis relevée et j'ai ébauché quelques pas au hasard.

— Quelle chanson, Charlotte ? a répété Thomas en cramponnant mon coude.

À bout de mots, je me suis écrasée contre lui, le visage sur le haut de son torse. Ses mains se sont posées sur mon dos, délicates.

— Je croyais que t'étais nul en câlins, ai-je chuchoté.

Il a souri sur mes cheveux. J'ai serré les paupières, respiré son parfum d'olives et je me suis lancée.

— Il est entré dans ma chambre et il m'a touchée...

Son corps s'est contracté sous le blouson kaki. Le vent me griffait les joues.

— Quoi... ?

— Le meilleur ami de mon père...

J'ai entendu un claquement de portière puis la chouette qui papillotait.

— Il venait en vacances avec nous et trimbalait ces putains de Carambar, on en a bouffé des tonnes, de ses Carambar, et ça l'amusait de lever haut le paquet pour que je puisse pas l'attraper mais moi je *l'adorais*, Thomas, il nous faisait rire, il nous prenait en photos tout le temps, et puis il faisait des imitations d'animaux tellement réussies qu'on...

— Charlotte, m'a coupé Thomas.

Étreignant mes épaules, il m'a éloignée de lui pour voir mon visage.

— Il a fait quoi exactement ?

Je ne pouvais pas lui répondre. La seule chose dont je me souvenais, c'était deux mains sur moi. Tout le reste s'était fondu dans la brume. J'avais les images sans les sons et les corps sans les sensations. Ma tête était gorgée de diapositives insensées qui m'éblouissaient par saccades, sans lien ni organisation.

— T'avais quel âge ?

— Il m'a touchée, Thomas, c'est tout... c'est pas si grave...

Il m'a redressé le menton pour plonger mon regard dans l'éclat de la lune.

— *Quel âge*, Charlotte ?

Oh mon Dieu, mais pourquoi j'avais raconté ça... ?

— 14, ai-je bredouillé.

Je ne savais même plus, le temps se délayait. Il m'a scrutée de longues secondes puis s'est retourné et a fait trois pas désordonnés.

— Putain, a-t-il soufflé.

J'ai vu Matthieu avancer vers nous avec raideur tandis que Thomas répétait :

— Putain de putain.

— Qu'est-ce qui se passe ? nous a lancé Matthieu en se frottant les bras, le cou rentré dans son écharpe.

J'ai secoué la tête par réflexe ; Matthieu a cessé de marcher, à trois mètres de nous.

— C'est ce type que tu fuis ? m'a enfin demandé Thomas d'un ton plus sourd.

Je me suis pris les pieds dans mes propres mots et j'ai dit

non

oui

non.

Je fuyais tellement de choses et de gens que tout se mêlait en une bouillie crasseuse. Je fuyais ma mère qui m'envahissait et me blessait sans même s'en rendre compte. Je fuyais mon corps-prison qui m'empêchait de vivre mes 18 ans. Mais oui, peut-être que je fuyais aussi la voix de chanvre de cet homme qui enserrait mon cou, ses Carambar à la framboise que j'avais envie de vomir et ses mains qui grimpaient sur mes cuisses nues...

Qu'est-ce que tu fais de beau, Lottie-jolie ?

Matthieu a froncé les sourcils, désorienté, attendant un mot, un geste, une explication. Thomas s'est accroupi, les doigts pressés sur ses paupières closes, les lunettes soulevées.

— Y a rien, Matthieu... ai-je dit, tentant de le tranquilliser.

— De qui il parle ?

J'ai secoué la tête, obstinée, tandis que mon corps faisait l'inverse et marchait vers lui. Je lui ai pris la main et l'ai entraîné vers la route sans m'arrêter. Je voulais m'écarter des champs, du noir, des ombres au loin. Je voulais m'éloigner de Thomas pour ne pas apercevoir ma honte dans son regard. Et tout en marchant j'ai parlé d'un coup, y a rien Matthieu, j'ai juste eu besoin de sortir de la voiture parce que j'arrivais plus à respirer, je pensais à un mec, un ami de mon père qui m'a... un ami de mon père qui a essayé de...

Ma gorge se serrait, m'empêchant d'aller au bout de mes paroles.

La pluie a commencé à picoter mon front et mes paupières.

Sans que je ne comprenne pourquoi, Matthieu s'est dégagé, agressif, et m'a craché :

— Arrête de pleurer.

J'en suis restée désemparée, choquée par cette brutalité subite. J'ai vu Thomas courir vers lui puis tenter de le ceinturer mais peut-être ai-je transformé la scène avec le temps.

Et pourtant.

Dans ma chair et dans mes os, j'entends Matthieu hurler pour que J'ARRÊTE DE PLEURER.

Je crois que je me suis mise à crier aussi. Le vent s'enfonçait dans ma bouche et m'asséchait les yeux. La lune nous épiaït de haut, glaciale et lustrée. Imperturbable. Même lorsque Matthieu a gueulé qu'il avait besoin de « péter des trucs » et qu'il voulait se remettre à marcher pour ne JAMAIS DEVENIR ADULTE. Toute sa vie, il continuerait à marcher sur les routes pour ne jamais être rattrapé par sa peau d'adulte.

Comment pouvait-on prononcer ces mots-là à 15 ans ?

Ça l'a anéanti. Ça l'a vidé. Il s'est laissé tomber au sol comme un oiseau abattu en plein vol. Thomas a profité de cet instant d'accalmie pour revenir vers moi.

— Rentre au chaud, m'a-t-il dit en me tirant doucement par le poignet.

Ses lunettes étaient saupoudrées de gouttelettes d'eau. Je me suis ratatinée sur la banquette arrière et j'ai écouté les voix des garçons au-dehors, glacée. Après de longues minutes, la portière du conducteur s'est ouverte et Matthieu s'est effondré sur le siège, le front plaqué sur le volant, à bout de souffle.

Mais qu'est-ce que j'avais réveillé en lui ?

Thomas s'est installé du côté passager et a essuyé ses lunettes. J'ai maladroitement effleuré les épaules de Matthieu mais il n'a pas supporté ce contact et a tranché le lien. Thomas a tourné les clefs et allumé la musique pour tenter de l'apaiser mais ça n'a pas fonctionné non plus. Matthieu a éjecté la cassette avec férocité et s'apprêtait à en déchirer la bande magnétique lorsque Thomas l'a stoppé.

Tout le monde tremblait, tout le monde craquait.

Il a fallu une heure pour que Matthieu se calme.

Une heure durant laquelle aucun de nous n'a émis un seul mot.

L'obscurité s'est faite de plus en plus épaisse, pleine de traces vagues qui remuaient et grondaient.

— C'était quoi, ça... ? ai-je soudain murmuré, les poings plaqués sur mon cœur.

Matthieu n'a pas réagi mais Thomas a glissé ses yeux vers moi sans bouger son visage.

— Y a eu un bruit bizarre, ai-je précisé en cherchant à distinguer une forme à travers l'opacité.

— C'était mon estomac, a marmonné Thomas. J'ai super faim.

— Non, non, c'était dehors... Tu veux pas aller voir... ?

Il s'est renfrogné.

— Pourquoi moi ?

— Parce que t'es le plus grand.

Il a écarté les bras comme pour signifier : c'est quoi cet argument pourri ? Tremblante, j'ai remonté mon écharpe sur ma bouche.

— Ça ! ai-je dit lorsque le bruit a résonné à nouveau. Vous avez entendu... ?

J'avais la sensation que quelqu'un sanglotait, tout près. Une lamentation féminine. Je ne sais pas pourquoi j'ai pensé tout à coup : ça pleure en toi, Charlotte, c'est ça que tu entends. Pour Matthieu, c'était un rapace bizarre ; pour Thomas, la Banshee. Lorsque je lui ai demandé de quoi il s'agissait, il m'a parlé d'une créature qui annonçait la mort en poussant un hurlement terrifiant.

— Dis pas ça, ai-je gémi en m'aplatissant sur le siège.

Je n'avais jamais réalisé à quel point la nuit était bruyante en pleine campagne. On sentait qu'autour de nous ça vivait, ça nous épiait. On sentait que ce n'était pas notre territoire et que nous n'étions pas les bienvenus.

— OK, ai-je murmuré. On joue à pierre-feuille-ciseaux et celui qui perd va voir.

— Ça se joue à deux, a fait remarquer Thomas en changeant de position pour se délasser les muscles.

— Moi j'y vais pas, j'ai été traumatisée par Sadako. Donc c'est l'un de vous deux qui s'y colle.

— Sadako c'est la morte qui sort de la télé ? a questionné Matthieu.

J'ai opiné dans une grimace et vérifié que les portières étaient bien verrouillées. Les première et deuxième parties ont fait match nul – ciseaux/ciseaux puis feuille/feuille. La troisième a été interrompue par un sifflement liquide qui m'a glacé le sang. J'ai sursauté si fort que mon coude a heurté mon propre genou.

— Putain, ai-je râlé, j'ai cogné là où c'est électrique.

Thomas s'est mis à rire avec lenteur.

— Va voir, ai-je ordonné en pointant l'extérieur.

Il a croisé les bras sur son torse.

— Jamais de la vie.

Matthieu a soudain enfoncé son poing dans le klaxon. Trois fois. J'ai plaqué mes paumes sur mes oreilles, étourdie.

— C'est bon, a déclaré Matthieu. J'ai fait peur aux fantômes, on est tranquilles.

— Ou tu leur as indiqué où on est, a rétorqué Thomas, blasé.

Au bout du compte, nous avons tous les trois fini sur la banquette, blottis les uns contre les autres.

— La nuit va être longue, ai-je chuchoté.

À ma gauche, Matthieu s'est plié dans un silence pesant tandis que Thomas, à ma droite, glissait ses doigts entre les miens. Mon cœur s'est étranglé, crachant une cascade de battements désordonnés, et j'ai cessé de respirer. L'intégralité de mes nerfs semblait s'être groupée dans cette main que Thomas avait nouée à la sienne et que je sentais transpirer sous l'effet de l'émoi.

Tentait-il de me rasséréner ou m'adressait-il une invitation clandestine ?

Je n'étais plus que peau, effervescence, vertige, tandis que la nuit se faisait plus sépulcrale encore. Jamais je ne m'étais sentie aussi vulnérable et inexpérimentée face à l'immensité du monde. Nos haleines embuaient les vitres et nos rêves. J'ai écrasé mes doigts contre ceux de Thomas et j'ai cru entendre un sourire pâle sous mes paupières closes.

T'es pas seule, me suis-je répétée jusqu'à ce que le sommeil me terrasse.

12

Je me suis réveillée migraineuse et courbaturée, à demi affalée sur Thomas, la tête de Matthieu sur mon épaule. J'avais mal aux genoux, je me sentais engourdie et poisseuse. Au milieu de la nuit, j'avais glissé mes pieds sous les cuisses de Matthieu pour les garder au chaud. Thomas avait dormi sur la ceinture de sécurité qui s'était imprimée le long de son cou. Il a gémi en étirant ses jambes dans le froid matinal.

— La pire nuit de ma vie, ai-je ronchonné, la bouche pâteuse. J'ai cauchemardé de ta Banshee.

Il a souri puis s'est cambré pour détendre ses reins endoloris.

— Moi j'ai fait un rêve à la Lovecraft, a-t-il dit. Y'avait des chiens de Tindalos dedans.

J'ai quitté la voiture et plissé les paupières sous le soleil diaphane.

— Des quoi ?

— Des chiens de Tindalos. Ils voyagent dans le temps et l'espace et sortent par les coins.

Devant mon air confus, il a précisé :

— Les coins des objets, comme un coin de mur ou de table.

Indifférent à notre discussion, Matthieu était parti soulager sa vessie plus loin. Lorsqu'il est revenu, j'ai lancé :

— Et moi, je fais comment ?

Les garçons ont échangé un regard complice. J'ai tout de même fini accroupie à une dizaine de mètres d'eux, enroulée dans un pull qui me tombait sans cesse des mains, crispée par les froufroutements invisibles qui rôdaient autour de moi.

— Alors ? m'a questionnée Thomas tandis que je le rejoignais.

— Alors je me suis pissé sur les pieds.

Il a souri autour du goulot de sa bouteille d'eau.

— Pas moi, a-t-il chantonné, malicieux.

Je lui ai volé l'eau et suis allée m'asseoir sur la banquette, repensant à ses doigts entre les miens. Dans le but de faire des économies, nous n'avons utilisé que quelques gouttes pour nous laver le visage et nous brosser les dents. Nous nous sentions crasseux, moins résistants, plus émotifs et plus fragiles. Gelés jusque dans la moelle de nos os.

Et petits, si petits.

Thomas est parti à la recherche d'une maison, d'une personne qui passerait par là, n'importe qui, pour qu'on puisse éventuellement se doucher et manger quelque chose, mais il est vite revenu, maussade.

— Que dalle, a-t-il annoncé en se laissant choir sur le siège conducteur. Y a pas une seule baraque dans les parages mais j'ai entendu des voitures pas loin. On était tout près de la route, en fait.

Assis à ses côtés, Matthieu domptait sa nervosité en ouvrant puis refermant la boîte à gants avec le bout de sa chaussure.

— Qu'est-ce qu'on va faire de toi ? a soudain chuchoté Thomas après un instant de silence.

Sa voix sonnait étouffée, comme s'il se frottait la lèvre. J'ai aussitôt redressé la tête mais c'est à Matthieu qu'il s'adressait. Matthieu qui continuait à s'acharner sur le mécanisme afin de ne pas affronter nos regards. J'aurais presque pu apercevoir le grillage qu'il érigeait autour de lui tellement son corps s'était rigidifié.

— Personne me ramène chez moi, a-t-il enfin ordonné, buté.

— Mais t'es trop jeune, Matthieu... ai-je répliqué d'un ton chétif en me rapprochant de son siège.

Il a claqué la boîte à gants avec violence, me faisant sursauter, puis a sauté de la voiture. Thomas et moi l'avons rejoint à l'extérieur et nous sommes tous les trois restés mutiques durant une longue minute, paumés. Autour de nous, les pinsons travaillaient leurs gammes avec application. Les premières zébrures du soleil peignaient le ciel à l'image d'un nénuphar de Monet.

Mais personne ne passait sur cette fichue route de campagne.

J'ai fait un pas vers Matthieu ; la tension qui l'habitait contractait sa mâchoire.

— J'attends que ma mère bouge son cul et me retrouve, a-t-il lâché, abrupt.

— C'est pour ça que tu t'es barré ?

Il a hoché la tête en fixant le paysage devant lui. Il nous a confié qu'il fuguait sans cesse, depuis deux ans, pour que sa mère parte le chercher. Mais comme ça n'arrivait jamais, Matthieu finissait donc par rentrer dans cette baraque qui empestait le poil de chien, crade, enrhumé et trempé, le cœur lourd et l'âme un peu plus vieille que le jour d'avant.

— J'aimerais tellement lui manquer, a-t-il conclu en contemplant le vol d'un corbeau. J'aimerais qu'elle ait peur pour moi. Qu'elle *s'inquiète* pour moi.

Alors cette fois-ci, Matthieu ne rentrerait pas à Kervignac.

Il attendrait que sa mère se rende compte du creux qui brûlait dans sa chair, ce creux dans lequel habitait son fils et dont il s'échappait de plus en plus souvent. Il voulait qu'elle se sente quittée de l'intérieur, dépouillée, dépeuplée. Il voulait qu'elle suffoque.

— C'est pas ta mère qui va te choper, c'est les flics, a jeté Thomas en essuyant ses lunettes avec un Kleenex chiffonné. Et on va avoir des emmerdes parce qu'on traîne un gosse de 15 ans.

— 16 le 14 décembre, a rétorqué Matthieu, grincheux.

— C'est bien « Matthieu » ton nom ou là aussi t'as bidonné ?

— C'est bien mon nom.

— Et tu conduis à 15 ans ? ai-je renchéri.

Il a froncé le nez, déconfit.

— Ma mère a commencé à m'apprendre tellement je la gonflais avec ça. Le problème, c'est que je cale tout le temps donc j'évite de m'arrêter.

— Quelle idée brillante, a ironisé Thomas en regagnant la Citroën.

Nous avons sorti nos affaires du coffre puis fouillé l'habitacle et récupéré n'importe quoi : un paquet entamé de cigarettes au menthol et une lampe-torche (Thomas), une vieille sucette à l'orange (Matthieu) et un baume pour les lèvres (moi).

— Une caisse abandonnée, ça va attirer l'attention, a souligné Thomas en vérifiant que la lampe fonctionnait.

Après l'avoir glissée dans mon sac, nous avons commencé à marcher sous le soleil amorphe.

Jusqu'à ce que Matthieu fasse volte-face, coure vers la voiture et donne un grand coup de pied dans la plaque d'immatriculation en poussant un cri terrible.

— VA TE FAIRE FOUTRE, a-t-il hurlé en échappant la peinture de Pierre-Guy.

Un deuxième coup a fait gémir le véhicule. Le troisième a été déjoué par Thomas qui a sanglé Matthieu en gueulant :

— CALME-TOI, ÇA SERT À RIEN.

Je m'étais figée, effrayée ; les pétales ronds de ma plante tremblaient contre moi. La rage qui dévorait Matthieu me terrifiait de plus en plus. J'avais le sentiment que tous les adultes qui l'avaient déçu, trahi, meurtri, s'étaient massés dans son corps en une immense boule de haine. Et j'avais le sentiment que cette boule le consumerait lentement jusqu'au jour où il tomberait, exténué, sans pouvoir se relever.

— J'ai mal au pied, a-t-il ronchonné en revenant vers moi.

Thomas lui a jeté un regard à la dérobée.

— Sans blague ? T'as cogné *de la tôle.*

Nous nous sommes remis en route sans parler, le son de nos pas claquant comme des balles. Nous formions un drôle de trio avec nos fringues pourries, nos visages embrouillés, un parapluie à fourrure rose et nos bras encombrés d'une toile et d'une plante grasse. Je savais sans même nous concerter que nous repensions tous au feu de cheminée de Pierre-Guy. À la bienveillance de Pierre-Guy.

Devant ce carrefour qui nous jetait sur une départementale maussade.

Nous nous sommes serrés sur la bordure de graviers qui séparait la route des champs et j'en ai profité pour me rapprocher de Matthieu. Les mots se battaient dans ma bouche et j'ai imaginé une bonne dizaine de phrases sans en être satisfaite. Par chance, il a fait le premier pas.

— C'était nul, a-t-il dit en fixant le dos de Thomas. De te gueuler dessus comme ça.

— Je suis d'accord.

J'avais parlé avec tendresse mais il n'a pas réagi. Sa mâchoire s'est durcie puis il a esquissé un pas de côté qui fermait toutes les portes. J'ai plongé le nez dans ma plante, désabusée.

Le ciel naviguait entre le plomb et l'argile.

Puis un amoncellement de travaux nous a envoyés vers le trottoir d'en face. Le bitume avait été éventré à plusieurs endroits, exhibant ses intestins boueux. Nous avons zigzagué entre les panneaux jaunes, les flèches et les sens interdits. À chaque bourdonnement de moteur, Thomas levait le pouce et offrait son plus beau sourire, des fossettes plein les joues.

Ça a marché très vite.

Peut-être un peu trop vite.

C'était une bande de jeunes d'une vingtaine d'années au volant d'une Renault cabossée couverte d'autocollants tribaux. Le groupe se rendait à Quimper, c'était OK pour nous ? Thomas a hoché la tête et rangé valise, parapluie et toile dans le coffre ; je n'ai pas voulu me séparer de ma plante et de mon sac. Nous nous sommes tassés sur la banquette à côté d'un garçon au crâne rasé qui gobait des chips en répandant des miettes partout. Ça sentait la bière et les doigts graisseux. Les enceintes beuglaient un vieux Madonna.

— Vous venez d'où ? a demandé le conducteur d'une voix plate.

C'était un jeune homme brun au visage étroit et aux joues creuses, bouffées d'acné. Une chevalière dorée serrait son index gauche.

— On est du coin, a marmonné Thomas sans en dire davantage.

La pluie s'est mise à crachoter sur le pare-brise. Il manquait un essuie-glace et le survivant geignait à chaque fois qu'il remuait. Près de moi, ça continuait à croustiller gras. J'étais assise sur une cuisse de Matthieu et une cuisse de Thomas, agrippée au dossier du siège passager devant moi. Son occupante avait la peau hâlée ainsi qu'une queue-de-cheval constituée de dreadlocks colorées. Comme aucun des trois ne s'est présenté, nous n'avons pas non plus révélé nos prénoms.

Soudain, le brun a voulu doubler un semi-remorque sur ligne blanche.

J'ai vu le compteur s'affoler et grimper jusqu'à 125 kilomètres/heure.

Ça a dégénéré.

— QU'EST-CE QUE TU FOUS ? a crié la fille, apeurée.

— Il me chauffe, ce connard, a riposté le conducteur. Il me casse ma vitesse.

— Relax, Flo, a temporisé le garçon aux chips.

La fille s'est renfoncée dans son dossier en gueulant : « RABATS-TOI, RABATS-TOI » et j'ai serré la cuisse de

Thomas jusqu'à le sentir se crisper. Le camion a craché une rafale de klaxons puis ouvert sa vitre et lancé un bras d'honneur. Le brun a répliqué ; mon cœur s'est détaché. C'est parti en duel de klaxons mais j'ai quand même entendu Matthieu jeter à Thomas :

— C'est des tarés, faut qu'on se tire.

J'imagine que Thomas a acquiescé parce qu'il s'est penché vers l'avant en soufflant :

— Rangez-vous, on descend là.

Mais le conducteur a de nouveau doublé comme un forcené et j'ai été secouée dans tous les sens. Des objets ont valsé dans l'habitacle. Mon voisin a cramponné la poignée du toit en poussant un juron. Le sachet a vomi quelques chips sur ses pieds. Puis la voiture s'est rabattue sur la droite avec brusquerie et j'ai perdu l'équilibre, atterrissant sur mon compagnon de gauche qui en a profité pour égarer ses doigts sur ma poitrine.

— Me touche pas, ai-je craché en le frappant avec ma plante.

— J'ai rien fait, s'est-il défendu en levant des mains grasses.

Le coup de coude asséné par Matthieu a été aussi brutal que fulgurant et la tête du gars a cogné la portière dans un son mat. Puis Matthieu m'a poussée vers l'avant pour libérer son bras droit et a lancé un direct amorti par l'étroitesse de l'habitacle.

Ça s'est passé si vite que les mouvements s'emmêlent dans ma mémoire.

Tout le monde gueulait.

Thomas m'a serrée contre lui pour m'éloigner du combat et protégeait mon visage avec sa paume pour m'empêcher de percuter la vitre. Devant, la fille s'était retournée et continuait à beugler :

— MAIS QU'EST-CE QUE T'AS ENCORE FAIT, *ABRUTI* ?

Excédé par les cris, le maigre a enfoncé la pédale de frein et s'est garé sur le bas-côté. Thomas a détaché sa ceinture de sécurité, ouvert la portière et m'a éjectée avec virulence – le cache-pot peint de Jacqueline s'est brisé lorsqu'elle m'a glissé des doigts. La fille est descendue après lui et a rejoint le fautif sans cesser de lui hurler dessus, hystérique. Thomas a replongé dans la Renault et cramponné Matthieu pour le sortir de là.

Mais le brun a cogné avant parce que j'ai vu Matthieu se protéger la tête.

Du côté de la route, la fille continuait à brailler :

— T'es qu'un OBSÉDÉ, T'ENTENDS ? UN SALE OBSÉDÉ DE *FILS DE PUTE*.

Finalement, Matthieu a été traîné hors du véhicule et a fini sur les fesses. C'est la fille qui a empêché les quatre garçons de poursuivre cette mêlée stupide.

— Vous êtes des gros *blaireaux*, a-t-elle sifflé en collant une baffe à ses deux amis.

Le type au crâne rasé a ouvert la bouche ; elle a pointé sur lui un doigt menaçant.

— Toi, tu la fermes. On règlera ça chez maman. Pour l'instant tu la boucles.

Matthieu s'est retourné, à genoux dans la terre, et s'est mis à cracher du sang. Thomas s'est aussitôt penché vers lui.

— Il t'a pété une dent... ?

— Non, a gémi Mathieu, le dos de la main sur les lèvres. Je me suis mordu la langue.

Thomas a ramassé ses lunettes qui avaient volé au sol et nous n'avons pas attendu de savoir qui était coupable de quoi, qui avait provoqué, qui avait pris l'initiative de cogner en premier. Nous avons détalé tels des gamins peureux, plongeant dans le bois qui longeait la route.

Et nous avons couru,

couru,

couru.

Ce n'est qu'une fois à bout de souffle, appuyée contre un arbre, que ma colère a éclaté. Je me suis débarrassée de mon sac avant de l'envoyer valser. Matthieu s'est remis à cracher.

— Vous avez vu ? ai-je gueulé en giflant la pluie avec mes bras. C'est sans arrêt, pour des conneries, hé mademoiselle vous avez un très beau sourire, une jolie jupe, des beaux collants, c'est de la dentelle, ça ? Scusez-moi, mademoiselle, je vous ai *touché les nichons* mais en même temps y avait pas de pancarte « INTERDIT » *ALORS BON.*

Je tournais le dos aux garçons mais je sentais le poids lourd de leurs yeux sur moi.

— MERDE, ai-je crié plus fort vers le ciel. Vous me FAITES CHIER, vous me faites *TOUS CHIER.*

J'ai cru entendre l'un d'eux se rapprocher – Thomas ? – mais j'ai projeté mon bras en arrière pour qu'il cesse d'avancer.

— Barrez-vous, ai-je pleuré. S'il vous plaît, foutez-moi la paix.

Tout autour de moi, ça pleuvait grave et furieux, ça ruisselait sur mon visage et cognait sur mon crâne.

— C'est si dur que ça de vous retenir, bande de dégueulasses ? ai-je repris après m'être retournée. On nous dit : « t'habille pas trop court ou trop sexy », on nous dit : « rentre pas toute seule le soir » ou : « envoie-moi un texto dès que t'es rentrée », mais c'est au garçon qu'on devrait dire : « RETIENS-TOI, SALE PORC ». Si le monde est dangereux pour moi, c'est À CAUSE DE VOUS. Si j'ai peur la nuit, si j'ai peur pour mon corps, si j'ai PEUR POUR MA VIE, c'est à cause de *CONNARDS COMME VOUS*.

Impossible de m'arrêter ; il fallait que ça sorte.

— C'est ma peau, à moi, ai-je dit en frappant mes paumes sur mon cœur, donc je suis *dedans*. Si tu me touches, tu me touches *moi*, partout à l'intérieur, DEDANS.

Thomas me laissait hurler, lunettes à la main. Matthieu claquait des dents dans son manteau marine, les bras serrés contre son torse. J'ai regardé autour de moi, aveuglée par la pluie qui détrempait mes cils.

— Mais où est ce putain de parapluie ?

— Je suis désolé que t'aies vécu ça, a murmuré Thomas.

— Trop aimable, ai-je craché, à fleur de peau.

Puis j'ai fixé la bouillie de feuilles qui poissait le sol. À cet instant précis, paumée dans ce bois, j'ai regretté ce voyage. Je me suis imaginée chez moi, au chaud dans des vêtements secs et propres,

une vie facile,

une vie docile,

peut-être un peu triste, un peu fade aussi,

sans le rire explosif de Thomas ni les grands yeux de daim de Matthieu.

J'ignore combien de temps je suis restée debout, engourdie par le choc. Je sais seulement que lorsque j'ai enfin quitté cet état d'inertie, la pluie s'était réduite à une poignée de grains.

Et j'ai remarqué l'écorchure sur le front de Matthieu.

— Tu saignes, ai-je chuchoté en me rapprochant de lui.

— Je sais, a-t-il répondu en touchant machinalement sa blessure. Je me suis pris la bague du gars. Si Thomas avait pas dévié le coup, je la prenais dans l'œil.

Il a offert ses doigts tachés de sang sous les dernières paillettes de pluie. Thomas s'est avancé vers moi et a tendu le bras vers mon poignet. Sans trop savoir pourquoi, j'ai éloigné ma main.

— La valise était dans leur coffre, a-t-il annoncé d'une voix douce.

Il m'a fallu de longues secondes pour comprendre ce qu'il me disait. Et lorsque j'ai enfin compris, je me suis sentie déshabillée d'un coup sec. Nue au milieu du monde. Mes jambes ont cédé et je me suis écroulée sur les feuilles mortes. Ça puait la cave et la fleur avariée.

Une main s'est posée sur mon épaule.

Thomas s'est accroupi près de moi.

— On va se démerder, Charlotte...

Mais je me suis mise à chialer, tentant de dresser l'inventaire de ce qu'on m'avait arraché.

— J'ai tout perdu, ai-je lâché, dévastée. J'ai plus d'argent, plus de vêtements. J'ai même plus de *culottes*.

— C'est que du matériel, pleure pas pour ça.

— Ma plante, ai-je balbutié et les sanglots ont redoublé. Ça *me gave*, putain, ça me gave.

C'était bien plus qu'une simple plante, c'était la générosité de Pierre-Guy, sa force et son dévouement. C'était une chose fragile dont j'allais prendre soin, comme un enfant.

La main de Thomas frottait mon dos avec précaution.

Envie de tout abandonner.

13

Épuisés, sales et trempés, nous n'avions plus la force de marcher. Nous nous sommes assis sur le bord de la route, derrière une barrière de balises rouges et blanches et de cônes de chantiers, et nous avons compté l'argent qui restait dans mon portefeuille : 6 euros et 17 centimes. À quelques pas de là, un panneau menait vers Quimper, Brest, et d'autres villes dont j'ai oublié le nom. J'ai replié mes jambes contre moi et posé mon front sur mes genoux.

— Je vais rentrer chez moi, ai-je dit.

Le briquet de Thomas a crissé près de mon oreille. Il n'a pas cherché à me faire changer d'avis mais il m'a demandé comment j'avais l'intention de m'y prendre. J'ai hésité de longues secondes avant de murmurer, honteuse :

— Je vais appeler ma mère.

Puis j'ai repensé à mon téléphone que je n'avais pas rallumé depuis de nombreuses heures.

— Merde, ai-je soufflé, j'ai complètement zappé ma mère.

À ma gauche, Matthieu a déballé sa sucette puis l'a enfoncée dans sa bouche. Son geste a été si brutal que je l'ai entendu cogner ses dents.

— On rentre avec toi et on va casser la gueule à l'ami de ton père, a-t-il lâché.

Sidérée, j'ai cramponné son regard ; il s'est aussitôt dérobé. J'ai frotté mes mollets glacés puis mon visage que je sentais poisseux. Assis en tailleur à ma droite, Thomas continuait à fumer sans entrain, la main lasse et l'œil maussade.

— C'était pas ça, le deal, ai-je marmonné en démêlant une mèche de cheveux détachée de ma tresse. J'avais prévu de rester à Vannes, *tranquille et seule*, et pas de dormir dans une voiture ou de me faire chourer ma valise.

Les garçons se sont contentés de m'écouter, passifs. Lorsque j'ai tendu le bras vers la cigarette de Thomas, il a levé un sourcil.

— J'ai envie d'essayer, ai-je ronchonné.

Il a éloigné la Gauloise que je tentais de lui voler. Nous nous sommes battus cinq secondes puis j'ai abandonné.

— J'aurais jamais dû te sauver la vie, ai-je pesté. On n'en serait pas là.

— Tu lui as sauvé la vie ? a répété Matthieu, intrigué.

Souriant du bout des lèvres, j'ai raconté la danse de Thomas sous l'orage et mon secours héroïque. Matthieu m'a alors confié avoir lu un jour qu'un homme avait été frappé par la foudre au moins six fois. Peut-être même davantage, il ne se souvenait plus très bien. Il avait appris ça dans le *Grand Livre des Records*.

— Oui mais ça reste exceptionnel, a râlé Thomas en m'adressant un regard lassé.

Le bleu de ses iris m'a oppressée, plus nu qu'à l'ordinaire.

— Où t'as mis tes lunettes... ?

Il a fouillé la poche de son blouson et brandi deux morceaux.

— Oh merde, ai-je lâché en lui dérobant.

Malgré de nombreuses rayures, les verres étaient intacts mais la branche gauche s'était brisée net.

— Tu peux voir sans lunettes ?

— Pas longtemps, a-t-il murmuré en exhalant sa fumée. Je vais avoir mal au crâne très vite.

Il n'était pas myope comme je l'avais pensé au départ, mais astigmate. Je lui ai rendu les morceaux, morose.

— Je m'excuse pour ce que j'ai dit. Vous, vous êtes des mecs bien.

— T'en sais rien, a sifflé Matthieu.

Le ton rêche de sa voix m'a perturbée.

— Pourquoi tu dis ça... ?

Il a refusé de répondre et s'est remis à tripoter son front écorché. Des débris douteux engorgeaient ses boucles encore mouillées. Thomas laissait un long bâtonnet de cendre bâillonner la bouche de sa cigarette. Il avait le teint cireux et des cernes sombres encadraient son regard.

— Je m'excuse, ai-je répété en fixant la route. J'étais en colère contre ces deux tarés et c'est vous qui avez pris.

Les voitures filaient devant nous en un coulis baveux.

Notre trio se cassait la figure. Nous avions l'air de jouets poussiéreux aux rouages rouillés.

Après une demi-heure à réfléchir sur la situation et dresser l'état des lieux de ma vie, j'ai murmuré que je n'avais pas vraiment envie de rentrer, en fin de compte. J'avais besoin de me laver, me réchauffer, et j'avais surtout besoin de manger. J'en prenais conscience à présent : mon corps ne me réclamait pas de la nourriture pour me faire mal mais pour continuer à avancer. Je ne l'aimais toujours pas mais je commençais à comprendre qu'il n'était pas forcément mon ennemi, comme je m'en étais persuadée depuis plus de quatre ans.

— J'ai faim, ai-je confessé, la bouche pressée sur mes genoux.

Matthieu m'a tendu sa sucette puis a craché d'une voix rude :

— On est perdus au milieu de nulle part et tout le monde s'en fout.

J'ai hoché la tête avec indolence. La sucette avait un goût d'orange chimique et de sang.

— Ça va mieux ta langue ?

— Oui, a-t-il soufflé en se penchant pour attraper un cône de signalisation.

Il a placé le trou face à ses lèvres et s'est mis à gueuler dedans à la manière d'un mégaphone.

— HÉ HO ? ON EST LÀ... Y A QUELQU'UN... ?

Il a inspiré avec virulence et repris :

— ON REVIENDRA PAS, ALLEZ TOUS VOUS FAIRE FOUTRE !

— T'as oublié « fuck le système », a ironisé Thomas.

Ce que Matthieu s'est empressé de beugler. Thomas a baissé le plot sous prétexte qu'on allait se faire remarquer puis a éteint son mégot et s'est levé en époussetant l'arrière de son jean.

— On bouge ?

— Non, ai-je lancé, désenchantée.

— Charlotte...

J'ai secoué la tête, entêtée. Thomas a appelé Matthieu qui n'a pas remué non plus.

— OK, a-t-il conclu dans un soupir. Vous restez ici et moi je vais voir ce qu'il y a plus loin.

J'ai acquiescé, concentrée sur le goût de fruit qui emplissait ma bouche. Puis Thomas a fouillé mon sac, pris la bouteille d'eau la plus remplie et saisi mon MP3 emmêlé dans ses fils.

— Je peux ?

Je lui ai fait signe que oui puis l'ai regardé s'éloigner dans ce blouson trop grand pour lui. J'ai rendu la confiserie à Matthieu en observant le vent agiter les câbles électriques. Les nuages s'amassaient par chapelets gondolés. Nous avons joué à leur donner des formes.

— Un dinosaure qui traîne une caravane, a proposé Matthieu, la joue gonflée par la sucette.

— Où ça ?

— Là, a-t-il dit en pointant son doigt vers une masse plus sombre. C'est un ptérodactyle, celui qui vole. T'as les ailes ici et la tête au bout.

Au fil de nos paroles, le dinosaure s'est étiré puis déchiré telle une boule de coton.

— L'arc de Legolas, ai-je enchaîné en récupérant la friandise que Matthieu me tendait. Avec les Uruk-kai à droite.

Il a souri à mon armée pulvérisée. J'ai senti de la peine sous ce sourire. Nous étions minuscules face à ces véhicules qui filaient devant nous et postillonnaient leurs gaz d'échappement. J'ai pensé à ma vie d'avant. J'ai pensé à la fac, aux classeurs de cours, aux micros d'amphis qui ne marchaient jamais.

— T'es au lycée ? ai-je demandé.

— Non, en troisième. J'ai redoublé.

— Tu veux faire quoi plus tard ?

— C'est ma faute, a-t-il lancé sans répondre à ma question. Sans mes conneries on aurait encore ta valise.

Je lui ai rendu la sucette, le cœur tout noué.

— C'est pas grave, Matthieu.

— Si, c'est grave, je fais ça sans arrêt. Je m'énerve et je cogne. Après, j'ai des emmerdes avec le principal.

J'ai levé les sourcils, déconcertée.

— *Des fois*, a-t-il rectifié. Des fois j'ai des emmerdes avec le principal.

— Tu m'as défendue, lui ai-je dit en poussant son coude avec tendresse. Alors merci pour ça.

— Je crois que c'est moi qui ai pété ses lunettes.

J'ai froncé le nez, dépitée.

— Bah on lui dira pas.

Une voiture est passée avec la musique si forte qu'on entendait les basses bourdonner. Les Uruk-kai s'étaient enfuis, transformés en rouleaux de perruque victorienne.

— Et s'il revient pas ? a soufflé Matthieu en tournant la tête vers l'endroit où Thomas avait disparu.

Le vent nous a fait rentrer les épaules.

Je ne savais pas quoi répondre.

Je ne connaissais Thomas que depuis quelques jours et même si j'avais ressenti une confiance immédiate envers lui, il restait une infime possibilité pour que je me sois trompée. L'angoisse commençait à grimper lorsque Matthieu a chuchoté :

— J'aimerais bien être éducateur de chiens d'aveugle, plus tard. Les animaux m'aiment bien.

J'ai reposé mes yeux sur lui. La blessure de son front m'hypnotisait. Puis le silence est redescendu entre nous, haché par le vrombissement des voitures.

— Matthieu... ?

— Oui ?

— Pourquoi t'as décidé de te remettre à manger ?

Un soupir triste a doré sa respiration.

— Je me suis rendu compte que ça servait à rien. Mes parents s'en foutaient, ça changeait pas leur vie. Je me faisais mal tout seul dans mon coin et *tout le monde s'en foutait.*

La sucette s'est brisée dans sa bouche puis il a ajouté, plus amer :

— En vrai, je pensais qu'ils se remettraient ensemble mais ça a pas marché.

— Si t'arrêtais de manger ?

— Oui.

— Comme une formule magique ?

— Un peu, a-t-il avoué en rougissant.

J'ai éjecté d'un revers de main la fourmi qui rampait sur ma jambe puis demandé :

— Et t'as fait ça pendant longtemps ?

— Jusqu'à ce qu'ils m'envoient à l'hosto.

Je m'apprêtais à répondre qu'au fond ils ne s'en foutaient pas tant que ça lorsque j'ai aperçu une autre fourmi trotter sur ma cuisse, vite accompagnée d'une troisième, et j'ai réalisé que nous étions cernés par un cortège d'insectes.

— Oh, mon dieu, ai-je lâché en bondissant sur mes pieds, affolée.

Matthieu s'est relevé après moi et nous avons claqué nos jeans durant une minute pour venir à bout des fourmis qui nous galopaient dessus. Un klaxon a soudain tonné sur la route opposée. Une voiture vert anis s'est garée sur le bas-côté. La portière du passager s'est entrouverte et Thomas en a surgi.

— MONTEZ, a-t-il gueulé en agitant la main.

Aussitôt, nous avons enjambé balises et poteaux puis traversé la chaussée en courant. Le véhicule dans lequel nous nous sommes glissés était irréprochable et sentait la fleur blanche. Un cactus en peluche avec de grands cils pendait du rétroviseur central.

— Oh, Jacqueline, ai-je soufflé en l'apercevant calée contre le torse de Thomas, dans son pot en plastique marron.

Immédiatement, mon corps s'est détendu. La conductrice s'appelait Sonia et semblait avoir une quarantaine d'années. Un carré blond cendré enrobait son petit visage de ballerine et flattait ses yeux très foncés. Elle dégageait à la fois une telle grâce et une telle force que je ne pouvais pas la quitter du regard. Des perles noires ornaient ses fines oreilles – je me souviens les avoir longuement contemplées.

— Antonine et Gontran, c'est bien ça ? a-t-elle souri en se retournant vers nous.

Thomas a pouffé dans son écharpe, très fier de sa plaisanterie.

— T'es con, ai-je lancé en frappant le dossier de son siège.

Sonia a activé son clignotant et s'est insérée sur la route.

— Charlotte et Matthieu, ai-je corrigé, contaminée par le rire saccadé de Thomas.

— Je sais, m'a-t-elle répondu en déployant son sourire à travers le rétroviseur.

Un foulard de satin, sa voix. Thomas nous a tendu le pain au chocolat qu'il avait entamé ; je l'ai donné à Matthieu qui l'a déchiré en deux et m'en a offert la moitié.

Et c'était merveilleux.

Le fait de ne plus pouvoir manger comme je le voulais me forçait à repenser toute ma relation avec la nourriture. Elle ne me servait plus d'écran contre les cruautés du monde réel, elle ne me servait plus d'abri, d'arme ou d'identité : elle était devenue mouvement, essence et projet.

J'étais partie pour fuir la nourriture et voilà qu'on m'obligeait à la respecter.

Bien sûr, Sonia a voulu savoir si nous étions bien majeurs.

— 19 ans pour nous deux, a déclaré Thomas en me pointant du doigt. Et 18 pour le p'tit.

Ça a marché. Matthieu avait le regard suffisamment dur pour sembler plus âgé – c'est d'ailleurs grâce à ça qu'il nous avait bernés. Thomas a poursuivi dans l'imposture avec une aisance incroyable : nous étions une bande de potes en vadrouille pour quelques jours mais, aussi tête-en-l'air les uns que les autres, nous avions égaré nos valises.

— En vrai, c'est la faute d'Antonine, tout ça, a-t-il ajouté, la main en écran devant sa bouche.

Je lui ai tapé sur le crâne.

Lentement, le chauffage mêlé à l'épuisement m'a fermé les paupières. J'entendais la voix grave de Thomas qui racontait n'importe quoi et le faisait tellement bien, j'entendais les pieds de Matthieu racler le plancher et le rire velouté de Sonia.

J'ai été tirée d'un demi-sommeil lorsqu'on a secoué mon épaule.

— On est arrivés, m'a soufflé Matthieu.

— Où on est... ?

Il n'a pas su me répondre et a sauté de la voiture. Sonia est passée devant moi en portant deux gros sacs de courses.

C'était une maison sombre chargée de cadres rococo sur les murs et de tapis aux motifs compliqués. Un parquet acajou qui grinçait à chaque pas, une croix posée sur un guéridon, un magnifique miroir ornant une cheminée condamnée. Tout y était brun, encombré. On sentait que c'était une demeure qui avait vécu, pleuré, souffert, et gardait dans ses meubles et ses bibelots les histoires de tous ceux qu'elle avait vus grandir et protégés.

Sonia a placé Jacqueline dans un bol puisqu'elle n'avait pas de cache-pot.

Nous l'avons aidée à ranger ses courses puis elle a nous a volé Matthieu pour lui coller un pansement sur le front. Très vite, elle nous a expliqué que nous dormirions dans la chambre de sa fille parce qu'elle n'avait pas de chambre d'amis. Le lit était petit mais l'un d'entre nous pouvait passer la nuit dans le canapé ? L'un des garçons peut-être ? Nous avons haussé les épaules, fourbus, puis grimpé un escalier incurvé dont les murs exhibaient mille portraits de famille. Thomas a ralenti devant le cliché d'une enfant aux couettes blondes.

— Ne faites pas attention au désordre, a prévenu Sonia en ouvrant la porte. Ma fille m'interdit d'y entrer.

Nous nous sommes donc retrouvés face à un capharnaüm de magazines, produits de beauté, paquets de biscuits apéritifs entamés, chaussures et fringues éparpillées sur la moquette, encore accrochées à leurs cintres. Sur tous les murs, c'était le bleu pastel qui dominait, une teinte très douce à regarder, givrée. Sans dire un mot, Thomas a enjambé le chaos puis s'est effondré sur le lit et n'a plus bougé. J'ai cru l'entendre baragouiner un « désolé » suivi d'un frêle « K.O., plus de forces ». Sonia a souri avec compassion puis nous a invités à l'imiter. Matthieu et moi avons donc rejoint Thomas, retirant nos baskets du bout des orteils. Il me semble avoir perçu un volet qu'on fermait puis plus rien.

Le laisser-aller absolu, molletonné et fruité.

De la lessive à la pêche, ai-je pensé juste avant de sombrer.

Lorsque je me suis réveillée, la lumière s'était alanguie à travers les persiennes. J'ai tourné la tête et remarqué que j'étais seule dans le lit. J'ai caressé l'endroit où s'étaient couchés les garçons : il était tiède.

Le rire de Thomas a frisé d'en bas.

J'ai quitté les draps et je suis descendue en chaussettes. Ça sentait les légumes plongés dans un bouillon crémeux. Mon estomac s'est retourné, surexcité. Je suis entrée dans la cuisine et j'ai trouvé Matthieu penché sur une casserole dont il mélangeait le contenu avec application. Juste à côté, adossé contre le plan de travail en briques, Thomas mangeait un bout de pain qu'il frottait sur une motte de beurre salé. Du scotch marron enrobait le coin gauche de ses lunettes. La pendule indiquait bientôt six heures du soir.

— Mais pourquoi vous m'avez pas réveillée ? ai-je demandé, embarrassée, en me rapprochant de Thomas.

Je ne sais pas s'il m'a adressé un clin d'œil ou s'il a simplement cillé. Il m'a tendu une bouchée de pain beurrée que j'ai refusée.

— Cinq heures, ai-je ajouté, effarée. J'ai dormi *cinq heures.*

— Vous en aviez besoin, a déclaré Sonia en ouvrant un placard pour en sortir trois assiettes blanches.

Je me suis penchée sur le fait-tout de Matthieu et j'y ai repéré des morceaux de viande enrobés de pommes de terre, de carottes et persil.

Ça sentait la chaleur onctueuse, ça sentait la famille.

Nous étions tellement affamés que Sonia a décidé qu'il était déjà l'heure de dîner. Thomas a embarqué son pain, son beurre, et nous avons pris place autour de la table ronde du salon. Je n'étais pas chez moi mais je n'avais pas non plus le sentiment d'être une invitée. Sonia a rempli nos assiettes à ras bord et j'ai presque entendu ma mère susurrer à mon oreille, choquée : *tu ne vas quand même pas manger tout ça ?*

J'ai secoué la tête pour me débarrasser d'elle.

D'une main discrète, Matthieu repoussait les quartiers de viande sur le côté de son assiette. Thomas plongeait le visage au-dessus de ses légumes pour embuer ses lunettes et me faire rire.

Et ça marchait, évidemment.

— Tu ne manges pas de porc, Matthieu ? s'est soudain inquiétée Sonia.

— Je mange pas de viande, a-t-il expliqué. J'aime trop les animaux.

Sonia s'est aussitôt levée pour récupérer l'assiette de Matthieu et la dépouiller des morceaux. Avant de lui rendre, elle y a versé deux grosses louches de légumes.

— Merci, a-t-il murmuré, le teint cerise.

Un grand sourire aux lèvres, Sonia nous contemplait les uns après les autres. Ses iris ressemblaient à deux pépites de chocolat noir.

Sous la musique monotone des couverts, elle s'est livrée.

Elle avait divorcé six mois plus tôt – le front de Matthieu s'est chiffonné à ce mot. Sa fille unique, Lorraine, tout juste 14 ans, était actuellement chez son père. Et c'était douloureux, cette maison sans elle, ce silence. C'est affreux, le silence. Ça vous prend à la gorge, comme des serres de rapace. Donc elle allumait la télévision ou bien lançait un disque – en ce moment elle aimait bien les *Études de concert* de Liszt, peut-être que l'un d'entre nous connaissait ? (Seul Thomas a hoché la tête.) Elle se sentait fragile encore, à fleur de peau. Parfois elle sanglotait pour rien et se sentait très coupable parce qu'au final, c'était elle, « la méchante », celle qui avait démoli ce mariage. Ses amis les plus chers s'étaient détournés d'elle ; on la dénigrait, la blâmait et la jugeait. Alors quand Thomas avait accouru pour la libérer de ce « grossier personnage » qui l'accusait d'avoir rayé sa voiture, elle avait fondu en larmes.

— C'est complètement idiot, vous savez, mais la gentillesse m'émeut.

J'ai avisé Thomas qui mâchait sa viande, concentré.

— Y avait même pas de rayure sur sa foutue portière, a-t-il rétorqué, impertinent.

Je frottais mes chaussettes sur les lattes du parquet et grignotais mes légumes du bout des dents selon un code couleur personnel : les carottes en premier puis les poireaux et les pommes de terre en dernier. Mais le riz au lait que Sonia a ensuite déposé sur la table a tout désorganisé.

Elle a tendu la main vers moi pour remplir mon assiette et je me suis mise à trembler.

Je savais bien que rien n'était encore réglé. Que si je m'étais retrouvée toute seule, dans cette cuisine, j'aurais vidé les placards pour me faire une crise de gavage monstrueuse. Or j'ai réalisé une chose fondamentale : ce n'était pas vraiment manger qui me manquait, c'était vomir.

Expulser tout ce qui pesait, cracher le trop, le plein, le sale.

Je me suis levée en bafouillant quelques mots d'excuse et me suis réfugiée à l'étage, dans la chambre de Lorraine, loin des parfums crémeux qui cherchaient à m'attirer dans leurs limbes.

14

Pour m'empêcher de penser à la nourriture, je me suis plongée dans l'exploration de la pièce. Une frise de papillons bleus ornait le papier peint un mètre en dessous du plafond. Un poster de la *Star Academy* se décollait près d'un panneau de liège sur lequel étaient piqués des cartes postales, photos, citations et billets de concerts. Une mappemonde poussiéreuse trônait au-dessus d'une armoire à côté de nombreuses peluches usées. Le bureau débordait de babioles en tous genres : un jouet sans doute tiré d'un œuf Kinder, un bracelet à la chaînette rouillée agrémenté de breloques, un mug rempli de feutres dont les capuchons avaient tous été mélangés.

Lorsque Matthieu et Thomas m'ont rejointe, j'étais assise sur le lit en train de correspondre avec ma mère par textos, même si elle s'obstinait à m'appeler après chacune de mes réponses.

Où es-tu Cha ?

bretagne
tout va bien

(2 appels manqués de : Maman)

arrête 2 m'appeler stp

(1 appel manqué de : Maman)

je vais BIEN
j'avais just besoin d'1 break

Mais qu'est-ce que tu fais là-bas ?
Pourquoi tu refuses de décrocher ?

Je ne pouvais pas lui avouer qu'entendre le son de sa voix allait dissoudre toutes ces défenses que je m'efforçais de construire et me replonger dans mes plaies, mes cauchemars et mes infirmités. Je ne pouvais pas lui avouer que j'essayais de me sauver et qu'elle faisait partie de mes geôliers.

Même la distance ne me permettait pas de trancher le lien maladif.

Thomas s'est absenté pour aller aux toilettes et Matthieu s'est assis sur la chaise de bureau après avoir envoyé valser les vêtements qui l'encombraient. Il s'est mis à tourner d'un côté, puis de l'autre.

— T'écris à qui ? a-t-il voulu savoir.

— Ma mère.

Le ton brutal avec lequel je lui ai répondu a fauché la conversation mais j'étais trop crispée pour culpabiliser. Je me suis alors lancée dans un monologue désespéré, tapant si vite sur les touches que j'en ai accumulé les fautes de frappe.

tu comrpendars plus tard
laisse-oi juste profiter
de ces quelques jourd de vacanceq

(2 appels manqués de : Maman)

Mais tu as bu ??

J'étéiens maman je te contacte bientot

Puis j'ai pressé la touche OFF avec une rage effarante avant de lancer le téléphone dans la pièce et de me laisser tomber sur le lit.

— Tu le retrouveras jamais dans ce bordel, m'a fait remarquer Matthieu.

J'ai ricané, vidée par l'échange tumultueux que je venais de vivre. Plaquant ma paume sur mon cœur, je lui ai parlé intérieurement pour qu'il se radoucisse. À ma gauche, les doigts de Matthieu tiraient sur le rembourrage qui jaillissait d'un coin du coussin de la chaise de bureau. Après une longue minute de silence total, il m'a demandé :

— Pourquoi tu mets ta main devant ta bouche quand tu souris ?

Je me suis redressée et je l'ai dévisagé, interdite. Il ne me lâchait pas des yeux.

— J'aime pas mes dents, ai-je finalement répondu en tripotant l'oreiller. Je les ai bousillées.

De l'index, il a tapoté son incisive fêlée.

— Je me suis vautré sur un trottoir quand j'avais 11 ans et ça m'empêche pas de sourire.

Oui, Matthieu, mais moi ce n'est pas une chute qui m'a abîmée, c'est ma haine de moi, c'est mon impossibilité à supporter la chair, c'est mon dégoût, c'est ma rancœur. J'ai tellement gerbé que mes dents s'effritent, jaunissent, s'affinent.

C'est laid ce que je fais, Matthieu.

On ne vomit pas pour devenir jolie mais parce qu'on essaie de cracher le monstre à l'intérieur qui s'accroche et qui ronge. Et crois-moi elle s'agrippe, la bête, elle griffe, elle menace, elle supplie.

Le pire, c'est que quand tu t'imagines sans elle, elle te manque.

— J'ai pourri mes dents à force de me faire vomir.

Je l'ai épié du bout des cils, à peine surprise par ce nouvel aveu. Pourquoi toutes mes grilles cédaient devant Matthieu ? Comment parvenait-il à faire ça ?

— Moi j'ai perdu mes cheveux quand j'ai arrêté de manger, a-t-il dit en ramassant un bracelet brésilien élimé.

J'ai observé les grosses boucles ambrées qui encadraient son visage et mon ventre s'est serré.

— Tous tes cheveux... ?

— Pas mal, a-t-il corrigé. J'étais tout maigre, c'était vraiment moche.

Il m'a confié ensuite qu'on l'avait envoyé devant plusieurs psychologues et psychiatres.

— Quelles conneries ils racontent, a-t-il lancé en faisant un tour complet de fauteuil. Les psys ils aiment bien chercher des trucs compliqués alors que c'était super simple. Je mangeais pas parce que j'avais la haine, c'est tout. C'était un gros « NON » clair et franc. *Non*, j'ai pas envie que maman se tire avec le chasseur de mes deux. *Non*, j'ai pas envie que la folle vienne habiter chez nous. *Non*, j'ai pas envie que ça change, c'était PARFAIT AVANT. Parfait. Y avait rien d'autre à chercher derrière ça.

Plus j'écoutais Matthieu et plus j'étais impressionnée par sa maturité.

— Ça t'a aidé, quand même, les psys ?

— Pas trop, a-t-il répondu dans un bref haussement d'épaules. Je disais rien pendant dix minutes et eux ils restaient là, à me sourire bêtement ou à me mater en tapant la mine d'un crayon sur un machin en cuir.

Il a dessiné un rectangle dans l'air, sourcils concentrés.

— Un sous-main ?

— Un sous-main, a-t-il répété, satisfait.

— Comment t'as fait pour remanger ?

Il a cessé de tourner et m'a observée avec intensité.

— J'ai ouvert la bouche et j'ai avalé.

— Aussi simple que ça... ?

— Si tu réfléchis, tu peux pas guérir.

Il s'est penché vers le bureau et a retourné un livre pour en lire le titre. J'ai réécouté plusieurs fois ses paroles dans ma tête.

« Si tu réfléchis, tu peux pas guérir. »

Il avait sans doute raison. Parfois il fallait faire disjoncter l'esprit pour préserver le corps.

Sauver le corps.

Subitement, le jingle du journal télévisé a retenti en bas et Matthieu a bondi du fauteuil. Il a quitté la pièce et descendu quelques marches avant de s'asseoir, jambes pliées contre lui, tempe collée aux barreaux de l'escalier. Lorsque je l'ai rejoint, il a posé un doigt en travers de sa bouche. Les lumières du salon mordoraient une partie de son visage.

Nous avons écouté les titres mais son nom n'a pas été mentionné.

Matthieu est remonté dans la chambre, les poings serrés et le regard lourd.

— J'intéresse personne, a-t-il marmonné en se réinstallant dans le fauteuil.

Instinctivement, j'ai fouillé le désordre et ramassé mon téléphone que je lui ai tendu. Il a tourné un moment sans se résoudre à le prendre.

— Juste pour lui dire que t'es en sécurité, Matthieu.

— Je pars tout le temps, m'a-t-il confié, et elle vient jamais me chercher. Alors je finis par rentrer ou Gilles me ramène par la peau du cou, comme les lapins qu'il chasse.

— J'aime bien les lapins, ai-je gémi.

— Lui, il préfère les bouffer. Il ramène même des pigeons des fois. T'as déjà mangé du pigeon ?

J'ai plissé le nez, dégoûtée.

— Il m'a forcé à en manger, un jour, et le goût était tellement fort que j'ai tout recraché.

— Il te force à manger de la viande ? ai-je dit, effarée.

— Plus maintenant mais au début, oui. Alors j'envoyais tout balader : mon assiette, mon verre, la nappe. Je foutais le bordel partout. J'avais tellement la haine.

J'ai finalement rangé mon téléphone au moment où Thomas nous rejoignait.

— Enfin, lui ai-je lancé, railleuse. J'ai cru que tu campais là-bas.

— Y a tous les Tintin dans les chiottes, a-t-il répliqué en fermant la porte.

— Et alors ?

— Et alors je suis fan des Tintin.

— Lequel t'as lu ?

— *Tintin au Tibet*, a-t-il répondu comme si c'était évident. Le meilleur.

— C'est *Tintin sur la Lune*, le meilleur.

Il a fait claquer sa langue, agacé, en touchant à tout ce qu'il voyait. Dans l'ordre, il s'est barbouillé les mains avec une crème à la clémentine, a retourné une boîte à meuh pour l'entendre meugler puis reniflé un flacon de vernis violet qui l'a fait éternuer.

— Jolies, tes lunettes, ai-je commenté.

Il m'a jeté un regard piquant par-dessus la monture rafistolée.

— C'est quoi au juste cette histoire de portière rayée ? ai-je poursuivi tandis qu'il attrapait un stylo muni d'un gros pompon rose.

Il s'est laissé tomber en travers du lit, près de moi, et m'a chatouillé la joue avec le pompon. J'ai doucement giflé son poignet. Ses doigts sentaient les agrumes entêtants.

— J'ai déjà raconté dans la voiture, Charlotte.

— Oui mais moi je dormais...

Il a alors pris une profonde inspiration et relaté l'histoire une seconde fois.

Après avoir marché il ne savait combien de temps, il avait déboulé sur un grand parking de supermarché. À quelques mètres de lui, Sonia avait reculé au volant de sa Clio et frôlé le 4 × 4 de la place voisine. Loi de Murphy oblige, le propriétaire du 4 × 4 arrivait avec son caddie pile à ce moment-là et il a commencé à gueuler, le menton en avant. Thomas s'est interposé et a voulu...

— Le type gueulait sur Sonia ? l'ai-je coupé, choquée.

— C'est moi qui raconte, a-t-il jeté d'un ton volontairement guindé. C'est *moi* le héros.

J'ai levé des mains obéissantes, le sourire aux lèvres.

Donc Thomas a voulu calmer le grand costaud qui était en train d'examiner sa portière, scandalisé : y avait aucune rayure, la caisse était nickel. Selon le gars, *y avait rayure.* Ici. C'était quoi, ce trait, *ici* ? Une PUTAIN DE GROSSE RAYURE qui n'était pas là lorsqu'il était parti faire ses courses une demi-heure plus tôt. Thomas a dressé un sourcil et répliqué : « Mais c'est pas la peine de gueuler, ça changera rien à la rayure. » Le malabar a bombé le torse, furibond. Il voulait le numéro de Sonia pour qu'elle paie les réparations. Thomas a jeté : « Écoute, mec, tu sais où tu te la mets, ta rayure ? »

J'ai éclaté de rire en lui poussant la hanche avec le pied.

— T'en fais pas un peu trop ?

Il a nié en me montrant toutes ses dents. Impossible de distinguer ce qui était vrai de ce qui était inventé dans ce récit farfelu.

— Bon, abrège, Superman.

Il s'est redressé sur les coudes et a conclu :

— Je lui ai fait un bras d'honneur et Sonia m'a donné un pain au chocolat.

— C'est quoi le rapport ?

— Y en a pas. Tu m'as demandé d'abréger donc j'ai viré les liens logiques.

— Mais tu t'es battu au moins ?

Il a roulé sur le flanc et m'a fait face.

— Il faisait *le double de mon poids*, Charlotte. Alors non, j'ai préféré passer mon tour.

— Superman se serait battu, lui.

— Superman est indestructible et tire des lasers avec ses yeux.

— Vous couchez ensemble ? a jeté Matthieu, tranchant dans la conversation.

Je l'ai dévisagé, rouge écrevisse. Thomas a répliqué, faussement décontracté :

— Si c'est le cas, je suis pas au courant.

Matthieu s'est mis à rire au moment où Sonia tapait à la porte pour nous dire que la salle de bains était libre. Tour à tour, nous avons décrassé nos pensées et lavé les soucis qui s'agrippaient à nos cheveux. J'étais assise dans une vieille baignoire ébréchée avec des pieds en pattes de lion et la réflexion de Matthieu caracolait dans ma tête : « *Vous couchez ensemble ?* » Je suis restée un moment dans la pièce à renifler les pots de crème de Sonia puis scruter les boîtes de médicaments qui gonflaient l'armoire à pharmacie. Lorsque j'ai regagné la chambre, Matthieu examinait les livres qui déformaient l'étagère, tête penchée pour en déchiffrer les titres, tandis que Thomas plongeait la main dans un sachet de Curly, avachi dans le fauteuil de bureau.

— Si ça se trouve, c'est périmé ton truc, ai-je commenté en reniflant l'intérieur du paquet.

Indifférent, Thomas a fait sauter un biscuit en l'air pour le récupérer dans sa bouche.

— Tant que y a pas de poils dessus, a-t-il dit avec nonchalance, j'estime que c'est encore mangeable.

Sonia est venue nous embrasser avant d'aller se coucher, deux oreillers entre les bras. Un baiser tendre et chaleureux qui nous a tous déboussolés. Comme elle n'avait pas de pyjamas pour les garçons, elle leur a prêté deux T-shirts qu'ils ont enfilés sur leur caleçon. J'ai hérité d'une chemise de nuit appartenant à Lorraine avec un gros smiley-soleil.

L'étiquette m'indiquait que je portais du « 14 ans », ce qui m'a secrètement ravie.

Puis la porte s'est refermée sur de longues heures d'insomnie.

— T'as viré ton bandage ? ai-je dit en observant la peau écorchée de Matthieu.

— Il était trempé après la douche donc je l'ai jeté.

Nous avions tellement dormi dans l'après-midi que désormais le sommeil nous fuyait.

Le cadavre exquis que j'ai suggéré a produit des œuvres étonnantes : « le pissenlit poilu / s'arrose avec / la haie » puis « le rat d'égout enragé / nettoie / le pont-levis ». Ensuite j'ai verni les ongles de Thomas en violet pendant que Matthieu reclassait les livres par ordre alphabétique d'auteurs. La lampe de chevet représentait un carrousel miniature et reflétait la scène sur le plafond. L'abat-jour rouge teintait nos peaux et offrait à la pièce une atmosphère à la fois intime et intense. Les cheveux de Matthieu ressemblaient à de la compote de fraise. Les yeux de Thomas étaient roses.

C'était tellement doux et réconfortant.

Une fois ses ongles secs, Thomas a ramassé des trombones éparpillés et les a attachés en guirlande. Matthieu parcourait les remerciements de tous les romans qu'il rangeait. Et moi je dessinais des ombres chinoises sur le plafond étoilé en chantonnant un air celtique.

— Ça me fait chier d'avoir laissé autant d'argent à ces connards, ai-je chuchoté en esquissant la silhouette déformée d'un chien. Et mes vêtements. Et les poivrons tordus.

Les garçons ont opiné en silence.

Puis Thomas s'est dirigé vers un grand coffre en osier qui l'intriguait. En l'ouvrant, nous sommes tombés sur une dizaine de jeux de société recouverts d'une fine couche de poussière. Nous avons repoussé le fouillis vers les murs pour dégager un rond de moquette libre et avons appuyé comme des déments sur des hippopotames qui se gavaient de billes. Mais nous avions tant de mal à étouffer nos rires qu'il a fallu choisir un jeu moins bruyant. Thomas a posé devant nous un Monopoly européen rongé par l'humidité en annonçant, l'air diabolique :

— Je vous préviens, je vais vous défoncer.

J'ai demandé à faire la banque mais je me suis retrouvée en prison au bout de dix minutes. Matthieu avait acheté tous les aéroports et Thomas étendait ses hôtels rouges sur les rues les plus chères. J'ai mis six tours à faire un double quatre pour pouvoir quitter mon pénitencier et Thomas s'était encore enrichi. J'avais une malheureuse maison verte sur la Kalverstraat et personne ne tombait dessus.

Pendant toute la nuit, j'ai oublié où j'avais mal.

J'ai même oublié que j'avais mal.

Thomas plissait ses yeux de loup, insolent, bras croisés sur le torse, tandis que Matthieu tentait de voler la banque dans mon dos.

Un instant hors du temps, hors des échecs et des désillusions.

Et Thomas a gagné, bien sûr.

Nous avons ensuite démêlé des Mikado enchevêtrés et complété des Cochons-qui-riaient en parlant de la société, de la nature humaine, de la vie et la mort. Vers trois heures du matin, nous étions enfin couchés sur les draps, nos jambes nues emmêlées. Les mollets des garçons presque aussi menus que les miens.

— Je peux échanger ma mère contre Sonia ? a soufflé Matthieu en se rongeant l'ongle du pouce.

Thomas a laissé échapper un son entre le sourire triste et le soupir.

— Moi aussi, ai-je murmuré, le bras levé vers le plafond décoré.

Et je la revoyais, ma mère, debout dans le salon, la bouche plissée par la contrariété, *mais qu'est-ce que tu as fait à tes sourcils... ? Pourquoi tu les as épilés comme ça... ?* ma nouvelle frange que j'avais taillée moi-même et dont j'étais si fière, *oh mon Dieu, mais quelle horreur, j'appelle ma coiffeuse pour qu'elle rattrape ça*, mes efforts pour apercevoir un éclat de considération dans ses yeux et toujours ce même rictus sur les lèvres, *on ira t'acheter un pantalon samedi, le tien TE BOUDINE.*

— Connasse, ai-je craché aux étoiles dorées.

On a tourné la tête vers moi.

— Ma mère, ai-je précisé. Pas Sonia.

Le silence n'était fendillé que par la pluie qui pianotait sur la vitre. Spontanément, j'ai saisi les mains des garçons. Celle de Thomas était très chaude, celle de Matthieu était glacée.

Je les sens toujours ces mains dans les miennes.

Je sens leur peau contre ma peau, blottie.

— J'ai été fait par fécondation in vitro, a soudain révélé Thomas sans faire vibrer sa voix.

Cet aveu m'a profondément émue.

— Je l'ai appris y a pas longtemps, a-t-il poursuivi. Ma mère arrivait pas à tomber enceinte. Il leur a fallu trois essais, à mes parents, pour réussir à me créer. Et franchement, quand j'y réfléchis, je me dis qu'ils auraient mieux fait de s'abstenir.

J'ai étranglé ses doigts, peinée.

— Elle a quel âge, ta mère ?

— 58.

— Moi je suis un accident, a confié Matthieu à son tour. J'étais pas prévu au programme, ma mère m'a eu à 17 ans.

J'ai fait un calcul rapide dans ma tête : la maman de Matthieu avait donc 32 ans. J'ai fermé les paupières et respiré le parfum de jasmin que le savon de Sonia avait laissé sur nos peaux.

— On reste ici ? ai-je proposé.

J'ai entendu un sourire léger du côté de Matthieu. Un froissement de couverture.

— On va d'abord buter le vieux, a rétorqué Thomas.

J'ai rouvert les yeux dans un soupir et lâché les mains. Sans que je ne sache trop pourquoi, Thomas s'est obstiné.

— On va buter le vieux et puis on revient vivre ici.

Irritée, j'ai précisé qu'il n'était pas vieux mais que je l'appelais comme ça parce que ses cheveux avaient grisonné tôt.

— Il a presque l'âge de mon père, en fait.

— Il a quel âge, ton père ?

— 44 ans.

— C'est vieux, a commenté Matthieu, la bouche pressée par l'index qu'il rongeait.

Un clappement de porte a sabré nos voix. Nous avons écouté le parquet grincer sous les pas de Sonia puis le silence s'est réinstallé, plus frêle. Spontanément, Thomas a regardé l'heure sur sa montre.

— 3 h 48, a-t-il murmuré.

J'ai froncé les sourcils. Nous attendions le son d'une chasse d'eau qui n'a jamais retenti.

— Vous pensez qu'elle fait quoi ?

Personne n'a répondu. J'ai évoqué du bout des lèvres les nombreuses boîtes de somnifères que j'avais trouvées dans l'armoire à pharmacie ; Matthieu a confié qu'il les avait aperçues aussi en cherchant des pansements pour remplacer ceux qu'il avait mouillés. J'ai eu envie d'aller la voir, Sonia, l'imaginant toute seule dans sa cuisine, tyrannisée par ce silence qui lui faisait horreur. Puis j'ai compris qu'elle me renvoyait à ma propre solitude lorsque c'était moi qui pillais le frigo en pleine nuit, tentant de faire le moins de bruit possible pour ne pas réveiller toute la maison.

— Il m'a pas cassée, ai-je soufflé.

Thomas a fait claquer sa langue, sceptique. Le parquet a crissé une nouvelle fois, une porte s'est refermée.

— S'il t'avait pas cassée, t'irais pas aussi mal.

Je me suis redressée avec brusquerie et j'ai enjambé son corps. Il a prononcé mon prénom mais je suis restée face à la fenêtre, enveloppée par mes bras. J'ai entendu le lit grincer. On a effleuré mon poignet.

— Pourquoi ça t'importe autant ? ai-je dit en me retournant, le regard oscillant de Thomas à Matthieu. Pourquoi ça vous importe autant ? C'est juste une histoire de gamine qui aurait dû faire attention, c'est tout. Y a pas mort d'homme.

Mal à l'aise, Matthieu malmenait les franges qui garnissaient la couverture. Thomas me fixait avec une intensité étrange. Ses yeux brasillaient comme deux quartz roses.

— Tu manges pas, Charlotte.

— Et alors ? ai-je jeté en haussant la voix. Tu connais toute ma vie ?

J'ai soutenu son regard jusqu'à le faire plier.

— Qui te dit qu'il n'y a pas autre chose, Thomas, hein ? Parle pas de ce que tu connais pas.

J'ai reculé d'un pas sans savoir si j'avais besoin de m'éloigner de lui ou si je voulais qu'il approche. De son côté, Matthieu avait recommencé à se gratter. Je me suis dirigée vers mon sac et je lui tendu mon pot de crème au citron. Lorsque je me suis retournée vers Thomas, ses yeux pâles étaient encore fixés sur moi.

— C'est quoi le plan, au juste ? ai-je questionné, un peu calmée.

— Lui faire bouffer ses couilles.

J'ai penché la tête sur le côté, dubitative. Il a levé des mains plus sages.

— OK, a-t-il corrigé, on va *discuter* avec lui.

— Ça veut dire quoi en langage mec ?

Il a ébauché une grimace pensive puis Matthieu a poussé un juron : il s'était arraché un grain de beauté.

— Tu crois que ça donne le cancer ? ai-je demandé en avisant son bras, inquiète.

— Mais non, a répliqué Thomas.

— Et comment tu le sais ?

— Je fais médecine.

Je l'ai dévisagé, éberluée. Mais lorsque j'ai ouvert la bouche pour lui poser des questions, il me l'a refermée avec ses doigts.

— Pas envie d'en parler, a-t-il tranché.

Puis il s'est dirigé vers la porte avec Matthieu pour désinfecter la plaie.

— Tu fais médecine et tu sais pas soigner des ampoules de pieds ? ai-je lancé à son dos.

— Merde.

Un sourire épiçait sa voix.

Je me suis faufilée dans les draps en attendant leur retour. Ça sentait le citron gras à plein nez. Observant un coin du plafond habillé d'une toile d'araignée poudreuse, je me suis demandé s'il était possible de ne jamais rentrer. De continuer à marcher sans destination et vivre en dehors de la société. J'ai bloqué les pensées me rappelant que nous n'avions plus que six euros en poche pour pouvoir savourer cette soirée délicieuse. J'avais envie – besoin ? – de me laisser porter.

Derrière la vitre, la pluie molle ressemblait à du papier bulle qu'on éclate.

J'ai repensé à Boucles d'Or qui m'avait choquée, gamine, en s'attribuant le lit de l'ourson avant de dévorer sa nourriture sans aucun état d'âme. J'avais le sentiment de ne pas mériter tout ce confort, de le voler à quelqu'un d'autre. Puis les garçons sont revenus et se sont allongés à mes côtés, m'extirpant de mes souvenirs. Thomas s'est vite amusé à tirer sur les peluches reléguées en haut de l'armoire à l'aide d'un élastique à cheveux glissé autour d'un crayon. À chaque fois qu'un lapin râpé ou qu'un renard à l'oreille mutilée dégringolait sur l'un d'entre nous, il marquait un point. Au bout de cinq minutes, son petit jeu m'a agacée.

— Mais arrête de les tuer, ai-je ronchonné en repoussant son lance-pierre de fortune.

Contre toute attente, il m'a obéi. Du bout du pied, Matthieu faisait tourner la lampe-carrousel et le plafond étoilé valsait. J'y voyais des messages cryptés, dans ces figures mouvantes. Je m'imaginais danser dans l'Espace.

— C'est *Tintin sur la Lune*, le meilleur, ai-je soufflé.

Thomas m'a donné un coup de coude amical. Sans réfléchir, j'ai pressé ma bouche sur son bras et j'y ai posé un baiser.

PARTIE II

LA DÉCISION

15

C'est un rayon de lumière blafarde léchant mes paupières qui m'a arrachée au sommeil. Thomas dormait encore, le visage dans l'oreiller, mais Matthieu n'était plus là. Je me suis levée en tentant de ne pas faire de mouvements brusques et j'ai enjambé les cochons rieurs que les garçons avaient montés n'importe comment : celui de Matthieu avait les oreilles à la place des pattes et inversement ; celui de Thomas était en train de mâcher ses yeux. J'ai quitté la chambre en laissant la porte entrebâillée et perçu la voix de Matthieu, au loin.

J'ai descendu quelques marches avant de m'arrêter, la main sur la rampe.

C'était des bribes de paroles qui tombaient comme des rognures, « ça fait deux ans et j'espère toujours qu'ils se remettent ensemble, c'est débile, non ? », c'était des lambeaux de prières dispersées comme des graviers, « peut-être qu'avec le temps... ils vont finir par se manquer... ? », c'était des murmures cafardeux, « j'ai l'impression de laisser des bouts de moi dans chaque maison où j'habite, chez mon père, et après chez Gilles, y en a partout des bouts de moi, j'ai l'impression d'être explosé », c'était des confidences masquées par des sourires, « je me marierai jamais, comme ça je divorcerai jamais. ».

Très vite je suis remontée dans la chambre, honteuse d'avoir espionné la conversation. À travers le maillage du store, l'aube rayait le T-shirt de Thomas de hachures nacrées. Je me suis assise sur le lit et j'ai posé ma tempe contre son dos. Il sentait la feuille d'automne et la nuit. La chaleur de son corps a immédiatement réchauffé le mien.

— Hello... a-t-il chuchoté dans une lente expiration.

— Hello.

J'ai attrapé l'une de ses mains et caressé ses ongles.

— Dis donc, t'as une belle manucure violette. On voit même plus ton doigt pourri.

Il a marmonné dans l'oreiller puis la porte a lâché un couinement et Matthieu est entré. Il portait un pull moutarde avec une guitare brodée et grignotait un pain au chocolat. Un pansement neuf était collé sur son front. Ses yeux brillaient comme des châtaignes lustrées.

— Sonia nous a laissé des fringues propres dans la salle de bains, m'a-t-il dit en mordant à nouveau dans sa viennoiserie.

Je suis sortie de la pièce pour aller m'habiller. Le pull qui m'était destiné était doux, bleu roi, rehaussé d'un écureuil en relief. J'ai regagné la chambre et sauté à plat ventre sur Thomas qui a étouffé un soupir surpris.

— Debout, lui ai-je lancé en enfonçant sa tête dans l'oreiller.

— Encore cinq minutes...

J'ai tiré sur les couvertures et dégagé ses jambes nues.

— Debout, ai-je répété en claquant son mollet.

Il a fini par se lever, bougon, et a enfilé le pull rouge que je lui avais apporté.

— Tu l'as mis à l'envers, ai-je commenté. Y a le mot « paresseuse » devant.

Il a haussé les épaules, apathique, avant de retourner la laine.

— Je suis jamais dans le bon sens avant d'avoir bu mon café.

J'ai ri puis nous sommes descendus, attirés par des effluves de tartines grillées. En bas, nous attendait un vrai festin : thé et café accompagnés de confiture, de pains au chocolat et de grosses parts de flan à l'abricot.

ALERTE, a hurlé la voix sous mon crâne.

— Vous vous êtes bien amusés cette nuit, a souri Sonia en avisant les ongles de Thomas.

Elle était installée en face d'une assiette de biscottes garnies d'une drôle de gelée rose et d'une tasse exhalant un parfum de fleur bleue.

— Désolés pour le bruit... ai-je soufflé, mortifiée, en prenant place à côté d'elle.

Elle a secoué la tête avant d'avaler une gorgée de thé.

— C'est agréable d'entendre de la vie.

Il était 8 h 45 à la pendule de la cuisine. Comme Sonia travaillait du mardi au vendredi, nous n'allions pas pouvoir rester. Elle nous a laissés seuls pour finir de se préparer à l'étage.

C'est à cette table que tout s'est joué.

Je grignotais des boulettes de mie de la veille. Thomas trempait une tranche beurrée dans son bol de café, le visage encore pris par le sommeil, l'humeur grincheuse. Matthieu picorait mes yeux entre deux bouchées et ses cils blancs semblaient absorber la lumière.

Ça s'est fait sans un mot.

Toute la nuit, les voix des garçons avaient ondulé sous mon crâne comme des anguilles, *on va casser la gueule à l'ami de ton père*, ça crépitait en mille chocs électriques, *on va buter le vieux*, et peu à peu j'ai réalisé qu'ils avaient raison et que je n'avais pas tourné la page, j'ai réalisé qu'il m'était insupportable que ce connard vive

tranquille

bien au chaud dans sa grande maison

avec sa Porsche et ce qu'il m'avait fait

et j'ai subitement décidé qu'il ne méritait pas cette paix.

Lorsque Thomas a redressé la tête, je me suis agrippée à son regard. Il a avalé la fin de son bol d'une traite, un sourire étroit sur le bord des lèvres.

Il m'avait décodée.

Puis des talons ont claqué dans l'escalier, me tirant de mes pensées. Sonia est réapparue avec un sac marin qu'elle a posé sur la table.

— Pour mes enfants d'un jour, nous a-t-elle dit avec tendresse.

Elle y avait logé une trousse de toilette avec nos trois brosses à dents et un tube de dentifrice, du gel douche et du shampoing protégés par un sachet en plastique ainsi que trois serviettes de bain. Elle nous laissait les T-shirts des garçons et ma chemise de nuit soleil. En revanche, si elle avait pu me donner des culottes – « oh, non, pas besoin de soutif, pour ce que j'ai à mettre dedans » – elle n'avait pas de caleçons à offrir à mes amis.

— Je vous ai aussi préparé quelques sandwichs et j'ai glissé une bouteille d'eau, a-t-elle conclu en poussant le sac vers Thomas.

Nous avons ouvert de grands yeux émerveillés et Matthieu avait même cessé de mastiquer.

J'ai serré la mâchoire pour ne pas me mettre à chialer.

C'est pour cette raison que je n'ai qu'un vague souvenir de nos adieux ; c'était trop fort pour moi. Je me souviens malgré tout de Sonia qui nous dépose sur le parking du centre commercial où tout a commencé. Je me souviens de sa main qui caresse ma joue tandis qu'elle me promet de bien s'occuper de Jacqueline. Je me souviens des petites griffes enserrant le saphir de sa bague qui s'accrochent à mes cheveux. Je me souviens qu'elle frotte la trace de rouge à lèvres que son baiser a laissée sur ma peau.

Mais surtout, je la vois retirer ses perles pour les nicher dans ma paume.

— Oh... non... je... non.

Ses doigts ont replié les miens.

— J'ai vu qu'elles te plaisaient, a-t-elle expliqué. Je sais que tu en prendras bien soin.

Sa Clio avait déjà disparu lorsque j'ai enfilé les boucles d'oreilles. Nous nous sommes assis sur le rebord d'un arbre décoratif, silencieux et pensifs. Une alarme s'est mise à hurler durant une dizaine de secondes puis j'ai ouvert mon sac et râlé en apercevant un pompon rose.

— Putain, Thomas, tu l'as volé...

Il m'a dérobé le stylo et a commencé à se chatouiller les lèvres avec.

— J'aime bien, a-t-il dit. C'est tout doux.

J'ai ramassé un caillou-souvenir puis déployé la carte routière sur mes cuisses. Nous étions à Arzano mais l'endroit n'était pas indiqué donc Matthieu m'a conseillé de prendre Quimperlé pour repère. J'ai glissé mon doigt sur les lignes jusqu'à Poitiers, réalisant que ma ville me manquait. Je l'avais fuie à toutes jambes et, aujourd'hui, voilà que je pensais à elle avec nostalgie.

— C'est là qu'il habite ? m'a demandé Matthieu.

J'ai opiné dans un sourire triste.

— Je sais qu'il a déménagé à la campagne mais il a pas quitté Poitiers.

— Il sera facile à trouver, a rétorqué Thomas. On suivra les routes où ça pue le vice.

Levant les yeux au ciel, j'ai replié la carte. Le vent raclait nos joues, le ciel ressemblait à du plâtre. Sans oser l'avouer aux garçons, j'étais terrifiée par l'épreuve qui s'élevait devant moi. Nous étions des brins de pissenlit jetés dans un champ truffé de ronces. Nous étions fébriles et chétifs.

— Alors on va vraiment le faire... ai-je murmuré, éberluée.

Je regardais devant moi mais j'ai cru voir Matthieu hocher la tête.

— C'est du délire, ai-je ajouté, on n'a même pas d'argent.

— On vendra des trucs, a suggéré Thomas en agitant son paquet de cigarettes pour en faire glisser une.

— Quels trucs ?

Il n'a pas répondu mais Matthieu a balancé :

— On volera.

J'ai soupiré.

— On peut même pas se payer une chambre d'hôtes, ai-je rappelé, inquiète.

Mais les garçons n'étaient pas aussi tracassés. Au fil de ses fugues, Matthieu s'était habitué à dormir dehors et Thomas restait persuadé qu'une bonne âme nous ouvrirait gratuitement la porte de sa maison contre l'aumône d'un beau sourire. J'ai secoué la tête, défaitiste.

— On aurait dû demander un peu d'argent à Sonia.

— On aurait dû, a confirmé Thomas.

Puis Matthieu s'est subitement tassé sur lui-même, étranglé par la peur.

— Les flics, a-t-il soufflé, rentrant le cou dans son écharpe.

Suivant son regard, j'ai observé le rond-point au loin : deux patrouilles de police y étaient stationnées, gyrophares allumés.

— C'est pas pour nous, ai-je dit pour tenter de le rassurer.

Mais nous avons tout de même glissé derrière une BMW à la peinture irréprochable et attendu.

Le cœur battant.

Sensation d'être en faute, en cavale. D'avoir commis un délit sans l'avoir fait exprès. La liberté avait son prix et nous l'apprenions au fil des kilomètres avalés. J'avais imaginé un chemin de repos et de grande solitude mais j'avais oublié *les gens*. Ceux qui vous tendaient la main et fendillaient votre isolement. Ceux qui vous traquaient aussi.

— T'as souvent été chopé par les flics ? a questionné Thomas.

Matthieu a haussé les épaules.

— Des fois.

Ses pommettes spectaculaires découpaient ses joues tant il serrait les dents. Ses yeux semblaient peuplés par mille cauchemars. J'ai eu envie de lui demander comment ça se passait au commissariat mais il a tourné la tête pour qu'on cesse de le solliciter.

— Ils se cassent, a lâché Thomas, le cou tendu vers le rond-point.

— T'es sûr ?

— La première bagnole s'en va et la deuxième s'apprête à partir.

Nous avons hissé le bout du nez par-dessus la BMW puis nous avons quitté notre tanière. Thomas s'est arrêté quelques secondes pour allumer sa cigarette et nous avons repris la route.

C'était troublant de ne plus entendre le raclement de ma valise sur le bitume.

Nous cheminions avec une mélancolie indistincte, plus lents que le jour précédent. Thomas ne parvenait pas à se défaire de sa mauvaise humeur et fumait d'une main rigide. Moi je me sentais menacée comme si quelqu'un ou quelque chose nous épiait dans les ombres, logeant ses pas au fond des nôtres, escortant nos silhouettes courbées. Chez Matthieu, cette tension s'est traduite par un hoquet tenace, irritant, que rien n'arrivait à calmer. Je lui ai conseillé de retenir sa respiration durant une minute mais ça n'a pas fonctionné. Thomas lui a suggéré d'avancer à reculons puis à cloche-pied.

— Fous-toi de moi, lui a craché Matthieu.

Thomas a souri autour de sa cigarette, premier vrai sourire de la matinée.

Lorsque nous avons atteint une grande route environnée de champs immenses, le hoquet avait disparu. Comme le vent nous poussait le dos, Thomas marchait devant pour ne pas nous enfumer. Tout à coup, une automobile a grogné. Nous nous sommes retournés, alertes, et avons tous levé le pouce. La voiture nous a dépassés juste avant de freiner puis de rogner le bas-côté ; j'ai remarqué que le phare arrière droit était grillé. Thomas s'est mis à courir, alourdi par le sac de Sonia, puis s'est penché par la vitre pour échanger quelques mots avec le conducteur. Finalement, il nous a fait signe de le rejoindre.

— Qui a fait espagnol ici ? nous a-t-il demandé sans énergie.

— C'est toi le pro des langues, ai-je répliqué.

— J'ai fait allemand.

— Boulet, me suis-je moquée en lui poussant l'épaule.

Nous avons pris place sur une nappe multicolore de tickets à gratter et la voiture a redémarré avant même que Matthieu ait refermé sa portière. Ça empestait le cigare rance et quelque chose de plus fumé, comme de l'encens. L'homme s'appelait Andrés, un barbu jovial vêtu d'une étrange chemise à losanges retroussée au-dessus des coudes, et se rendait à Auray – nous avons mis du temps à comprendre sa destination parce qu'il prononçait « Aourrraye ». Ses yeux étaient aussi verts que de la malachite sous des sourcils broussailleux, son front large coupé par une casquette portée à l'envers, sa bouche grande et rieuse. Pendant les quarante-cinq minutes qu'a duré le trajet, la conversation a frôlé l'absurde. À défaut de baisser la radio qui nous braillait *Lift me up* de Moby, Andrés préférait élever la voix.

— Vous êtes un gars optimiste, hein ? a commenté Thomas en inspectant le fatras de tickets qui l'entourait.

Andrés s'est retourné et nous a offert un sourire énorme. Andrés se retournait à chaque fois qu'il s'adressait à nous, quittant la route du regard.

— Je crois qu'il a pas pigé, a râlé Matthieu.

Agitant un *Millionnaire* perdant, Thomas a réessayé en anglais :

— *You're an optimistic guy, right ?*[1]

— *YO GANÉ RECIENTEMENTE.*[2]

— *What ?*[3]

— Vous avez gagné ? ai-je tenté en me penchant vers l'avant.

Je n'avais jamais été très douée en espagnol et ne devinais qu'un mot sur trois.

— *SESENTA EUROS*[4], a répondu Andrés en dressant six doigts devant nous, lâchant momentanément le volant.

— Qui a six ans ? m'a demandé Matthieu, sourcils froncés.

— Il a gagné six euros, lui ai-je dit. Ou soixante, j'ai pas trop compris.

Plié dans tous les sens, Thomas récoltait les tickets un par un en vérifiant qu'ils avaient tous été grattés. Matthieu s'agrippait au dossier du siège passager.

— Il peut pas se concentrer sur la route ? a-t-il grogné, le teint très pâle.

---

1. « Vous êtes un gars optimiste, hein ? »
2. « J'ai gagné il n'y a pas longtemps. »
3. « Quoi ? »
4. « Soixante euros. »

Puis Andrés s'est à nouveau retourné vers Thomas.

— *BONITAS UÑAS*[5], a-t-il gueulé.

Thomas m'a regardée, perplexe.

— Il me souhaite une « bonne nuit » ?

Je me suis mise à rire, bouffée par la nervosité. La radio mêlée à la voix puissante d'Andrés me donnait la migraine. L'odeur âcre du cigare m'étouffait.

— *TIENES UN ESMALTE DE UÑAS BONITO*[6], a précisé Andrés en tapotant ses propres ongles.

— Je crois qu'il parle de ton vernis.

— Oh, a répliqué Thomas en remuant ses doigts. *You're talking about my nails*[7] *?*

— *SÍ, SÍ, ME GUSTA MUCHO EL COLOR*[8].

— Dites-lui de se concentrer sur la route, a gémi Matthieu, paupières closes, toujours agrippé à l'appuie-tête devant lui.

— Tu te sens mal... ? ai-je demandé.

Il a opiné en déglutissant. Son visage était de plus en plus blême.

— MATTHIEU SE SENT MAL, ai-je crié à Thomas dont les pupilles se sont rétrécies.

Il s'est aussitôt penché vers l'avant pour couper la radio.

— *My friend's feeling sick*[9], a-t-il dit. *Malado. Vomito.*

Je crois qu'il l'a dit en russe ensuite, ou en polonais. Puis il a simulé un vomissement exagéré. Andrés s'est retourné

---

5. « Jolis ongles. »

6. « Vous avez un beau vernis à ongles. »

7. « Vous parlez de mes ongles ? »

8. « Oui, oui, j'aime beaucoup la couleur. »

9. « Mon ami se sent mal. »

en virant vers la droite mais c'était trop tard : Matthieu a régurgité son petit déjeuner sur le bas de ses jambes, emplissant l'habitacle d'une odeur acide.

— Oh merde, ai-je lâché, paniquée.

Je me suis mise à pleurer n'importe comment, les poings sur la bouche. Thomas s'est levé, courbé pour ne pas se cogner au plafond, puis s'est glissé entre Matthieu et moi.

— Cool, Charlotte, m'a-t-il dit en sortant son vieux Kleenex pour éponger le jean de Matthieu.

Déconfit, Andrés s'est garé dès qu'il a pu et nous nous sommes tous précipités hors de la voiture. Seul Matthieu est resté assis, se tournant pour poser les pieds sur le béton, dodelinant de la tête.

— T'as tout largué ou t'en as encore en réserve ? a plaisanté Thomas.

J'ai su qu'il tentait de me détendre parce qu'il m'a jeté un coup d'œil attentif.

— Nan, c'est bon, a grogné Matthieu.

D'une main tremblante, il a saisi la bouteille d'eau que Thomas lui tendait et gobé une grande gorgée qu'il a recrachée. Trois fois de suite il s'est rincé la bouche. Pendant ce temps, Andrés me frottait le dos avec énergie pour essayer d'apaiser mes sanglots. Il m'a offert un mouchoir en tissu en baragouinant quelque chose que je n'ai pas compris – je crois qu'il m'expliquait qu'il était propre. J'ai épongé mon visage puis je me suis mouchée sans réussir à m'arrêter de chialer.

Voir Matthieu vomir m'avait bouleversée.

Comme si je m'étais dédoublée.

Son corps me renvoyait le mien en plein visage, penché au-dessus des toilettes.

Il a fallu nettoyer le sol et le siège avec l'une des serviettes de Sonia avant de reprendre la route. L'odeur du cigare a très vite étouffé le reste. Matthieu avait calé sa tête contre la portière, paupières closes. En revanche, l'incident ne semblait pas avoir perturbé Andrés qui continuait à raconter mille anecdotes énigmatiques tandis que Thomas s'obstinait à lui répondre en anglais ou dans un espagnol qu'il inventait. Lorsque nous sommes enfin descendus en plein centre-ville d'Auray, abandonnant la serviette de toilette souillée dans une poubelle, nous étions désorientés et nerveusement exténués.

— Il se droguait à quoi, ce type ? a marmonné Thomas en se massant la nuque.

Andrés était déjà loin qu'il nous saluait toujours à travers sa vitre ouverte. Nous nous sommes laissés tomber sur le premier banc qui a surgi.

— Je pue la gerbe, a râlé Matthieu en tirant sur les fils de son jean taché avec dégoût.

— Ça va mieux... ? lui ai-je demandé, encore secouée.

Il a hoché la tête avec lenteur. Pour m'apaiser, j'ai glissé mes doigts sur le « A + M » que quelqu'un avait gravé sur le bois. Une autre main avait inscrit des coordonnées géographiques obscures autour d'une pensée profonde, en majuscules : « LE PÂTÉ, C'EST LA VIE. »

— Mais quel pâté ?

Thomas m'a jeté un œil interrogatif avant de sortir les sandwichs du sac marin. Sonia les avait rangés dans deux sachets plastiques différents : l'un n'avait pas d'information particulière ; le second annonçait : « sans viande pour Mathieu », un cœur potelé tracé à côté. Lorsque nous l'avons montré à l'intéressé, il a souri avant de préciser dans une moue enfantine qu'il y avait deux T à son prénom. Le pain a aussitôt craqué sous les dents des garçons tandis que je me contentais de grignoter mon croûton nu. J'ai repensé à Andrés, puis à Sonia et Pierre-Guy. Ces gens qu'on croisait le temps d'une heure, une journée, puis qu'il fallait quitter. Où allaient-ils ensuite en nous ?

La sonnette désaccordée d'un vélo m'a extirpée de mes rêveries. Plus loin, une mélodie de téléphone portable a retenti, aussi délicate qu'une boîte à musique d'enfant. Une adolescente aux cheveux verts est sortie d'une boulangerie en tenant la porte à un homme âgé. J'ai posé mes yeux sur le sandwich de Matthieu.

— Y a quoi dedans ?

— Beurre, tomate, avocat, fromage, a-t-il dit en m'ouvrant la bouche du pain. Tu veux goûter ?

J'ai secoué la tête tandis qu'un gamin criait en ultrasons. Puis Thomas a brandi deux billets de 50 euros qu'il avait extraits d'une enveloppe. J'en suis restée bouche bée.

— C'est quoi, ça... ? ai-je bafouillé.

— La réponse à nos problèmes de thunes.

— T'as dit à Sonia qu'on était fauchés ?

— Même pas.

— Bah merde, alors.

J'ai rangé mon sandwich à peine entamé puis fait un rapide calcul pendant que Thomas s'allumait une cigarette en s'asseyant à mes côtés. Nos économies s'élevaient maintenant à 106 euros et 17 centimes.

Ça changeait la donne.

Au-dessus de nous, le ciel s'habillait d'une cape de tulle grisâtre. Le silex du briquet roulait sous le pouce de Thomas qui en fixait la flamme d'un air absent. Elle tremblotait, sa main.

— Thomas... ?

Aussitôt il a rangé son briquet puis pressé ses paupières avec ses doigts sans me répondre. J'ai appuyé sur son bras pour dégager son visage.

— Non, non, ai-je murmuré, rendez-moi le mec chiant que j'ai envie de tuer...

Il a esquissé un sourire en s'essuyant les yeux derrière ses verres. Je me suis demandé s'il avait vu une femme qui ressemblait à sa grand-mère ou entendu quelqu'un prononcer son prénom.

— Thomas... ? ai-je répété. Tommy... ?

Son oreille fine m'évoquait la coquille d'un escargot.

— C'est rien, a-t-il soufflé en retirant ses lunettes pour les poser sur ses cuisses. Ces clopes sont dégueulasses, c'est tout.

Il a interpellé Matthieu en marmonnant :

— Je sais même pas comment ta mère arrive à fumer ça.

— OK, ai-je dit en décollant du banc, je vais t'acheter des cigarettes.

Il m'a saisi le poignet avec douceur et m'a fait rasseoir.

— C'est bon, Charlotte. Merci.

Il a tiré une taffe avec une telle ardeur que ses joues en ont été aspirées. Matthieu lui a offert une sucette jaune. Thomas a remis ses lunettes et l'a prise en chiffonnant ses sourcils.

— D'où ça sort, ça ?

— C'était au fond, sous les T-shirts.

— Et y a encore des surprises dans ce sac de Mary Poppins ? La Batmobile ? Un lance-roquettes pour buter le vieux ?

Matthieu a secoué la tête dans un sourire frêle.

— Y a framboise ? ai-je demandé en tendant le cou.

Tu prends tous les framboises, Lottie-coquine...
Viens les chercher si tu les veux.

— Non, ai-je rectifié, y a cerise ?

Matthieu a fouillé le sachet et m'a donné une sucette rouge ; un Pierrot était imprimé dessus. Je l'ai plantée dans ma bouche puis j'ai appuyé ma tempe sur l'épaule de Thomas.

Nous n'avons plus bougé.

Nous sommes redevenus des gosses le temps d'une sucrerie.

Il a fallu que le ciel se dégrafe et nous inonde d'un flot glacé pour nous arracher à ce banc.

16

C'est une boutique de luminaires qui nous a secourus en attendant que l'averse se calme, puis nous avons remonté une ruelle étroite. La pluie avait arraché le pansement plaqué sur le front de Matthieu qui frottait les restes de colle tenace. Sous nos pieds, les pavés mouillés donnaient la sensation de marcher sur de l'eau. Les bâtiments paraissaient sales. Le ciel paraissait sale. J'avais le cœur lourd sans savoir pourquoi. Lorsque nous sommes passés devant une pâtisserie qui embaumait tout le trottoir, je me suis figée face à une tarte au citron fluorescente.

— Tu la veux ? m'a demandé Thomas en se rapprochant de la vitrine.

J'ai secoué la tête et simplement murmuré :

— J'ai froid.

Nous avons donc décidé de nous réfugier dans le supermarché qu'on apercevait au loin pour nous réchauffer. Thomas a tourné plusieurs fois dans la porte tambour pour me faire rire puis les néons nous ont agressés et les sons ont explosé. Nous nous sommes assis sur un divan rouge et noir entouré de grosses plantes artificielles – et j'ai réalisé que je m'arrangeais toujours pour me retrouver au milieu des garçons.

De quoi avais-je besoin de me protéger ?

Ou de me cacher ?

Retirées, les écharpes. Déboutonnés, les blousons encombrants. Face à nous, un chocolatier exhibait ses assortiments fantaisistes hors de prix. Sur la gauche, un magasin de vêtements pour hommes se vantait d'être en avance sur la mode. Le carrelage luisait sous nos pieds, ivoire.

— C'est cool, ce truc, a lancé Thomas en pointant le mannequin sans visage de la vitrine.

— Le pull ?

— Le pantalon.

— Tu plaisantes ?

Il a agité ses mains devant mon visage à la manière d'un papillon.

— Pour aller avec mes ongles violets.

J'ai secoué la tête, désabusée.

— T'as aucun goût, Thomas.

Ses yeux ont cramponné les miens de longues secondes, refusant de les lâcher, pendant que mon cœur se mettait à boxer de tous les côtés. Puis il a soufflé :

— Tu m'as appelé « Tommy ».

— Ah bon.

— Sur le banc, dehors.

— C'est tes clopes dégueu, ai-je riposté. T'as dû faire un bad trip.

Il a souri sans s'esquiver, un sourire ample dévoilant ses dents bien droites.

— Je t'entends parfaitement m'appeler « Tommy ».

— Prouve-le.

— Matthieu ? a-t-il hélé.

Mais Matthieu n'a pas répondu. Quelque chose à l'intérieur du grand magasin d'alimentation l'absorbait. J'ai prononcé son prénom deux fois pour l'arracher à sa transe.

— Désolé, m'a-t-il dit, tu m'as parlé ?

— Qu'est-ce que tu regardais ?

— Rien, j'ai cru voir ma mère.

— Et c'était pas elle ?

— Non.

Sa voix sonnait plus rude. Son visage s'était assombri. D'une main lasse, nous avons échangé nos sucettes : j'ai donné la cerise à Thomas et récolté l'orange de Matthieu qui a enfin envoyé un texto à sa mère disant : « je rentrerai quand tu m'aimeras mieux que ça ». Puis j'ai éteint mon téléphone sans avoir la force de consulter les nouveaux messages qui me défiaient.

Étrange comme nous jouions les sourds-aveugles.

Nous parlions de tout sauf de ce qui nous faisait mal.

Nous jetions des SOS fiévreux sans oser nous confronter aux réponses.

— On bouge, a lancé Thomas en décollant du divan. On va acheter un parapluie et un jean sans trous ni vomi.

— Je reste ici, lui ai-je dit en croisant les bras sur ma poitrine.

Il m'a jeté un regard interrogateur tandis que Matthieu se levait.

— J'ai pas envie de marcher dans cinquante allées de bouffe, ai-je avoué en baissant la tête.

— Charlotte...

J'ai fouillé dans mon sac et je lui ai tendu mon portefeuille.

— N'importe quelle couleur de parapluie, ai-je dit, mais moi je reste ici.

— OK, a-t-il soufflé avec une pointe de lassitude.

— C'est chiant quand on s'entête, hein ?

Il a roulé des yeux puis j'ai observé ces deux silhouettes fines s'éloigner vers l'entrée du supermarché, frisettes blondes, boucles rousses, je les aimais déjà, mes potes de galère, mes potes de voyage, je les aimais depuis longtemps.

— DISCRET, LE PARAPLUIE, leur ai-je quand même gueulé en me sentant rougir lorsque deux femmes ont sursauté et qu'un couple s'est retourné vers moi.

Thomas a jeté un regard par-dessus son épaule sans cesser de marcher.

Il m'a incendiée, ce regard.

Il susurrait : oh si, tu m'as appelé « Tommy ».

Désorientée, je me suis replongée dans la vitrine de chocolats. Mon estomac a gargouillé. J'ai posé le sac de Sonia sur mes genoux, je l'ai ouvert et j'ai arraché un morceau de mon sandwich. Pendant que je mâchais en bloquant mes pensées, j'ai caressé le pull marin que j'avais offert à Thomas. Instinctivement, j'ai respiré le coton froid, cherchant à retrouver cette sensation de sécurité que j'éprouvais lorsqu'il était là, cherchant de la force dans ces instants réconfortants qu'on avait vécus ensemble, cherchant l'odeur de Thomas, de sa peau, partout.

Le contenu du sac m'a hypnotisée un long moment parce que, quand j'ai relevé les yeux, les garçons revenaient déjà, armés d'un sachet plastique et d'un parapluie coloré que Matthieu a déployé devant moi. J'ai adressé un regard blasé à Thomas.

— *Hello Kitty* ?

— C'était ça ou *Bob l'éponge*. Le chat a gagné.

Matthieu s'est assis à ma gauche en souriant au carrelage.

— OK, ai-je ronchonné, vous l'avez fait exprès.

Le parapluie a été replié puis Thomas a levé le sac plastique en m'annonçant qu'il renfermait deux caleçons premiers prix et deux paires de chaussettes.

— Alléluia, ai-je clamé. Je vais enfin arrêter de traîner avec deux crados.

— Bon, a précisé Thomas, il est possible que les chaussettes aient été « empruntées ».

— Oh, putain, ai-je lâché en inspectant les alentours pour vérifier qu'aucun vigile ne se dirigeait vers nous.

Ils avaient examiné les pantalons (beaucoup trop chers), puis les joggings (aussi) et avaient donc abandonné l'idée.

— Le parapluie a été payé au moins ? ai-je demandé, plus crispée.

— 16 balles, s'est exclamé Thomas, les bras écartés. On n'allait pas jeter 16 balles dans du plastique rose.

J'ai soufflé par le nez puis je me suis levée, entre crainte et contrariété.

Avant de repartir, nous avons investi une parfumerie et j'ai aspergé le jean de Matthieu de *Chanel n° 5* sous l'œil fâché d'une vendeuse trop maquillée. Puis nous avons fait un détour du côté des toilettes. Lorsque je suis sortie des cabines réservées aux femmes, les garçons m'attendaient un peu plus loin, hilares.

— Vos chiottes sont si marrantes que ça ?

— Y avait un mec qui parlait à l'urinoir, m'a raconté Thomas. Mais je crois plutôt qu'il parlait à sa...

— OK, OK, l'ai-je coupé en plaquant ma paume sur sa bouche.

J'ai senti son sourire chaud sur ma peau.

Dehors, le ciel était limpide et le vent plus serein. Nous avons décidé de nous adresser directement aux personnes qui regagnaient leurs véhicules pour savoir s'ils pouvaient nous prendre en stop. Ce n'était pas une bonne technique parce que nous avons perdu vingt minutes à récolter des refus plus ou moins aimables. Dépités, nous nous sommes rapprochés de la route pour nous asseoir sur de gros poteaux métalliques. Tout autour de nous ça roulait, klaxonnait, s'interpellait mais ça ne s'arrêtait pas. Les gens n'avaient pas de place pour « trois ados ». Les gens n'allaient pas dans notre direction.

Rennes, Orléans, Grenoble et puis Paris, Paris, Paris.

À six mètres de nous, une bande de garçons laissaient leurs skates claquer sur le béton en exécutant des sauts dangereux. Une fille menue en baggy, long sweat noir et mèches décolorées autour du visage, est venue nous réclamer une cigarette. Elle a accepté la menthol que Thomas lui tendait.

Au final, c'est un homme d'une trentaine d'années qui nous a ouvert sa portière jaune et bleu. Thomas a glissé à mi-voix :

— J'aurais jamais imaginé monter dans la caisse d'un X-Men un jour.

Le conducteur se rendait à l'aéroport de Nantes et était un grand fan des personnalisations de voitures. De nombreux dessins stylisés ornaient la carrosserie, les rétroviseurs extérieurs avaient une forme de griffes et le sol, sous nos pieds, pulsait en bleu néon. Ça sentait le cuir synthétique.

J'étais étonnée qu'un homme aussi soucieux de sa voiture y invite une bande de jeunes, mais il avait visiblement besoin de compagnie parce qu'il parlait beaucoup. Cette fois, ni conduite brutale ni radio poussée à fond ; le trajet s'est déroulé sans accroc. Penché vers le chauffeur, Thomas pointait chaque gadget incongru en demandant : « Ça fait quoi, ça ? Et ça ? Et ça ? » Moi j'égarais mes yeux dans le magazine automobile que feuilletait Matthieu.

Je ne pourrais pas dire si le voyage a duré vingt minutes ou deux heures.

Je n'entends plus la voix du conducteur et ne vois plus les traits de son visage – il ne nous a même pas dit son nom. La seule image qui s'entête, ce sont les mains blanches de Matthieu sur ce magazine puis sa question très spontanée :

— Mais à quoi ça sert d'avoir une énorme bagnole avec plein de lumières partout ?

Le fou rire de Thomas a fusé, flamboyant, puis il a chuchoté à mon oreille :

— Ça sert à compenser le reste.

— Chuuttt, lui ai-je jeté dans un coup de coude en ravalant mon rire.

Quelques minutes plus tard, nous étions adossés aux grandes baies vitrées de l'aéroport. Thomas fumait d'un air dégoûté tandis que Matthieu déchirait l'emballage d'une sucette au citron. Le vent puissant mais sec nous faisait larmoyer. Les gens défilaient devant nous en traînant des valises plus ou moins bariolées.

Nous étions fatigués.

Le corps, le cœur, les événements passés.

J'ai sorti mon baume à lèvres et couvert ma bouche d'une couche grasse qui sentait la noix de coco. Lorsqu'un avion a décollé au-dessus de nos têtes dans un sifflement suraigu, je me suis aussitôt imaginée à l'intérieur. Je crois que les garçons ont fait de même.

— J'irais en Irlande, leur ai-je dit, songeuse.

Thomas a souri autour de sa cigarette. Lui se serait cassé un mois au soleil, minimum 28 degrés et pas une foutue goutte de pluie.

— Tu cramerais, ai-je fait remarquer en avisant sa peau de blond.

Il n'a pas démenti.

Matthieu n'a pas voulu répondre à la question et s'est contenté de hausser les épaules en cognant la sucette sur ses dents.

— N'importe où, a-t-il finalement révélé avant de se diriger d'un pas lent vers une silhouette camouflée sous une capuche.

Nous l'avons suivi par automatisme et avons découvert un jeune garçon, allongé sur des couvertures usées. Un chien somnolait à sa droite, collé contre son maître, devant une écuelle de croquettes. Le gamin n'a levé les yeux que lorsque Matthieu s'est assis à ses côtés en lui proposant un sandwich qu'il venait de sortir du sac. J'ai senti un grand poids s'avachir sur mon corps et encombrer ma gorge tandis que le garçon engloutissait la nourriture. Entre deux bouchées, il nous a dit qu'il s'appelait Ben mais ça sonnait faux.

— C'est ta maison ? a demandé Matthieu en observant les couvertures.

Ben a hoché la tête – 16 ans ? 17 ? Une multitude d'anneaux d'argent ornait le contour de son oreille gauche. Je lui ai laissé mon sweat en m'excusant de ne pas l'avoir lavé ; il l'a aussitôt enfilé. Puis Matthieu a tendu la main vers le chien pour le caresser, rudement stoppé par le bras du garçon.

— Fais pas ça, a-t-il averti. Il mord tous ceux qu'il connaît pas.

Nous sommes restés dix minutes près de Ben, parlant du bout des lèvres, puis nous avons rejoint les plots qui séparaient le parking du hall d'entrée de l'aéroport.

— Mais ça peut pas être sa maison, répétait Matthieu, déprimé, en shootant dans une canette de soda écrabouillée.

Sans nous l'avouer consciemment, nous avions tous les trois besoin de fuir cette misère qui nous rappelait que partir n'était pas une plaisanterie. Alors, pour atténuer notre désenchantement, nous avons décidé de trouver un endroit où dormir sur-le-champ, or la proximité de l'aéroport faisait exploser les prix. Nous sommes ressortis de deux hôtels, abattus. À cent mètres de nous, un bus s'apprêtait à partir et Thomas s'est lancé dans un sprint pour le rattraper. Nous avons aussitôt cavalé après lui, mon sac brutalisant ma hanche à chaque foulée.

— MAIS IL VA OÙ, LE BUS ? ai-je gueulé à Thomas, déjà à bout de souffle.

Il ne m'a pas répondu et a sauté sur le marchepied.

Lorsque nous l'avons rejoint, j'avais le cœur qui cognait avec fureur. Le bus était à peine troué de quelques places éparses et ça empestait les mille parfums emmêlés, la sueur et le mauvais déodorant. Nous avons payé trois tickets puis nous nous sommes installés à distance les uns des autres. J'ai cherché les yeux de Matthieu, assis quelques sièges derrière moi, mais il avait posé son front contre la vitre et observait le paysage.

Ou son reflet rendu gras sous les traces de doigts.

Je me suis demandé s'il pensait à sa mère ou à Ben et ses couvertures fanées.

J'ai passé le trajet à serrer mes jambes que ma voisine n'arrêtait pas de heurter avec son sac à main, écoutant d'une oreille distraite l'émission que diffusait la radio. Le bus nous a jetés dans le centre de Nantes et nous avons de nouveau avalé les rues. Tout était grand : les bâtiments, les routes, les gens.

Je me suis sentie écrasée par Nantes.

Nous avons bifurqué vers des sentiers plus éloignés des carrefours et des feux de signalisation. Un scooter a pétaradé dans un grognement continu et cadencé, comme s'il tournait en rond. Les feuilles collées au bitume mouillé semblaient se baigner. Le cadenas d'un portail battait dans le vent, mal fixé.

Étonnamment, c'est Thomas qui nous a fait pénétrer dans le cimetière. Il a vu la grande grille ouverte, il a traversé la rue et il est entré. Nous l'avons suivi sans broncher. Une rafale d'air glacé s'est faufilée sous nos écharpes. Les graviers craquaient sous nos pas. Pesant, tout ce gris à perte de vue. Des arbres décoratifs taillés en formes géométriques. Une allée de caveaux, plus loin.

— J'ai horreur des caveaux, ai-je chuchoté. Rien que le mot fait peur : « caveau ».

Thomas avançait avec raideur, bien trop silencieux. Matthieu s'est arrêté devant une tombe pour redresser un vieux vase qui avait chuté. Les fleurs étaient fanées mais il les a quand même réarrangées.

— À chaque fois que je suis dans un cimetière, je cherche mon nom, m'a-t-il révélé. Pas toi ?

— Si. C'est quoi, ton nom ?

— Katzman. Avec un K et un seul N.

Thomas continuait à marcher quelques pas devant nous. Pas un mot n'était sorti de sa bouche depuis que nous étions entrés. Nous avons sillonné plusieurs allées mais je n'ai trouvé ni Katzman ni Le Cleac'h. En revanche, j'ai ralenti devant une Hélène Duchesne – mon nom à moi. Puis Matthieu s'est approché du carré militaire, les bras serrés autour de son torse. Face à nous, des dizaines de rangées de croix blanches, toutes identiques et terrifiantes. Certaines avaient des fleurs au bout des pieds, d'autres des crucifix en marbre, en granite ou en céramique.

— Ça me met mal à l'aise, ai-je dit tout bas en m'arrêtant derrière Matthieu.

Ces croix blanches comme des fèves. Ces morts bien alignés. La nature n'est pas faite pour une telle symétrie.

— C'est peut-être pour ça que t'as peur des éoliennes, m'a glissé Thomas en se rapprochant de moi. Ça ressemble à des tombes.

Je l'ai observé, perturbée par ce qu'il venait de me dire, mais son regard restait fixé droit devant lui.

— Moi ça me fait penser à des gens qui appellent à l'aide, a confié Matthieu à son tour. Avec leurs bras en l'air.

— Les croix ? ai-je demandé.

— Les éoliennes.

J'ai laissé leurs paroles errer en moi. Le vent dénouait ma tresse et des mèches me giflaient les joues. Le soleil se faufilait entre les arbres et zébrait les pelouses, allumait la rousseur de Matthieu, griffait les pommettes de Thomas.

Devant ces tombes érigées comme des dents, mon combat m'a paru bien misérable.

Et j'ai été tentée de renoncer.

D'enliser mes petits drames loin en moi et d'apprendre à les dominer.

Pourtant, à chaque fois que je repensais aux doigts du vieux remontant sur mes cuisses, mon ventre s'étranglait. Face à ces jeunes garçons que la mort avait terrassés sans la moindre émotion, j'avais envie de faire payer les porcs qui, eux, vivaient en toute impunité.

Matthieu s'est éloigné vers le carré juif et je suis restée près de Thomas. Je voulais le réconforter mais les mots me manquaient. Ses mains m'étaient inaccessibles, enfoncées dans les poches de son blouson.

— T'as peur de la mort ? ai-je chuchoté sans l'avoir prévu.

— La mienne, non.

C'était un « non » dense, déterminé.

— Moi, oui, ai-je conclu en remontant mon écharpe sur mon menton. J'ai pas vraiment peur de mourir mais j'ai peur *d'être morte.* Je sais pas ce qu'on est, après. Je sais pas où on va.

Thomas ne m'a pas répondu.

C'est dans ce cimetière que nous avons pris conscience de la fragilité des liens, de la vie qui filait à toute allure, de la fatalité qui nous fauchait d'un coup. Nous marchions jusque-là avec la certitude de pouvoir traverser les murs qui se dressaient devant nous et repousser les rebords du monde.

Mais nous n'étions pas aussi puissants que nous le pensions.

Ici, nous avons compris que nous ne pourrions pas fuir éternellement.

— Je regrette de pas l'avoir enterrée, a confié Thomas d'une voix basse. Ma mère m'avait demandé d'écrire quelques phrases mais j'ai rien pu écrire. Que dalle.

— Pour les lire à ta mamie ?

— Oui.

Il s'est interrompu puis a lâché d'une traite :

— On n'est pas faits pour voir les gens partir. Pour subir ça. Le cerveau n'est *pas fait* pour encaisser un truc pareil. Cette histoire de travail de deuil, c'est des conneries. Tu guéris jamais des morts que tu perds. Tu cicatrises jamais.

Il a ensuite poussé un cri qui m'a fait bondir de côté. Un long cri enroué où tout semblait patauger : chagrin, désillusion, rancœur et rage. Une grappe d'oiseaux s'est envolée du cyprès sur lequel elle s'était installée. Matthieu s'est retourné au loin, les yeux écarquillés. Une dame âgée munie d'un arrosoir nous a fusillés du regard.

Puis le silence est revenu, peureux, sur la pointe des pieds.

— Désolé, a soufflé Thomas. Je me sens mieux maintenant.

C'est moi qui ai attiré les garçons vers la sortie ; le cimetière effritait notre moral. Matthieu s'est chargé du sac marin pour alléger l'épaule de Thomas, sauf qu'il s'est figé, l'oreille aux aguets.

— Vous entendez ?

Il n'a pas attendu qu'on lui réponde et s'est dirigé vers une ruelle sombre, encombrée de poubelles. En le rejoignant, nous l'avons trouvé devant un carton vétuste de chatons tremblotants qui couinaient, les paupières collées. L'un était noir avec un œil tout blanc, le deuxième possédait un pelage roux presque doré, et le troisième ressemblait à une souris grise mal brossée. Un message au feutre indiquait : « PRENEZ-LES SVP, PEUX PAS LES GARDER ».

— *Non*, Matthieu, a râlé Thomas.

— On va jamais être acceptés nulle part avec des animaux, ai-je murmuré, inquiète.

— On peut pas les laisser ici, a rétorqué Matthieu en calant le carton contre son torse. Faut les nourrir sinon ils vont crever.

Puis il a repris la route, résolu. Nous n'avons pas insisté davantage et les chatons ont été glissés sur le dessus du sac marin entrouvert, protégés par le moelleux des vêtements. Nous avons poussé la porte de plusieurs boutiques et obtenu avec peine deux adresses qui n'exigeaient pas de réservation. Si le premier gîte n'avait plus de place pour nous, nous avons déniché un peu plus loin une chambre chez l'habitant qui ne nous a pas coûté plus de 25 euros. L'endroit était décoré de façon très surprenante. En entrant dans le salon on se croyait transportés dans un vieux Londres : rideaux lourds et soyeux, sofas émeraude encombrés de coussins, cadres dorés et tapisseries bordeaux sur lesquelles nos pas étaient étouffés. Un piano droit ouvert contre un mur, assorti d'une partition cornée. Un parfum poudré, féminin, saturait l'atmosphère.

Puis, du côté des chambres, nous étions précipités dans les années 70.

— Pourquoi pas ? m'a soufflé Thomas, sourcils levés.

J'ai souri au papier peint globuleux, aux deux fauteuils mandarine, aux lampes à lave gorgées de bulles colorées. Les lits superposés étaient vêtus de couvertures à l'imprimé kiwi. Des suspensions en plumes ornaient toutes les poignées de porte. Nous avions la chance d'avoir une petite télévision.

Dès que nous avons été seuls, Thomas s'est laissé tomber sur le lit du bas pendant que Matthieu redéposait les chatons dans le carton. Écartant le voilage qui masquait la fenêtre, j'ai aperçu un jardinet à l'abandon. Une table et quatre chaises en fer forgé, rouillées par la pluie et le temps.

Le ciel sculptait des nuages qui ressemblaient à de grosses meringues bombées.

Depuis Matthieu, moi aussi j'y voyais des dinosaures.

— Faut leur donner du lait, a-t-il déclaré dans mon dos.

Je me suis retournée et j'ai observé ces boules de poils qui rampaient avec leurs oreilles plates, le museau en avant. Thomas a pris appui sur ses coudes et lancé :

— Ils vont pisser et chier partout.

— Faut trouver du papier journal, a renchéri Matthieu.

— Ça va puer à mort dans la chambre.

— Va nous chercher du lait et du journal au lieu de râler, ai-je dit en tirant sur le bras de Thomas pour l'éjecter du lit.

Il s'est exécuté et agrippait déjà la poignée de la porte lorsque Matthieu lui a demandé de rapporter un biberon. Thomas a dressé un sourcil.

— Ils peuvent pas laper, a expliqué Matthieu. Donc il nous faut un biberon.

Thomas a soupiré.

— La proprio va croire qu'on cache un môme...

— Bah improvise, ai-je dit en caressant la tête rabougrie du chaton-souris.

Il m'a adressé une grimace puis a quitté la pièce. En attendant son retour, Matthieu s'est assis à mes côtés et s'est mis à parler à nos trois nouveaux compagnons. Évidemment, j'ai voulu leur donner des noms.

— Buffy, Alex et Willow ? ai-je suggéré après de longues minutes de réflexion.

Mais ça n'a pas plu à Matthieu qui ne s'intéressait pas à la série.

— Flora, Pâquerette et Pimprenelle ? ai-je alors tenté.

— C'est quoi ?

— Dans *La Belle au bois dormant*. Les fées.

— C'est nul, a marmonné Matthieu au moment où Thomas rouvrait la porte, exhibant biberon, bouteille de lait et journaux.

— Trouve-leur un nom, l'ai-je imploré pendant qu'il déposait son butin sur le sol. On n'arrive pas à se mettre d'accord.

Thomas a observé les chatons, l'air concentré, avant d'annoncer :

— Le Bon, la Brute et le Truand.

Ça n'a fait rire que lui. Comme j'insistais pour avoir une fille, ont suivi Sid, Manny et Diego (une *fille*, j'ai dit, Thomas), Athos, Porthos et Aramis (une FILLE, j'ai dit, Matthieu) jusqu'à ce que je propose Harry, Ron et Hermione qui a remporté tous les suffrages.

— Si ça se trouve, c'est que des mecs, a plaisanté Thomas.

— Ou que des filles, ai-je riposté.

Il a soulevé les chatons pour installer le papier journal sur le carton. Puis, pendant que Matthieu pressait la tétine du biberon pour tenter de les nourrir, j'ai voulu savoir comment Thomas s'était débrouillé pour récupérer tout ça. Pris d'une inspiration soudaine, il avait confié à la propriétaire avoir entendu dire qu'Iggy Pop biberonnait tous les soirs. Thomas en avait conclu que c'était un remède qui devait rendre immortel parce qu'avec toutes les merdes que la star consommait depuis des années, il aurait dû être mort depuis longtemps.

— Elle a dit quoi ? ai-je demandé en riant.

— Elle m'a regardé bizarre et elle m'a filé un vieux biberon qui traînait dans son placard.

En ce qui concerne les journaux, il a avoué lire consciencieusement les notices nécrologiques tous les matins pour vérifier qu'il n'était pas dedans.

— N'importe quoi, a soufflé Matthieu en épongeant avec sa manche le lait qui avait giclé sur la moquette.

— Elle a dit quoi ? ai-je répété, hilare.

— Elle m'a regardé bizarre et elle m'a filé les deux journaux qui lui restaient.

Après avoir emmailloté les chatons avec l'un des pulls, Matthieu s'est installé devant la télévision et s'est mis à galoper de chaîne en chaîne. L'estomac de Thomas a gargouillé. Il a alors sorti le reste des sandwichs et, cette fois-ci, j'ai imité les garçons, affamée.

— C'est quoi, ça ? ai-je demandé en avisant la tartelette au citron qui accompagnait les chaussettes volées.

— Pour toi, a confessé Thomas.

— T'as pas fait ça ?

J'avais parlé avec rudesse mais il ne s'est pas troublé.

— Elle s'est *jetée dans mes mains*, Charlotte, j'ai rien pu faire.

— Tu fais chier, ai-je râlé en giflant la poignée du sac.

Mais derrière l'angoisse qui venait de grimper en flèche, j'étais touchée par le geste.

Le soleil couchant a illuminé mon visage et embrassé la bouche de Matthieu. Épuisés, nous ne parlions presque pas. Thomas avait ôté ses lunettes et posé son sandwich sur son ventre. Matthieu remplissait une revue de mots mêlés ramassée sur la table basse en tapotant le stylo-pompon sur ses lèvres.

C'était un moment tendre et enrobant comme une guimauve en chocolat.

— « Écume », ai-je dit en glissant mon doigt sur la grille.

Il a souri en entourant le mot. De mon côté, je me suis enfin décidée à rallumer mon téléphone qui s'est mis à biper dans tous les sens. J'ai dévisagé l'écran, ahurie.

— Vingt-et-un appels en absence... ?

Ça venait d'un numéro que je ne connaissais pas. Thomas s'est redressé en prenant appui sur ses coudes. Matthieu a lâché son stylo et plongé ses yeux dans les miens.

Hagards.

17

— C'est ma mère... ? a demandé Matthieu en bondissant sur ses pieds.

Je lui ai tendu le téléphone pour qu'il prenne connaissance des messages. Il a plaqué le combiné contre son oreille en faisant les cent pas dans la pièce.

— Non, a-t-il chuchoté, désenchanté. C'est pas ma mère.

Il s'est accroupi, un poing pressé sur le cœur. Puis, dès qu'il a eu fini d'écouter, ça s'est mis à sonner. C'était le numéro de chez lui. Matthieu s'est contenté d'observer l'écran sans décrocher, les dents serrées. C'est Thomas qui a pris l'appel, exaspéré par ma sonnerie. Aussitôt les traits de son visage se sont contractés. Ses yeux se sont durcis.

— OK, baissez d'un ton, a-t-il jeté en se pinçant l'arête du nez.

Matthieu lui a volé le téléphone et a craché :

— Passe-moi maman.

Thomas a croisé mon regard. L'homme gueulait tellement fort qu'on l'entendait à travers l'oreille de Matthieu.

— TU CROIS QUE J'AI QUE ÇA À FOUTRE D'ALLER TE CHERCHER À PÉTAOUCHNOK ? DIS-MOI OÙ T'ES, MATTHIEU, ME FAIS PAS CHIER.

J'étais restée figée dans la même position, juste à côté de la télé. Thomas s'est rassis sur le lit du bas, les coudes sur les genoux et les paumes sur les yeux.

De façon surprenante, Matthieu a activé le haut-parleur. Je n'ai pas compris s'il nous demandait de l'aide ou s'il nous prenait à témoin.

— DIS-MOI VITE OÙ T'ES, continuait à beugler le beau-père.

— Dis-lui, Matthieu, ai-je bredouillé en poussant le carton des chatons vers le coin de la pièce, comme si ça pouvait les protéger du bruit.

Mais Matthieu répétait comme une poupée cassée : « Passe-moi maman, passe-moi maman. » Il est parvenu à ses fins parce qu'un timbre plus grêle a remplacé la voix de tigre.

— Matti...... ? a-t-elle gémi entre deux froissements de tissus. Tu vas bien, mon amour... ?

On entendait le beau-père brailler derrière elle (et cogner un placard ?). Un chien s'est mis à gueuler par à-coups, affolant les chatons. Le corps de Matthieu s'est crispé plus fort ; bleu turquoise, la veine sur son front. Mon cœur tambourinait avec tant de fureur que je m'attendais à ce qu'il me déchire la poitrine et saute dans mes mains, déchiqueté.

— SANS ARRÊT, beuglait le beau-père en fond sonore, SANS ARRÊT IL SE FAIT LA MALLE, CE PETIT MERDEUX, MAIS J'IRAI PAS LE CHERCHER CETTE FOIS, SUZIE, QU'IL SE DÉMERDE, J'IRAI PAS LE CHERCHER.

Thomas se massait les paupières, le visage baissé vers le sol.

— C'est quoi ce message que tu m'as envoyé, mon amour... ? a repris la mère de Matthieu. C'est qui la jeune fille sur le répondeur ? (J'IRAI PAS LE CHERCHER, J'TE

DIS.) Mais où tu es ? (RAS LE CUL DE SES FUGUES À DEUX KOPECKS.)

Matthieu s'est mis à hurler en donnant un grand coup de pied dans la table basse ; la télécommande a volé. Cette fois-ci, Thomas n'a pas tenté de le maîtriser et l'a laissé se défouler en serrant ses tempes sous ses doigts. Le beau-père poursuivait sa gueulante acerbe pendant que les chats couinaient et que la mère sanglotait en répétant : « Tu vas bien, Matti... ? T'as mangé... ? T'as dormi... ? »

C'était prévisible : j'ai pété les plombs.

J'ai attrapé mon blouson et mon sac et je suis partie en claquant la porte. La propriétaire avançait dans notre direction, furieuse, et m'a interpellée pendant que je passais à côté d'elle.

— Vous êtes pas seuls ici, s'est-elle indignée. Alors si vous cessez pas ce tapage, je vais être obligée de vous foutre dehors, moi !

— Pardon... ai-je simplement murmuré en me mettant à courir.

Et j'ai foncé dans l'unique magasin encore ouvert dans le quartier.

Les aliments que j'ai honteusement étalés sur le tapis roulant n'avaient aucune consistance : mousses au chocolat, barquette de taboulé, tarte au fromage et flan nature. Je ne voulais pas croquer, je voulais gober. J'avais besoin de douceur, de fondant. Je me suis assise sur le premier banc que j'ai trouvé et j'ai

bouffé,

bouffé,

bouffé.

J'avalais sans respirer ni mâcher, alternant entre sucré, salé et aliments même pas cuits, mais qu'il n'y ait surtout pas de blanc entre les bouchées. J'avalais ma peur, j'avalais ma mère, j'avalais les cris de Matthieu qui m'entaillaient le bide, j'avalais ce désir monstrueux que j'avais de *poser mes mains* sur Thomas, j'avalais tout ce que je ne contrôlais pas et ce qui m'enfermait de l'intérieur, dedans, tout le temps *dedans*.

Je n'ai même pas prêté attention aux gens qui pouvaient me voir.

J'étais hors de mon corps, hors de la ville, déconnectée, les doigts collants de mousse au chocolat et de flan barbouillés.

J'ai. Absolument. Tout. Mangé.

Puis c'est le blackout.

Ce que j'ai fait ensuite, je ne m'en souviens pas. Je ne sais pas où j'ai jeté mes emballages, je ne sais même pas si j'ai parlé à quelqu'un. J'étais comme dissociée, observant cette fille de l'extérieur qui se goinfrait en public. L'unique pensée qui me boxait la tête tenait en deux mots :

où vomir ?

J'ai cherché une poubelle, une ruelle dans l'ombre ou une bouche d'égout déserte mais je n'ai rien trouvé. Alors j'ai fini par rentrer – une heure plus tard ? bien davantage ? – trébuchant sur mes tennis plates. J'ai traversé le salon anglais puis le couloir dans un état second et j'ai surgi dans la chambre en crachant :

— Sortez-s'il-vous-plaît.

Les garçons se sont retournés vers moi, déboussolés. Matthieu était assis en tailleur devant la télévision, le carton de chatons installé sur ses cuisses. Thomas se tenait sur le seuil de la salle de bains, en caleçon, et s'apprêtait visiblement à prendre une douche. Une odeur d'urine âcre imprégnait l'air.

— Laissez-moi, ai-je ajouté sans même oser croiser leurs regards.

L'hostilité de ma voix m'a choquée.

Matthieu s'est levé et a quitté la pièce sans broncher mais Thomas s'attardait, surpris. J'ai ramassé le premier vêtement qui traînait – son T-shirt – et je lui ai fourré dans les mains avant de le pousser vers le couloir. Il a tenté de me dire quelque chose mais je lui ai claqué la porte au nez et j'ai fermé à clef.

Personne ne pouvait plus me parler ni me raisonner parce que personne ne pouvait plus *m'atteindre.*

Il ne m'a fallu que dix minutes pour vomir – j'étais une experte à présent – mais j'ai mis bien plus de temps pour sortir. J'avais honte et je me sentais laide, comme si ce que je venais de faire pouvait *se voir* de l'extérieur.

Sans parler des 7 euros que j'avais balancés dans la cuvette des toilettes.

J'ai rincé mon visage, essuyé mes yeux qui pleuraient, lavé mes dents. J'étais vidée, épuisée, mais c'était une fatigue propre et purifiante. J'avais la sensation que tout s'était remis en place.

Après avoir vérifié que les chatons allaient bien, j'ai rouvert la porte, le cœur délirant, mais le couloir était désert. Une suite de notes hésitantes m'a piqué l'oreille. J'ai rejoint le salon et aperçu Matthieu, installé face au piano, qui interprétait une comptine à un doigt. Lové dans l'un des canapés, les jambes croisées, Thomas effaçait son vernis violet.

— Tu vas faire tomber ton ongle pourri, ai-je chuchoté en m'approchant de lui.

— Pour l'instant, il résiste, a-t-il répondu sans lever la tête. Aussi coriace que moi.

Je me suis retournée trois secondes vers Matthieu qui rejouait les mêmes notes en boucle. Son dos semblait plus détendu. Ses pieds pressaient les pédales sans logique mais personne n'est venu se plaindre du bruit. J'ai contourné le canapé, poussé un coussin et je me suis assise à côté de Thomas. Ses orteils encerclés de pansements m'ont brisé le cœur. L'odeur piquante du dissolvant m'a brûlé les narines.

— Je m'excuse, ai-je murmuré à ses mains. Ça m'a angoissée, tous ces cris.

— J'avais pigé.

— C'est la proprio qui t'a donné le dissolvant ?

Il a hoché la tête, concentré.

— Sans même me demander pourquoi je me trimbalais en caleçon dans sa baraque.

J'ai ri d'un rire mou, exténué, en frottant mes semelles sur le tapis moelleux.

— En même temps, ai-je fait remarquer, après le biberon et les notices nécrologiques, je crois que plus rien peut l'étonner.

Il m'a jeté un regard en coin malicieux.

— Sinon, elle vous a engueulés ? ai-je repris, plus anxieuse.

Il a esquissé une moue ambiguë.

— Possible.

— Et comment ça s'est terminé au téléphone ?

C'était parti en cacahuète. Ils avaient dû dire où ils étaient, au final ; fallait pas oublier que Matthieu n'avait que 15 ans. La mère en était restée étourdie mais le beau-père avait gueulé qu'il ne ferait pas *un putain de bon Dieu de kilomètre* pour retrouver le petit merdeux. Et ça hurlait, et ça chialait. La mère de Matthieu avait voulu emprunter les clefs de la C15 pour aller chercher son gamin mais le taré avait braillé : « TU TOUCHES PAS À MA CAISSE ». La communication avait été coupée. Depuis, ça n'avait pas rappelé.

Et c'était le début des grosses emmerdes.

Lorsque Thomas a fini son récit, j'ai pris conscience que la musique avait cessé. Matthieu s'était immobilisé, les doigts sur le clavier. J'ai prononcé son prénom sans obtenir de réaction. Alors je me suis levée et j'ai posé ma paume sur son épaule ; il a tressailli. Puis je me suis assise sur le rebord du tabouret. Matthieu avait les paupières boursouflées. Mon téléphone était plaqué contre la partition. Son œil clignotait par à-coups.

— T'as des textos, a-t-il chuchoté sans tourner la tête vers moi.

J'ai ramassé le téléphone et lu les deux derniers messages affichés sur l'écran – tous de ma mère. Après avoir de nouveau tapé que j'allais bien, j'ai activé le mode SILENCIEUX.

— Ça va, Matthieu... ? ai-je murmuré.

— Elle a même pas demandé ce que j'avais fait de sa voiture.

— On s'en fout de la voiture... Elle s'en fout.

Il n'a pas répondu et a noué ses mains sur ses cuisses. Un homme est entré dans la pièce et s'est dirigé vers la bibliothèque pour en étudier les livres.

— Mais va t'habiller, toi, ai-je soufflé à Thomas.

Plusieurs cotons tachés s'entassaient sur la table basse, comme des blessures.

— J'ai été foutu dehors, a-t-il marmonné en se raclant un ongle.

— Va mettre un bas, ai-je ordonné en pointant le couloir du bras.

Il a finalement ramassé le dissolvant et les cotons puis s'est éloigné d'un pas lent. L'homme a quitté le salon après lui, chargé de deux livres reliés. J'ai pris la main de Matthieu pour l'arracher au piano mais il s'est dégagé.

Et je me suis vue trois ans plus tôt, resserrée sur mes os et plus légère qu'un fragment de lune. Je pesais 36 kilos et j'exhibais mon corps tortueux comme un diadème. J'étais persuadée que c'était l'essence de ma beauté ; en réalité c'était laid, je le sais aujourd'hui.

Personne n'a envie d'enlacer un corps-craie qui s'effrite entre les doigts.

Et cette colère que j'avais dans les tripes, cette résistance que j'opposais à quiconque voulait m'approcher, je les retrouvais chez Matthieu. J'ignore si j'avais besoin de le protéger *lui* ou de protéger mon ancien moi de 15 ans.

Les deux, certainement.

— Il va venir te chercher... ? lui ai-je demandé, soudain nerveuse en repensant aux menaces du beau-père.

Matthieu a haussé les épaules.

— Il vient jamais tout de suite, a-t-il répondu d'un ton rugueux. Il me laisse poireauter et puis quand ma mère décide de prévenir les flics, il bouge enfin son cul.

Des volets ont claqué au fond du couloir. Une porte a grincé avant de se fermer.

— Ils sont habitués à mes fugues, a continué Matthieu, ça les impressionne plus. L'autre fois, Gilles avait même sorti le fusil.

J'en suis restée choquée. Matthieu fixait la partition cornée.

— C'était pour me foutre la trouille mais il se plante. Il me fait pas peur, son fusil.

— Moi, il me fait peur, son fusil.

Matthieu a relâché un petit rire. Lui ne craignait pas de le provoquer, le « chasseur de-mes-deux ». Il se postait devant lui et gueulait : « MAIS VAS-Y, TIRE, SI T'AS DES COUILLES ! ». Gilles le mettait en joue puis pressait la détente vers le ciel pour le faire flipper. Ça faisait un boucan d'enfer.

— Faut l'enfermer, ai-je murmuré, estomaquée.

Matthieu a souri en frottant l'écorchure sur son front.

— Arrête, ai-je dit en lui prenant le poignet. Tu vas te refaire saigner.

Docile, il a reposé ses doigts sur les touches et recommencé le même air. Puis il a stoppé la mélodie d'un coup sec et chuchoté :

— J'ai un truc à te dire.

J'ai attendu qu'il poursuive mais, à chaque fois qu'il ouvrait les lèvres, il les refermait, réticent.

— Qu'est-ce que tu veux me dire, Matthieu ?

Il s'est rongé l'ongle du pouce, anxieux. Sous l'éclat du salon, ses boucles rousses vibraient jaune d'or. Ses yeux luisaient comme des pièces de monnaie.

— Plus tard, a-t-il lâché en se levant du tabouret.

Lorsque nous avons regagné la chambre, Thomas était en train de se doucher en chantant le générique d'*Il était une fois la vie*, les chœurs compris.

— T'as une belle voix mais t'étais pas sur le tempo, lui ai-je lancé dès qu'il nous a rejoints.

Il a ri et m'a laissé la place dans la salle de bains. Matthieu m'a succédé puis nous nous sommes avachis dans les fauteuils orange, Thomas sur le lit du bas. Sur l'écran de télé, la fin d'un policier dont on avait coupé le son. J'avais enfilé ma chemise de nuit et les garçons exhibaient leurs bras fins, en T-shirts et caleçons. La présence de ces corps me mettait de plus en plus mal à l'aise.

C'était les os surtout. Les côtes.

J'évitais de les regarder mais elles m'attiraient, obsédantes, à chaque fois que les garçons se déshabillaient.

Les côtes avaient été mon premier objectif à 14 ans. Lorsque je les avais enfin aperçues dans mon dos, bien rangées comme des baguettes sous la peau, j'avais eu le sentiment d'accomplir un acte extraordinaire que personne d'autre n'aurait pu reproduire.

Le corps des garçons me rappelait sans cesse ce « talent » que j'avais perdu.

Appuyé sur la table basse, Matthieu s'acharnait à dénouer ses mots mêlés. Je le sentais ailleurs, colorant le chapeau de tous les A qu'il rencontrait. Alors j'ai ramassé mon MP3, je lui ai tendu un écouteur et j'ai lancé *Across the universe* des

Beatles. Je crois qu'il a aimé parce qu'il a pressé le bouton REPEAT à cinq reprises. Sa tête dodelinait au rythme de la musique. Parfois ses paupières se fermaient.

J'avais réussi à apaiser le feu en Matthieu.

Même s'il se jetait sur mon téléphone à chaque fois que l'écran s'allumait.

Sa mère n'a jamais rappelé.

Minuit passé au poignet de Thomas ; un rayon de lumière filtrait à travers les volets usés. Les garçons m'ont laissé le lit du haut. Les draps exhalaient une odeur de litchi rance. Les minutes ont filé et je n'arrivais pas à trouver le sommeil.

— Thomas... ? ai-je chuchoté.

— Mmm.

— Merci pour la tartelette.

J'ai perçu un sourire fin pailleter l'air. Son matelas a couiné.

— Il dort, Matthieu... ?

— Non, a soufflé l'intéressé.

Lorsque j'ai pendu ma tête vers le lit du bas, ma tresse a roulé le long de mon crâne. Les garçons se sont mis à rire. Sans réfléchir, j'ai descendu l'échelle et je me suis glissée entre eux, les poussant respectivement vers le mur – Thomas – et vers le vide – Matthieu.

— J'aurais jamais été capable de faire ça avant, leur ai-je avoué, les yeux fermés. Dormir avec un garçon, c'était pas possible pour moi. Personne pouvait me toucher. C'était très bête mais j'avais peur qu'on me fasse des choses pendant que je dormais.

J'ai entendu Thomas tourner la tête vers moi.

— C'est arrivé ?

Sa bouche sentait la réglisse du dentifrice de Sonia.

— Non, lui ai-je répondu.

Matthieu a reniflé, Thomas s'est raclé la gorge plusieurs fois.

— Je pensais pas que c'était ça, partir, ai-je repris. Je m'imaginais seule dans une chambre d'hôtel, en train de réfléchir à ma vie. Et puis en fait on se jette sur les routes, on rencontre des gens, on s'attache et on a peur de les voir partir après.

J'ai cherché la main de Matthieu que j'ai serrée ; toujours glacée. J'ai frotté pour la réchauffer.

— On fait quoi si le méchant chasseur défonce la porte ?

— Tu cries : « au feu ! », a conseillé Thomas, et je vise les couilles.

— C'est dur à dire, « méchant chasseur ».

— « Méchant chasseur », ont répété les deux garçons, sans faute.

Dehors, un chien s'est mis à japper avec insistance. Un homme a beuglé : « TA GUEULE, SALE CLÉBARD ! » mais l'animal a répliqué. Le type a menacé de le planter s'il la bouclait pas illico.

Matthieu s'est glissé hors des draps en une seconde. Il a ouvert la fenêtre, frappé les volets et hurlé dans la nuit :

— IL COMPREND PAS TA LANGUE, LE CHIEN, CONNARD !

Le type lui a jeté un : « DE QUOI TU TE MÊLES, PETIT CON ? » pendant que j'essayais de l'éloigner de la fenêtre en le tirant par le bras. Matthieu a répliqué par un : « SALE PSYCHOPATHE ! » et ça a dégénéré en un duel d'insultes plus vulgaires les unes que les autres. Thomas a refermé les volets avec agressivité en poussant Matthieu vers le lit.

— Arrête de partir au quart de tour pour n'importe quoi, a-t-il râlé, crispé.

Matthieu a rétorqué qu'il ne supportait pas les gens qui faisaient du mal aux animaux ou s'en prenaient à plus faibles qu'eux. Il s'est agenouillé face aux chatons qui frémissaient, a rajusté le pull qui les réchauffait et caressé leurs têtes minuscules.

— Il te cogne, le taré ? a demandé Thomas à brûle-pourpoint.

Matthieu a réintégré son lit dans un grincement de matelas. Il respirait fort et heurté.

— Non, a-t-il chuchoté après plusieurs secondes de vide.

Thomas a lâché un soupir désabusé.

— Fallait répondre plus vite pour être convaincant.

Nous nous sommes recouchés et le silence s'est réinstallé, incrédule.

— Non, a répété Matthieu d'un ton plus solide. Je mens pas. Il m'a jamais cogné, Gilles. Je l'aurais jamais laissé faire, je lui aurais défoncé le portrait.

Il serrait les dents en parlant. Thomas s'est gratté la joue dans un crissement sec.

— T'as beaucoup de bleus, ai-je murmuré à mon tour.

— C'est moi, les bleus.

Il nous a confié qu'il pétait les plombs très vite, cassait des trucs et se blessait à tous les coins.

— Attention, ai-je dit, y a les chiens de Guy Bedos dedans.

L'éclat de rire de Thomas a émaillé la pièce tel un jaillissement de confettis.

— De *Tindalos*, Charlotte.

Nos rires se sont éparpillés sur les murs-ananas. Puis j'ai tenté tout bas :

— J'ai entendu, Matthieu. Ce que tu disais à Sonia.

Il n'a rien répondu et son silence m'a étranglée.

— T'espères vraiment que tes parents se remettent ensemble ?

Cette fois-ci, j'ai perçu un soupir.

— Je sais qu'ils étaient pas heureux, a-t-il confié. Mais oui, j'aimerais que tout redevienne comme avant. J'étais pas comme ça avant le divorce.

C'était un gamin calme, passant des heures à nourrir et caresser les chats et chiens du quartier. Puis c'était devenu un adolescent facile, composant des sonnets après avoir découvert l'œuvre de Baudelaire en classe. À force d'en écrire, il pensait et parlait en alexandrins. Il a d'ailleurs dressé la main et ponctué chaque syllabe d'un nouveau doigt levé :

— Tu / le / fais / pas / ex / près / ça / son / ne / dans / ta / tête.

Thomas et moi avons souri.

Mais la séparation l'avait réduit en miettes. Il s'était transformé en un garçon effronté, sauvage, explosif.

Cette confession en a libéré d'autres, incrustées dans nos ventres.

— J'ai perdu un enfant, a chuchoté Thomas.

J'ai tourné la tête vers lui tandis que mon cœur frappait un grand coup disloqué.

— Elle s'appelait Katel, a-t-il poursuivi. J'avais 15 ans et j'étais fou amoureux d'elle. Sauf qu'on a merdé et qu'elle est tombée enceinte.

J'étais suspendue à ses lèvres, bouleversée.

— Et... ? ai-je tenté après de longues secondes de silence.

Son souffle tremblotait. J'ai glissé mes doigts sur ses paupières ; elles étaient mouillées. Il a vite saisi ma main pour l'éloigner de son visage et l'a serrée dans la sienne.

— Et elle l'a pas gardé.

Instinctivement, je me suis blottie contre lui.

Il a confié que la mort de sa grand-mère avait ravivé cette première perte. Et c'était dingue parce qu'il s'en foutait, à la base. De ce gamin. C'était honteux à dire, mais il s'était senti atrocement soulagé lorsque Katel lui avait annoncé qu'elle avortait.

Il était coupable d'abandon et d'indifférence.

Et puis il avait épouvanté la famille, sali son nom. Lorsqu'elle l'avait appris, sa mère l'avait dévisagé, horrifiée, puis l'avait giflé. Deux beaux allers-retours imprimés sur ses joues.

— Quelle tache ça faisait dans leur jolie vie parfaite, a-t-il craché avec rancœur.

Il a fallu « étouffer le scandale » et quitter Baden. C'est la raison pour laquelle il avait vécu deux ans à Paris. Mais il n'avait jamais souffert de cet enfant interrompu, jusqu'à maintenant. Il ne s'expliquait pas pourquoi perdre sa grand-mère avait tout fait remonter. Quatre ans plus tard, la douleur lui explosait à la face. Il s'en voulait. Il regrettait.

Ce petit être « jamais fini » saignait dans sa chair.

— J'ai même pas d'endroit où aller poser des fleurs et demander pardon.

Il a pris une profonde inspiration pour ravaler les larmes qui gondolaient sa voix. Je me suis pressée plus fort contre lui, écoutant son cœur qui pulsait. J'ai pensé à son aveu devant les croix du cimetière de Nantes : *je regrette de pas l'avoir enterrée.* À l'extérieur, quelqu'un a traîné une valise jusqu'au bout de la rue et ça a grondé un moment. Voulant alléger la peine des garçons, j'ai confessé :

— Un jour, j'ai bouffé des choux de Bruxelles froids à même la boîte de conserve.

Ça a marché parce qu'ils ont ri. J'avais dévoré tout ce que j'avais trouvé dans les placards et le frigo, il ne restait que les conserves empilées dans la cave. Alors j'avais volé des lentilles pleines de flotte, des pommes de terre visqueuses et deux boîtes de choux de Bruxelles. Ça avait pué dans ma chambre pendant une semaine.

— C'est trop dégueu, les choux de Bruxelles, a lâché Matthieu.

— Les salsifis, c'est pire, ai-je répliqué.

— Les *tomates*, c'est pire, a conclu Thomas.

Nos gloussements se sont emmêlés. Les pieds de Matthieu étaient froids contre les miens. Thomas a commencé à me caresser les cheveux avec lenteur, brusquant les battements de mon cœur. J'ai posé un long baiser sur le haut de son bras, pressant ma bouche sur sa peau.

C'est cette nuit-là que je lui ai avoué à quel point il comptait pour moi.

Sans prononcer un seul mot, par cette étreinte silencieuse dans la pénombre.

— On s'en souviendra toute la vie, de ce voyage, ai-je enfin chuchoté.

— Oui, a soufflé Matthieu.

De la soie dans la voix.

— J'vous aime, ai-je achevé dans une expiration.

La route était un accélérateur de liens et un amplificateur d'émotions. Et lorsque j'y repense, je sais que j'ai davantage aimé Thomas et Matthieu en quelques jours que beaucoup d'amis en plusieurs années.

Le sommeil m'a capturée en une poignée de secondes.

Très vite, je suis montée dans une voiture qui roulait sur la mer. C'était Andrés qui conduisait. Nous croisions des poissons énormes qui peu à peu se sont transformés en cadavres. L'un d'eux portait les perles de Sonia et avait le visage de Pierre-Guy. Ben-le-sans-abri nous observait en riant, la bouche pleine de croquettes pour chien.

C'est une série de petits coups qui m'a extirpée du cauchemar.

— Ça a frappé... ? ai-je bredouillé, trempée de sueur.

Thomas a tendu le bras pour attraper ses lunettes pendant que je sautais du lit et ouvrais la porte. La lumière vive du couloir m'a éblouie mais j'ai aperçu deux personnes se tenant sur le seuil : la propriétaire et une femme bien plus jeune aux cheveux mi-longs, roux vénitien.

— Je suis Suzanna Korsia, a-t-elle dit en entrant dans la pièce. La maman de Matthieu.

Je me suis retournée vers Thomas ; la poignée a tremblé sous ma main.

Matthieu n'était plus là.

18

Nous avons rassemblé nos affaires avec tant de hâte que j'ai ramassé au passage la revue de mots mêlés de Matthieu. Le carton des chatons s'était volatilisé avec lui. Cinq minutes plus tard, nous étions tous les trois dehors à guetter une tignasse rousse. Nous nous sommes entassés dans la Peugeot de Suzanna – qui, au final, n'était pas la sienne mais celle de la voisine – et j'ai eu la sensation qu'on avait vidé le contenu d'un cendrier dans l'air. Un petit sac à dos rose traînait sur la banquette. Le sol de la voiture était recouvert d'une étrange poussière rouge brique, comme si on y avait saupoudré du paprika. Suzanna conduisait sans écouter le moteur et faisait crisser les vitesses. Thomas se crispait de plus en plus à mes côtés.

— Quatrième, a-t-il sifflé sous ses dents. S'il te plaît, *passe la quatrième.*

La conduite de Suzanna était aussi dispersée que ses paroles. Elle nous racontait que Matthieu allait souvent en forêt. Il aimait les arbres, l'odeur du bois, de la nature. Il n'avait jamais accepté sa nouvelle relation avec Gilles mais en même temps c'était normal, c'était l'ancien meilleur ami de son père. Les choses étaient dures pour tout le monde, vous savez ? Alors oui, Matthieu était dans un état de colère permanente. Il était violent quelquefois. Il s'emportait beaucoup, il s'enfuyait. Mais c'est tellement compliqué de gérer un adolescent de 15 ans...

Étrange, cette voix blanche qu'elle avait.

Le levier de vitesses grinçait sous sa main pâle.

— Ça peut exploser... ? ai-je demandé tout bas en me penchant vers Thomas.

Il a secoué la tête.

— Ça peut s'enflammer... ?

— *Non*, Charlotte.

— Les voitures explosent dans les films...

— Oui, parce qu'ils les bourrent d'explosifs exprès.

Suzanna continuait à nous parler sans respirer, nous posant des questions incohérentes, pilant en catastrophe à chaque fois qu'elle apercevait une silhouette qui ressemblait à celle de son fils. Nous lui avions décrit les vêtements de Matthieu et précisé qu'il transportait sans doute un carton de chatons.

— C'est bien mon Matti, ça, a-t-elle souri. Il ramène constamment des animaux errants chez nous et après Gilles pique des colères terribles... Ah ! Attendez, c'est Matti, là-bas...... ? Non... Et là-bas... ? J'y vois rien du tout.

Elle nous a expliqué qu'elle n'avait pu partir qu'à l'aube parce qu'elle ne voyait pas la nuit – en plus d'être épouvantablement myope. Heureusement, Matti n'avait pas hérité de cette tare. Ensuite, elle nous a noyés de questions : comment nous avions rencontré Matti, ce que nous avions fait, s'il allait bien surtout. Est-ce qu'il avait bien mangé ? Bien dormi ? La voiture qui nous suivait a klaxonné parce que le feu était passé au vert et que Suzanna rêvassait.

C'était une belle femme mais, mise à part la blondeur cuivrée, Matthieu ne lui ressemblait pas. Elle était tout en courbes et en douceur, visage ovale et iris bleu pastel. J'ai tenté d'imaginer le physique du père. Où Matthieu avait-il volé ses grands yeux sombres frangés de cils transparents ? Sa mâchoire aristocratique et sa minceur extrême ?

Suzanna a soudain freiné avec ardeur et s'est affaissée sur le volant en un long sanglot. Thomas s'est penché vers elle et lui a secoué l'épaule :

— Hé, on est au milieu de la route, là...

Ça klaxonnait plus fort. Ça gueulait : « C'EST PAS UN PARKING ICI, POUFFIASSE ! ». Thomas a serré le frein à main puis sauté de la voiture et ouvert la portière avant. Sous le raffut qui nous suivait, il a fait sortir la mère de Matthieu, a pris sa place et s'est garé sur le bord du trottoir. La tension collait, poisseuse, sur nos lèvres. Nous avons ensuite conduit Suzanna dans une brasserie tandis qu'elle répétait : « C'est Matti, là-bas... ? C'est Matti... ? » Thomas et moi nous sommes assis sur une banquette capitonnée ; Suzanna s'est installée face à nous dans un fauteuil. Le comptoir du bar était formé de tonneaux, des ampoules nues pendaient du plafond et le mur exhibait ses pierres apparentes. À la radio, une chanteuse à la voix cassée gémissait qu'elle n'était pas toxico. Moi, je tripotais le pot gorgé de sucrettes pour tenter d'atténuer mon stress. Suzanna a réclamé un kir à la mûre mais, dans le but de limiter les dégâts, Thomas lui a commandé un simple verre de cidre.

— Vous voulez voir des photos ? nous a-t-elle ensuite proposé tandis qu'elle farfouillait déjà dans son sac à main.

Puis elle a étalé les clichés sur le bois stratifié de la table. Ici, Matti pour ses 8 ans, il est adorable, hein ? Bon, le flash lui rougit les yeux mais ce pull c'est elle qui l'a tricoté, et puis Matti et son papa, c'est beaucoup plus récent, 13 ans peut-être, Matti chez sa grand-mère, Matti à Londres avec sa classe, Matti déguisé en piment avec la peau entièrement maquillée... des Matti par dizaines, tous plus émouvants les uns que les autres.

— Excusez-moi, ai-je murmuré en me levant.

— Où tu vas... ? m'a soufflé Thomas, sur le qui-vive.

Je lui ai fait signe de rester avec Suzanna le temps qu'elle se ressaisisse et finisse son verre.

— Je vais chercher Matthieu, ai-je lancé en me dirigeant vers la sortie.

Et je me suis mise à marcher sans le moindre repère. J'essayais de réentendre sa voix et les aveux qu'il m'avait faits pour y dénicher un indice, un chemin où aller. Mais il ne m'avait rien confié qui puisse me guider jusqu'à lui.

Ou bien j'avais mal écouté.

— MATTHIEU ! ai-je gueulé dans la rue, au bord des larmes.

Plusieurs dos se sont retournés, un adolescent s'est même arrêté, les yeux posés sur moi – j'ai pensé qu'il devait s'appeler Matthieu. Tout ce qui brillait orange happait mon regard. Tous les manteaux marine me compressaient le cœur.

— MATTHIEU ! ai-je à nouveau hurlé.

Sous le bruit de la ville, je m'entendais presque crier « adieu ».

— Un souci, mademoiselle ? m'a demandé un homme en attrapant mon bras.

Je me suis dégagée, brutale. Euh, oui, je cherchais un garçon, roux, les cheveux bouclés, 1m70 environ, maigre, un jean déchiré, un manteau bleu marine et une vieille écharpe à carreaux marron. Mais non, il ne l'avait pas vu. Je me suis mise à courir jusqu'au coin de la rue, sans raison. J'appelais dans le vide. Je brassais du rien.

Soudain j'ai été klaxonnée par une voiture. Le conducteur a baissé sa vitre avant d'agiter la main. Je me suis rapprochée.

— Putain, Thomas, tu m'as fait peur...

— Monte, a-t-il dit.

— Mais t'as pas ton permis...

— *Monte*, s'il te plaît.

Je me suis jetée à l'arrière, attachant ma ceinture, et j'ai avisé Suzanna, assise sur le siège passager. Sa tête reposait contre la portière.

— Tu l'as soûlée... ?

— Même pas.

— Tu vas où ?

— J'en sais rien, a-t-il répondu, plus crispé.

Il comptait rouler au hasard des rues jusqu'à ce qu'on retrouve Matthieu mais il conduisait avec maladresse, les gestes abrupts. Lorsque j'ai proposé de le remplacer, il s'est énervé.

— Construisez des voitures pour gauchers, a-t-il râlé sous ses dents.

Lorsque Suzanna s'est remise à sangloter, la soupape a cédé : je suis partie en vrille.

— Oh vous, ça va, lui ai-je lancé pendant que Thomas nous faisait voler sur un dos d'âne. Vous avez fait n'importe quoi. Un môme *se barre pas* s'il est bien chez lui.

Thomas a prononcé mon nom pour me calmer mais j'étais possédée. Ça sortait de ma bouche sans aucun filtre. J'avais l'impression de vomir mes mots, littéralement.

— Qui dit à sa gamine qu'elle a de gros genoux ? Mais merde, j'avais même pas de gros genoux, en plus. Je grandissais, mon corps changeait. C'était une réflexion à faire ? Mais c'est quoi ces mères qu'on se traîne ? Celle qui fait comprendre à sa gosse qu'elle est PAS ASSEZ BIEN et qu'elle devrait être AUTREMENT ? Celle qui refait toutes les dents de son fils parce qu'elles ne sont pas *parfaitement rangées* ?

— Arrête, m'a sommé Thomas d'une voix raide avant d'agripper le dossier de Suzanna pour faire un demi-tour.

— Sans arrêt des remarques de merde, ai-je continué, « Redresse-toi, tiens-toi droite, on dirait un mollusque. » Vous trouvez ça sympa, vous, d'être traité de mollusque ? Tout le temps des réflexions mauvaises, « T'as toujours été nulle en maths, à quoi tu t'attendais ? Et puis c'est pas mal, 8, c'est *presque* la moyenne. » Des petites piques blessantes qu'elle me lâche avec un sourire, « mais cesse donc de te cacher derrière ces gros pulls informes et mets-toi un peu en valeur, tu ressembles à une nonne ! » Ça me gave, putain, ça me gave ! Mais le pire, c'est quand elle balance devant tous ses invités : « Oh, quelle nouille elle fait, celle-là ! Elle doit avoir *ses règles.* »

J'ai frappé l'appuie-tête de Thomas avec rage.

— Et après on s'étonne que j'aie des PUTAINS DE *PROBLÈMES AVEC MON CORPS* ET TOUTE CETTE *CONNE DE BOUFFE.*

J'étais presque à bout de souffle à la fin de ma tirade. Je n'ai pas osé affronter le regard de Thomas dans le rétroviseur mais je sentais ses yeux sur moi. Le silence qui a suivi avait le goût de la cendre.

— LÀ, a soudain gueulé Thomas en pointant le pare-brise avant.

J'ai bondi de la voiture sans même claquer la portière et j'ai couru vers le manteau marine en criant des : « Matthieu » hachés. Comme la rue que je dévalais était en pente, je me suis fracassée sur lui lorsqu'il s'est retourné. Les chatons ont sauté dans le carton.

— Putain, Matthieu, mais t'es trop con, ai-je sangloté. C'est TA MÈRE qui est là, TA MÈRE, PAS LE TARÉ.

Il n'a pas réagi. Un gamin a piaillé à côté de moi avec une voix de canard. Un homme a jeté un : « Six heures pétantes, ce soir ! » Puis il s'est mis à crachiner. Une pluie étroite qui rebondissait sur le nez, le front, le crâne. Matthieu m'observait avec torpeur, les lèvres entrouvertes. Une gouttelette s'est abattue sur sa joue.

— Pourquoi t'as fait ça ? ai-je questionné. Pourquoi t'es parti ?

Il a haussé les épaules sans répondre.

— J'ai crié sur ta mère, ai-je ajouté en parlant à mes pieds.

Mais il est resté silencieux. Lorsque j'ai redressé la tête, ses yeux se sont décalés vers la gauche. Ce fut un bouillonnement de bras et de baisers. Plus petite que son fils,

Suzanna lui agrippait le visage et l'embrassait partout – même sur la bouche, ce qui m'a dérangée. Thomas s'est arrêté à côté de moi avec sacs et parapluie. Nous n'avons rien dit en observant ces retrouvailles claudicantes.

Je me souviens de : « Matti, mon bébé, mon ange, mais qu'est-ce que tu t'es fait au front ? »

Je me souviens d'un : « Tu peux pas partir aussi loin, mon amour, t'es jamais parti aussi loin. »

Je me souviens d'un stupéfiant : « Je *travaille*, Matti, à quoi tu pensais ? Et le collège t'attend. »

J'avais envie de déchirer le monde.

Avec mes mains.

Suzanna entraînait son fils vers la route et ne paraissait plus consciente de notre présence. Je me sentais misérable, abandonnée.

Grosse.

— J'aimerais parler à Charlotte avant de rentrer, a chuchoté Matthieu en tentant de se rééquilibrer.

Il est revenu vers moi, vite imité par sa mère.

— Pas longtemps, mon amour, a-t-elle déclaré en s'abritant sous le parapluie de Thomas.

— *Juste* Charlotte, a précisé Matthieu, le teint virant au rose framboise.

J'ai hoché la tête et fait quelques pas pour m'éloigner du groupe. Matthieu a confié ses chatons à Thomas puis nous nous sommes assis sur le banc d'un abribus. Nos jambes fines côte à côte, bâtons fragiles.

— OK, a-t-il murmuré pour se donner du courage. J'ai fait quelque chose de mal y a deux ans.

J'ai senti en moi une cloison qui s'élimait. Le bus a freiné devant nous et ouvert ses portes dans un éternuement matelassé. Avalant une rangée de voyageurs, en recrachant une autre.

— J'ai tellement honte...

— Dis-moi, Matthieu.

Il balançait ses jambes, raclant la semelle de ses baskets sur le béton moite.

— Tu veux qu'on aille dans un endroit plus calme ? ai-je proposé.

Il a hésité quelques secondes avant d'acquiescer. Nous avons donc récupéré les clefs de la Peugeot et nous sommes abrités dedans, sur la banquette arrière. Les bruits de la ville se sont émoussés. Matthieu a serré les cuisses, mal à l'aise.

— Me juge pas, s'il te plaît.

J'ai secoué la tête, déroutée.

— C'était en quatrième, avec ma bande de potes de l'époque. Y avait Gwenaël, Jalal, Yann et moi. On était invités à une fête et y avait de la bière. J'en ai bu une, pour essayer.

Il s'est interrompu quelques secondes. La buée avait commencé à rogner les vitres. La pluie clapotait, l'oreille aux aguets.

— Y a eu des jeux débiles comme y a souvent dans les fêtes. Des genres de défis. Yann a voulu chauffer la fille qui me plaisait. Gwen l'a fait boire.

Ses mots ont jailli, un par un, telles des gouttes de venin.

La bande est montée à l'étage avec la fille qui commençait à tanguer et avait le rire facile. Normal, elle n'avait pas l'habitude de la bière. Personne ici n'avait l'habitude de la bière. Ils sont entrés dans une chambre à coucher – c'était celle des parents. La fille s'est laissé embrasser le cou par Yann. Puis Gwen l'a refait boire au goulot de sa bouteille ; l'alcool a coulé sur le menton de la fille puis sur ses sandales.

— Mais c'était *quoi*, son nom ? ai-je craché, la voix flageolante.

— Je sais plus, m'a soufflé Matthieu.

— Elle te plaisait et tu sais plus ?

Il a baissé la tête sur ses genoux, honteux. Ses mains s'agitaient sur ses cuisses, arrachaient les fils de son jean. Il s'est mis à énumérer des prénoms au hasard pour tenter de retrouver celui qui manquait : Émeline ? Estelle ? Elsa ?

— Matthieu, si tu me dis que t'as...

— Non, non, m'a-t-il coupé, laisse-moi finir.

La fille a ri et s'est avachie sur le rebord du lit, éméchée. Jalal s'amusait à filmer avec un caméscope qu'il avait déniché dans le bureau du père. Gwen s'est retourné vers Matthieu : « Si tu viens pas, y'en aura plus pour moi. » Yann lui a jeté un « pédé » en léchant l'épaule de la fille. Jalal a braqué la caméra sur Matthieu, avide de voir la suite.

Alors Matthieu s'est approché.

Après ces mots, je suis sortie de la voiture et j'ai marché droit devant moi, les mains jointes sur la bouche. Je n'entendais même plus les bruits autour.

— Je l'ai PAS TOUCHÉE, a-t-il hurlé dans mon dos.

J'ai fixé la vitrine d'une boutique de literie.

Ma silhouette se reflétait dans la glace, difforme.

Matthieu ne l'avait pas touchée, c'est vrai, parce qu'il avait commencé à flipper. La bière qui brouillait ses pensées, le papier peint vieillot, la main que Yann glissait dans le jean de la fille, putain y avait quelque chose qui clochait. Il a tiré une manche au hasard en soufflant : « Stop, les mecs, elle veut pas. » Mais Yann a rigolé. Gwen l'a poussé d'un coup de coude. Jalal a zoomé sur la fille dont le T-shirt s'était relevé. Et Yann...

Yann a baissé la fermeture Éclair de son pantalon en s'allongeant sur la fille.

— TA GUEULE, MATTHIEU, ai-je hurlé en plaquant mes paumes sur mes oreilles. TA GUEULE, TA GUEULE, TA GUEULE.

J'ai aperçu Thomas au loin qui me demandait, par signes, si j'avais besoin qu'il intervienne. J'ai fouetté l'air pour qu'il s'éloigne mais Suzanna s'est mise à avancer dans notre direction, inquiète.

— Deux minutes, s'il vous plaît ! ai-je lancé avant de revenir vers la voiture.

Puis je me suis laissée tomber sur la banquette, les jambes coupées. Matthieu s'est rapproché, le pas craintif.

Malgré moi, j'ai voulu savoir.

— Vite, ai-je ordonné. Sans rentrer dans les détails.

Matthieu a dégluti comme un gamin puni, les épaules affaissées.

Sans rentrer dans les détails, il a viré dingue. Il s'est jeté sur Yann et l'a envoyé valser dans la pièce. La force qu'il a parfois, c'est complètement dément. Yann, c'était son meilleur pote à la base. Impossible de comprendre comment les choses en étaient arrivées là. Ça a tourné en baston générale. Jalal est resté debout, bête, à filmer la moquette. Mais Matthieu est le moins baraqué de la bande et il a fini à plat ventre sur le sol, la semelle d'une Doc Martens pressée sur le dos. On a déboutonné son jean. On l'a fait rouler sur ses jambes. Il a senti la bière lui couler sur les cuisses. Puis on a baissé son caleçon en claquant l'élastique contre sa chair. Quelqu'un lui a susurré une obscénité à l'oreille (Gwen) et glissé la bouteille sur sa peau (Yann). Matthieu a serré les fesses, terrifié.

Puis une autre fille est entrée dans la chambre et elle s'est mise à hurler. Trois des quatre garçons ont décampé. Tombée par terre, la caméra filmait encore, son œil rouge immoral braqué vers le plafond. Matthieu s'est rhabillé à toute vitesse, a dévalé les escaliers et s'est enfui.

— Enfui ? ai-je répété, secouée par la fin de l'histoire.

Il a acquiescé sans me regarder. Frappant de réaliser qu'à présent, Matthieu détalait constamment sans réussir à se poser nulle part.

— Et la fille sur le lit ?

Elle était toujours allongée et riait en pleurant. Ou pleurait en riant. C'était bizarre, presque effrayant. Mais il ne savait pas comment ça s'était terminé parce qu'il était parti.

— Qu'est-ce que tu veux que je te dise, Matthieu ?

— Je suis désolé, m'a-t-il dit en plaquant ses mains sur le bas de son visage. C'était un dérapage.

Il me semble avoir répondu que ça m'était égal mais dans ma tête j'étais bien plus amère : tous les jours, Matthieu, *tous les jours*. On entend des pas derrière nous et on a peur. On doit prendre le bus toute seule et on a peur. Un regard, un geste, un mouvement. Ça peut être maintenant, ça peut faire effraction. On n'a que la peau pour se protéger. Mais quelle protection miséreuse, si facile à forcer.

— Je suis désolé, a-t-il répété en pressant le talon de ses paumes sur ses yeux.

Est-ce que tu sais ce qu'on ressent, Matthieu, quand on comprend que son corps est moins précieux que l'envie d'un mec ? Nous sommes des trous, des bouts de viande qu'on manipule, qu'on remplit, qu'on consomme et puis qu'on jette. Je m'étais transformée en squelette pour décourager les hommes de m'approcher.

Un putain de squelette.

Et toi tu étais « désolé » ?

— Pourquoi tu m'as raconté ça ?

— Parce que ton histoire avec... a-t-il bégayé. Ça m'a...

Il n'avait plus la force d'achever ses paroles. Il butait sur les mots.

— T'avais quel âge ?

— 13.

— Elle aussi ?

— Oui.

J'ai fermé les yeux quelques secondes.

— Comment elle s'appelait ?

— Je sais plus.

J'ignore pourquoi ça m'affectait autant qu'il ne se souvienne pas de ce prénom, lui qui lisait les noms des soldats sur les tombes. Je me disais qu'elle méritait au moins ça, cette fille : qu'on se souvienne de son nom.

— C'est juste un bout de chair anonyme, c'est ça ? C'est à qui obtiendra le meilleur morceau ?

Il s'est mordu la lèvre inférieure avec tant de vigueur que j'ai eu peur qu'il en saigne.

— Arrête, ai-je dit en désignant sa bouche.

— J'ai essayé de m'en souvenir mais j'y arrive pas. Ma tête a tout effacé.

Oui, je connais, Matthieu. L'esprit est débrouillard, la mémoire sélectionne. On s'arrange avec la vérité pour pouvoir survivre.

Soudain, il a fouillé dans la poche arrière de son jean. Lorsqu'il m'a tendu 30 euros, je l'ai dévisagé, perdue.

— J'ai piqué ça, a-t-il bredouillé. Désolé.

— Dans le sac marin... ?

— Oui.

J'ai giflé les billets qui ont voleté avant de retomber sur le trottoir. Matthieu les a ramassés d'une main molle.

— Je suis désolé, tellement désolé...

— Pour le fric ou l'histoire pourrie ?

— Les deux, a-t-il soufflé sans faire vibrer sa voix.

— Mais qu'est-ce que vous voulez prouver ? ai-je dit en ouvrant les bras, pleine d'aigreur. Pourquoi vous nous faites ça ? Pourquoi vous avez autant besoin *de nos corps* pour montrer à quel point vous êtes puissants ?

Les billets tremblaient sous ses doigts lorsqu'il les a de nouveau dressés devant moi.

19

Je ne me souviens pas du départ de Matthieu.

J'étais écœurée, démoralisée. J'avais envie de faire mal à tous les garçons que j'apercevais sur cette place. Je ne voyais plus que des doigts qui se faufilent dans des culottes, de la chair qu'on déshabille et qu'on ouvre.

J'ai embrassé une dernière fois les petits chats pendant que Suzanna déclarait :

— Tu sais bien que Gilles va les éclater contre un mur, c'est pas malin, Matti.

— Qu'il essaie, a craché son fils, provocateur, avant d'abdiquer : je les apporterai à la SPA.

Thomas a tendu son poing vers Matthieu qui y a cogné le sien mais moi, ai-je dit au revoir ?

Je ne crois pas.

Lorsque j'ai enfin quitté cet engourdissement étrange, Matthieu était parti.

— Me touche pas, ai-je craché à Thomas lorsqu'il a voulu m'attirer sous le parapluie.

Il m'a regardée, stupéfait. J'ai aussitôt cramponné sa main pour la plaquer sur mon cœur.

— Excuse-moi, lui ai-je dit. Excuse-moi, excuse-moi.

J'ai entendu un sourire réchauffer son souffle. Il a glissé son bras dans mon dos et m'a collée contre lui. Mes jambes chancelaient. Les mouvements des gens m'accablaient.

Leurs mille conversations croisées. Le grondement des voitures au loin. Et le jacassement d'une pie qui gueulait bien plus fort que les autres et m'évoquait le son d'un jouet pour chien.

— Cet oiseau m'insupporte.

— On va manger un truc ? a proposé Thomas en repliant le parapluie.

Ma tête et mon cœur étaient fatigués. J'avais besoin d'un endroit calme, de choses douces et faciles. Alors j'ai accepté pour m'asseoir dans un lieu chauffé.

Je voulais me laisser porter.

Au départ, Thomas a été tenté par un fast-food puis nous nous sommes rappelé qu'il fallait économiser. Nous avons donc préféré une supérette dans laquelle nous avons acheté une baguette et du gruyère. En payant, je suis tombée sur un bout de papier déchiré.

j'ai pris 30 €, désolé

L'écriture de Matthieu était ingrate, pointue, inclinée vers la droite ; j'ai fourré le papier au fond du porte-monnaie. Nous avons ensuite rempli nos bouteilles à un robinet qui trônait près d'une fontaine truffée de pièces de toutes tailles et de mégots qui surnageaient.

— C'est une fontaine à vœux ? ai-je demandé à Thomas.

Il s'est penché pour récupérer un centime luisant qu'il a de nouveau jeté dans l'eau.

— Fais un vœu.

— Ça marche pas si tu prends les sous des gens...

Il a balayé ma critique et marmonné :

— Y a un sacré beau pactole à se faire ici.

Puis il s'est mis à ramasser les pièces, les unes après les autres.

— Thomas ! ai-je soufflé, effarée.

— Faut être complètement con pour balancer un euro dans la flotte...

Au final, il a réussi à récolter 4 euros et 27 centimes.

— On va être maudits, ai-je gémi pendant qu'il fourrait toute la monnaie dans sa poche.

Nous avons ensuite contourné le centre-ville pour atteindre des routes plus vastes en grignotant du pain. Nous nous sommes brossé les dents à l'orée d'un champ puis nous sommes passés devant une maison dont le portail était encombré de ballons de baudruche bariolés. Des éclats de rire et des cris d'enfants résonnaient par-dessus la haie.

— C'est mon anniversaire, a déclaré une voix gracile au niveau de mes pieds.

Je me suis baissée et j'ai happé de grands yeux noisette à travers le feuillage. La petite fille était couchée sur l'herbe, une fausse tiare dorée sur le front, une baguette magique à la main. Lorsque Thomas s'est penché à son tour, la gamine a levé la tête vers lui.

— C'est mon anniversaire, a-t-elle répété. J'ai 5 ans.

— Joyeux anniversaire, ai-je dit pendant que Thomas s'éloignait.

J'ai salué la gosse qui agitait sa baguette pailletée au-dessus des buissons avant de rejoindre Thomas qui m'attendait, à quelques pas de là. De l'autre côté de la route, le sifflement aigu d'une perceuse électrique écorchait la douceur de l'air.

Après avoir parcouru un kilomètre sans parvenir à stopper la moindre voiture, Thomas a sorti la revue de mots mêlés et replié la page de garde. Puis, avec le stylo-pompon, il a écrit « SUD-OUEST » avant d'ajouter un gros smiley en dessous.

— Pourquoi tu mets pas directement « Poitiers » ?

— Parce qu'ils s'arrêteront pas s'ils vont pas à Poitiers même.

En dépit de nos efforts, ça n'a pas eu l'effet escompté. En trois heures de marche, nous avons été abordés par trois véhicules que Thomas a préféré renvoyer sous différents prétextes : une voiture dégueulasse (« si le moteur est dans le même état que les sièges, je monte pas dedans »), une fourgonnette bourrée de canettes de bières et boissons énergisantes (« et le mec a pris le volant ? ») ainsi qu'un type au regard inquiétant qui écoutait de la musique d'église (« suspect ++ »). Je rêvais secrètement d'un trajet en camion pour pouvoir contempler l'horizon en hauteur mais aucun ne s'est arrêté.

— Ça marche pas, ta pancarte, ai-je lancé à Thomas, moqueuse.

— C'est à cause de ma barbe, ça fait taulard.

— Quelle barbe ?

Il a jeté un rire sarcastique en se frottant la mâchoire. Nos pieds croustillaient sur le bitume parsemé de gravillons. Puis tout à coup mon esprit s'est illuminé.

— « Rien ne sert de partir, il faut courir à point » ! ai-je gueulé, fière.

Il a souri en claquant son carton sur mon crâne.

— Presque.

— « Rien ne sert de courir, il faut partir à point » ?

Il a exécuté une révérence et j'ai enfin pu ranger ce proverbe dans l'un des tiroirs de ma mémoire, satisfaite.

Nous avons fait la connaissance d'un pont fastidieux puis d'un château d'eau, d'une maison qui ressemblait à un manoir hanté devant laquelle nous avons pressé le pas et d'un pauvre panneau « La Laudière » dont quelqu'un avait rayé le « Lau » pour y taguer « Chaud » à la place.

— « La Chaudière », ai-je répété pendant dix bonnes minutes en riant toute seule.

Pourtant, à chaque rond-point que nous croisions, je pensais à Matthieu.

— Tu crois qu'il va se faire taper ? ai-je chuchoté, inquiète.

Thomas s'est arrêté cinq secondes pour se délasser les bras.

— Il sait se défendre, a-t-il enfin répliqué d'un ton que j'ai trouvé peu convaincant.

Un kilomètre plus loin, fatigués, nous nous sommes installés sur de petites marches en pierre qui bordaient une croix de fer forgé. Un arbre nous protégeait du soleil blafard. Il régnait une odeur de terre mouillée et de sous-bois. Assis juste au-dessus de moi, Thomas a ressorti le pain et le gruyère puis me les a tendus. J'ai seulement arraché une bande de croûte que j'ai rongée avec prudence. J'avais très peur du dérapage. Dès que la nourriture touchait ma langue, mon corps entier se réveillait et la faim bondissait, spectaculaire.

Je dépensais une énergie ahurissante pour éviter les émotions trop fortes puisque c'était à cause d'elles que je m'empiffrais. Or Thomas et Matthieu me les balançaient au visage, les émotions. En quelques jours, j'avais tellement ri, pleuré et tremblé que j'avais l'impression d'avoir vécu mille vies.

Mais quel bonheur, ces mille vies.

Quelle richesse.

J'ai regardé Thomas manger ; il restait du vernis violet sur le pourtour de ses ongles. Spontanément, j'ai posé ma tête sur ses genoux et repensé aux paroles de Matthieu : *j'avais tellement la rage que y'avait plus de place à l'intérieur.* Tout est devenu très clair.

— En fait, c'est ça mon problème, ai-je confié en fermant les yeux. J'arrive pas à digérer. Je suis touchée par tout, tout le temps, et ça m'écrase de l'intérieur. J'essaie d'aplatir les tristesses, les colères et les déceptions, de ranger le bazar, mais y a pas assez *d'espace* dans mon corps. Du coup, ça s'empile, ça s'empile, et, à un moment donné, ça déborde.

Thomas a écouté mon discours sans m'interrompre et a même arrêté de manger.

— C'est complètement idiot ce que je te raconte ?

— Non, pas du tout.

— Dit-il en brossant mes oreilles.

Il a souri bruyamment en mordant à nouveau dans son bout de pain.

— J'ai fait tomber des miettes dans tes cheveux.

— Oh. Et moi qui pensais que c'était un geste affectueux.

— Ça l'est.

Troublée, je me suis redressée pour épousseter ma tresse. J'avais envie d'un lit bien chaud. J'avais envie d'un bain bouillant.

Mais Matthieu continuait à me ronger tout bas.

Alors j'ai raconté. Les actes. Ma réaction. Les sanglots de Matthieu. Thomas m'a écoutée jusqu'à la fin, lèvres serrées.

— J'ai envie de l'appeler « Élise », la fille, parce qu'il cherchait un nom qui commençait par É.

Thomas a bu de longues gorgées d'eau avant de parler. Je m'attendais à ce qu'il me demande pourquoi j'étais blessée, pourquoi j'avais cette colère qui me ponçait les entrailles. À la place, il a retiré ses lunettes pour se frotter les yeux et m'a lancé :

— Qu'est-ce qui s'est passé, exactement, avec le vieux ?

Mon corps s'est refermé comme un poing.

— On parlait de Matthieu, lui ai-je rétorqué, brutale.

— Et moi j'aimerais qu'on parle *de toi.*

J'ai tourné la tête vers la route pour me soustraire à son regard. Il a poussé ma jambe avec la sienne.

— Dis-moi, Charlotte.

— Pas maintenant.

— Quand alors ?

J'ai senti un lien entre nous se rompre, fragile comme du papier de soie. Nous sommes restés de longues minutes sans dire un mot, l'air uniquement griffé par le vrombissement des voitures. Puis j'ai fini par fêler le malaise.

— T'éloigne pas de moi, Thomas.

C'est sorti comme ça, aussi brut. Il a écarquillé les yeux, surpris.

— Mais non, a-t-il soufflé d'un ton plus tendre.

Puis il m'a frôlé la mâchoire pour tourner mon visage vers lui. J'ai grimpé d'une marche pour parvenir à sa hauteur et posé ma tempe sur son épaule ; il sentait la sueur froide. Sa respiration me chatouillait les cheveux.

— Je le vois sur mon lit, ai-je enfin murmuré, en train de tapoter ses genoux pour que je monte dessus. Et je monte dessus, bien sûr, je suis tellement naïve. Il me demande ce que je fais, je lui dis que je recopie un texte de *Starmania*. Et puis, et puis...

« j'ai la tête qui éclate
j'voudrais seulement dormir »

ses mains sur moi qui remontent comme du lierre
ses mains partout, à mille endroits
mais combien avait-il de mains ?
où s'arrêtait ma peau ?

« m'étendre sur l'asphalte et me laisser mourir »

Je portais une jupe courte et des baskets à semelles compensées. J'avais décoloré mes cheveux en un blond qui tirait malheureusement vers le jaune verdâtre. Dix centimètres de bracelets en scoubidous enserraient mon poignet. J'étais crédule et inexpérimentée ; je ne savais même pas comment on embrassait un garçon. Il avait 41 ans. Une chevelure poivre et sel. Je me souviens de ses santiags. De la Porsche dans laquelle il crânait sans arrêt – ou bien était-ce une Ferrari ?

— Ça aurait pu être pire, ai-je chuchoté en ôtant un brin d'écharpe qui m'agaçait les lèvres. Il aurait pu faire tellement pire.

Je me mentais, bien sûr, parce que je ne me rappelais pas ce qui s'était passé.

Thomas a fait claquer sa langue comme il le faisait souvent lorsqu'il était contrarié.

— C'est pas moins grave, a-t-il dit, la bouche pressée sur mon crâne. C'est pas parce qu'on saigne pas qu'on n'est pas blessé.

Un corbeau a braillé au-dessus de nos têtes, grande virgule noire.

— Oh, Marcel est revenu.

Thomas a souri en ramassant nos bagages.

Une armée de dinosaures emplissait le ciel.

Cette fois, nous n'avons pas attendu très longtemps avant qu'une voiture ne s'arrête. Le duo se rendait à Niort – c'était dans notre direction. Face à la portière droite enfoncée, nous avons hésité deux secondes puis la fatigue a eu raison de nous.

— Par l'autre côté, a jeté le conducteur d'un mouvement de tête. La serrure est pétée.

Nous avons fait le tour et nous sommes engouffrés dans l'habitacle. À l'intérieur, ils étaient manifestement bien réchauffés. Le garçon qui tenait le volant ne portait qu'un T-shirt et un pantalon de toile. La fille assise sur le siège passager était en débardeur et short en jean. Ça sentait la vanille chimique, sans doute cet arbre pâle qui pendait du rétroviseur central. Une couverture tachée trahissait la présence de chiens.

Immédiatement, Thomas s'est lancé dans une conversation animée avec le conducteur. La peau très noire de Dimitri était aussi mate que de la suédine. Il bossait en blanchisserie depuis quatre ans et demi.

— J'ai les doigts tellement poncés par le linge que j'ai plus d'empreintes digitales, a-t-il dit en levant devant nous une paume desséchée.

— Tu pourrais faire agent secret, a suggéré Thomas. Ou bien voleur professionnel.

— Pas con, a souri Dimitri.

Sa copine, « M.A., pas Emma », une brune aux cheveux courts exhibant des bagues en turquoise à tous les doigts, étudiait la psychologie à la fac. Bon, OK, elle séchait de temps en temps mais y avait pas mort d'homme. Ils avaient la vingtaine, respectivement 22 et 20 ans. Nous avons décidé que nous avions le même âge qu'eux.

Et nous, alors ? Qu'est-ce qu'on faisait ici ?

Thomas a ébauché un geste vague de la main, on allait à droite, à gauche, pas d'objectif particulier, on s'était octroyé quelques vacances et on avait besoin de prendre l'air. Dimitri ponctuait ces mots de petits hochements de tête, attentif et concentré sur la route. M.A. fredonnait sur tous les tubes qui passaient à la radio. Très vite, les garçons ont parlé musique parce que Dimitri jouait de la clarinette de basset.

J'ai fermé les yeux, lovée dans la vanille et la voix chaude de Thomas.

Puis il a fallu s'arrêter pour faire le plein d'essence. J'ai suivi les garçons dans l'épicerie pendant que M.A. s'éloignait des pompes pour s'allumer une cigarette. La porte des toilettes était couverte de dessins graveleux et de pensées insolites, du style « ci-gît mon caca » ou « je pisse donc j'essuie ». Des prénoms notés à la va-vite et des injures inventives. Un numéro de téléphone à côté d'une petite annonce : « Cherche relation sérieuse, beau mec, métis de préférence. » Puis ces mots au feutre au-dessus de messages plus anciens :

je vais te violer et te massacrer SALOPE

L'écriture était hachée, monstrueuse.

Quelqu'un d'autre avait tracé une flèche et inscrit : « ouais, faux les dressé les morue ! ». Une troisième personne – homme ou femme ? – avait ajouté : « GROS BÂTARDS !!!!! ». Machinalement, j'ai tenté d'effacer le feutre avec mes doigts mais le message s'était imbibé dans le bois.

Était-il possible que personne ne l'ait vu ?

N'ait trouvé urgent de le supprimer ?

On dégainait le viol à la manière d'un pistolet. On tuait sans vraiment tuer, pratique.

J'ai quitté les toilettes et rejoint Dimitri et Thomas en pleine conversation près d'un distributeur de boissons, le nez dans deux gobelets brunâtres. Thomas a aussitôt compris que quelque chose clochait. Sourcils froncés, il a articulé : « Ça va ? » J'ai fait un geste qui n'avait aucun sens en lui volant son gobelet. Il m'a saisi le bras pour m'éloigner de Dimitri.

— Qu'est-ce qui se passe ?

J'ai baissé la tête vers le sol ; il m'a redressé le menton.

— Y avait un message dans les chiottes, ai-je enfin avoué avant d'avaler une gorgée de café.

— Quel message ?

— C'est du café, ça... ?

— Quel message, Charlotte ?

— Un truc dégueulasse.

Il a aussitôt foncé vers les toilettes et je l'ai suivi. Lorsque je lui ai montré l'inscription, ses traits se sont défaits. Il a frappé sa paume contre la porte en lâchant un « putain ! » sonore. Intrigué par l'échauffement de Thomas, Dimitri nous a rejoints et a également pris connaissance de la menace. Une seconde plus tard, les garçons avançaient vers le comptoir pour s'entretenir avec l'employé. Moi j'errais entre les rayons de nourriture, fébrile. Le ton est vite monté. J'ai entendu Thomas siffler : « Vous commencez à m'énerver et faut vraiment pas m'énerver quand j'ai la dalle. » L'employé a bombé le torse et craché : « Foutez le camp. » Dimitri l'a traité de « poule mouillée ». Le type a levé un sourcil pendant que M.A. pénétrait dans la boutique et se postait devant les petits-beurres.

— OK, a déclaré Thomas d'une voix polaire avant de reprendre le chemin des toilettes.

Dimitri l'a suivi. J'ai fourré une tablette de chocolat dans mon sac au moment même où M.A. tournait la tête vers moi. Sans rien laisser paraître, elle a brandi deux paquets de biscuits pour savoir lequel me tentait le plus – j'ai noté qu'elle portait un piercing au nombril, un petit strass bleuté. Malgré ma gêne, je me suis rapprochée d'elle et c'est à cet instant que les garçons ont réapparu.

Nous avons toutes les deux ouvert de grands yeux effarés. Dimitri et Thomas trimbalaient la porte sous leurs bras.

— C'est quoi ce bordel ? a lâché M.A.

En voyant sa porte dégondée, l'employé a viré au carmin et foncé sur les garçons. Ça s'est empoigné par le col, ça a juré, ça s'est frappé, et moi j'étais paralysée par la peur. M.A. a saisi mon poignet et gueulé dans toute la boutique :

— ON SE TAILLE !

Nous avons cavalé jusqu'à la voiture et glissé sur la banquette arrière. Dimitri et Thomas ont sauté sur les sièges avant quelques secondes plus tard. Lorsque l'employé a surgi dans l'embrasure de la porte, poing levé et regard incendiaire, Dimitri démarrait dans un crissement de pneus strident.

20

M.A. a ordonné à son petit-ami d'attacher sa ceinture tandis que je cherchais des traces de blessures sur le visage de Thomas, glissée entre les sièges. Si Dimitri, grand et costaud, était sorti intact de la bagarre, Thomas, lui, s'est tâté de la tête aux pieds avant d'annoncer :

— C'est bon, je suis entier.

Comme M.A. n'avait pas assisté au conflit, les garçons ont relaté le message obscène puis l'obstination de l'employé suivi du dégondage de la porte. Elle a soupiré en fermant brièvement les paupières.

— Sinon, vous pouviez juste acheter un putain de stylo et gribouiller le truc avec.

Thomas a opiné avec lenteur, penaud.

— C'est vrai qu'on n'y a pas pensé...

— Vous croyez qu'il a eu le temps de choper la plaque d'immatriculation ? ai-je enchaîné, tracassée.

M.A. a secoué la tête pendant que Dimitri se vantait d'être un pro du démarrage à la hâte.

— Oui, j'ai vu, ai-je souri.

Mon cœur cabriolait encore tel un carrousel détraqué. Je me suis collée au siège devant moi et j'ai posé mes mains sur Thomas. Besoin de le sentir, besoin de chaleur. Il a couvert mes doigts avec les siens et rencontré mes yeux dans le rétroviseur de droite.

Plus personne ne parlait et la radio comblait nos blancs.

C'est M.A. qui a brusqué le silence en se penchant vers la boîte à gants pour y récupérer un sachet de pistaches entamé. Tout le monde s'est servi, même moi. La tension s'est ramollie, les pouls se sont calmés.

Nous roulions à 90 à l'heure vers les nuages lourds qui gonflaient le ciel.

Les essuie-glaces battaient le pare-brise dans un chuintement vif.

J'ai trouvé Niort intimidante. Les décors de la Bretagne me manquaient. Son aura, ses couleurs et ses parfums.

— J'ai même pas vu ma pointe du Raz, ai-je marmonné à Thomas dans l'espace qui nous séparait des portières.

Il a légèrement tourné la tête vers l'arrière puis m'a lancé d'un ton taquin :

— C'est un phare à la con avec de l'eau.

Je lui ai donné une claque sur l'épaule ; il a esquissé un sourire. J'ai fixé le grain de beauté derrière son oreille droite.

Dimitri s'y est repris à trois fois pour réaliser son créneau tant il était perfectionniste puis nous avons remonté une rue malmenée par un marteau-piqueur et des relents de nourriture chinoise – nems et chips aux crevettes.

J'ai vérifié que la tablette de chocolat se trouvait toujours dans mon sac.

Le studio du couple était agencé de façon étonnante : on y grimpait par un escalier en colimaçon très raide et, une fois la porte ouverte, on entrait directement dans le salon-cuisine. C'était un logement qui ne contenait que le strict minimum : un clic-clac, une table basse soutenant un ordinateur recouvert de papiers et une petite télévision.

Ça sentait bon le pamplemousse. Au fond, à gauche, un décochement d'où l'on apercevait une salle de bains. À côté de la kitchenette, une échelle en métal qui menait à un lit en mezzanine. Des câbles électriques serpentaient partout sur le lino. Un calendrier était épinglé au mur. Je m'en suis approchée : nous étions mercredi 18 octobre.

J'ai réalisé que j'étais partie depuis presque une semaine.

Un claquement mat a résonné au-dessus de nous puis le plafond s'est mis à cliqueter.

— Elle enlève jamais ses talons, a prévenu M.A. en retirant les bouquins qui encombraient le canapé pour les poser par terre.

Derrière la porte vitrée, un minuscule balcon d'un mètre sur deux. Au loin, la longue flèche d'une église. Il était 17 h 51 au poignet de Thomas. Le ciel ressemblait à une grande bâche grise. Nous nous sommes éparpillés sur le lino et le clic-clac, aux pieds de la table basse, et avons terminé le sachet de pistaches. M.A. a préparé du thé pendant que Dimitri revenait de la salle de bains avec une mini-poubelle et commençait à se couper les ongles.

— Ça peut pas attendre ? a ronchonné M.A. en brassant le contenu d'un tiroir.

Dimitri a souri, placide. À mes côtés, Thomas s'était emparé d'un livre sur l'hystérie et le parcourait, captivé.

— J'ai horreur quand il fait ça, a poursuivi M.A. en remplissant une bouilloire d'eau. Le bruit du coupe-ongles, ça me...

Elle a frissonné avec exagération, une grimace sur les lèvres.

— Thomas, lui, il fait craquer son torse, ai-je confié.

M.A. a réitéré ses spasmes forcés.

— Personne ne comprend mon art, a soupiré Thomas en tournant une page.

La locataire du haut continuait à marteler le plafond. La pluie s'abattait sur la vitre avec un son de paillettes molles. Face au déclin de la lumière, M.A. a allumé une lampe. Puis Thomas a fouillé les poches de son blouson et sorti son paquet de cigarettes.

— Ça dérange si je fume ici ?

— Oui, ça dérange, a répliqué M.A. en désignant la porte d'entrée. Du balai, vous nous laissez entre meufs.

Dimitri a fait remarquer qu'il pleuvait mais M.A. lui a jeté son manteau ainsi qu'un parapluie noir. C'est à cet instant que j'ai repensé au nôtre. Lorsque je l'ai dit à Thomas, il a levé les yeux au ciel.

— On a une vraie malédiction du parapluie, c'est dingue.

Impossible de savoir où on l'avait oublié.

Dès que les pas des garçons se sont espacés, M.A. m'a rejointe devant la table basse avec deux grands mugs de thé dont le parfum épicé m'a rappelé Noël. J'ai plaqué mes paumes au-dessus de la vapeur bouillante.

— T'as froid ?

J'ai fait « non » de la tête, timide. M.A. m'observait avec insistance, le sourire amical. Ses iris erraient entre le bleu et le vert. J'ai pensé à des plumes de paon.

— Y a un truc qui sent bon ici, ai-je dit pour tenter de masquer ma gêne.

— C'est mon pot-pourri, a-t-elle répondu en soufflant sur son thé. J'aime bien les faire moi-même.

C'était très simple, au fond. Des pétales de rose, de l'écorce de pamplemousse et quelques bâtons de cannelle. Tu laisses sécher le tout pendant quelques semaines avec de l'huile essentielle et le tour est joué.

La conversation planait, aérienne, tel un vol de colombes. Cette fille parlait avec une aisance fabuleuse. Toutes ses paroles sonnaient musique, ses mouvements avaient la grâce d'une gymnaste. Elle était terriblement inspirante.

— « M.A. », ai-je demandé, curieuse, c'est... ?

— Marie-Amélie.

— J'aime bien.

— J'aime pas du tout, a-t-elle ri dans une grimace molle en se levant pour aller fouiller un placard. Les potes ont interdiction de m'appeler comme ça ou je les castre.

Je fixais ses jambes nues en pensant que jamais je n'aurais pu porter un short en jean – *tes genoux plissent, tes genoux plissent*. Elle est revenue avec un sachet de cannelés ouvert qu'elle a posé devant moi. J'ai refusé.

— T'es pas gourmande, a-t-elle commenté en mordant dans la pâte fondante.

C'était sans cesse la même remarque. On s'imaginait que je m'affamais alors que je jouais les goinfres en catimini.

— J'ai pas un rapport super sain avec la nourriture...

— Je m'en doutais, a-t-elle répondu, tendre.

— Ça se voit... ?

— Oui.

J'attendais qu'elle pointe ma maigreur mais elle a précisé :

— T'as l'air apeuré face à mes gâteaux.

Cette franchise brutale m'a secouée. À l'étage, la fille avait cessé de cliqueter. On n'entendait plus que la pluie qui déclinait, de plus en plus légère.

— J'ai un père qui méprise les smicards et une mère qui supporte pas les gros.

— Wow, quelle chance, a ri M.A., éberluée.

— Donc j'ai grandi en essayant d'atteindre la perfection dans tous les domaines, minceur comprise.

Elle a hoché la tête, attentive, en mordant dans un nouveau cannelé. Et tout à coup, je me suis souvenue de l'histoire des timbres. C'est sorti de nulle part, cisaillant les cordages de ma mémoire.

— Je devais avoir... quoi... 8 ans ? 9 ans ? On m'avait donné deux classeurs de timbres de collection appartenant à ma grand-mère. Et moi, qu'est-ce que j'ai fait ? J'ai décidé de les rendre tous lisses et nets. Alors j'ai coupé toutes les dents.

Quelle honte j'avais ressentie lorsque ma mère avait découvert le désastre et gémi qu'ils ne *valaient plus rien.*

— J'avais tué tous les timbres en voulant les rendre parfaits.

— C'est mignon, a conclu M.A., mais un peu triste aussi.

Je crois que c'est ici que j'ai choisi de tout avouer. Je ne connaissais pas cette fille et il y avait peu de chances que je la revoie un jour, mais elle avait le sourire engageant et l'œil compréhensif.

Le soir était tombé, sinistre, et j'avais besoin de parler.

Les pâtisseries me narguaient avec leurs corps dodus et ambrés.

Alors j'ai tout livré. Les débuts dans l'art du jeûne, envoûtants, à 14 ans. On se rend compte qu'on a un vrai talent et on s'étonne de ne pas y avoir pensé plus tôt. Les journées filent, la nourriture s'éloigne et le corps fond ; c'est sensationnel, c'est grisant. On perd trois, cinq puis huit kilos. On se rassemble autour de son squelette. On devient fée, sorcière, impératrice.

— Il en dit quoi, ton homme ? a-t-elle demandé en suivant du doigt la trace ronde qu'un mug avait laissée sur la table.

— C'est pas mon homme.

— Oh, OK, j'avais cru.

J'ai fixé ses bagues en turquoise, embarrassée.

Puis j'ai raconté les premiers éclats de fatigue, les dérapages et les punitions auto-infligées. Les abdominaux sur la moquette, la nuit, lorsque toute la famille dort. Puis les doigts plantés au fond de la gorge pour tenter de recracher une pauvre tartine de pain, en vain.

— Je les enviais, les filles qui se faisaient vomir. J'avais l'impression qu'elles avaient accès à un endroit inexploré du monde. Je les voyais comme des princesses tragiques. Elles avaient trouvé LE PAYS. Elles en avaient surtout trouvé la clef.

Et je voulais l'ouvrir aussi, cette porte des secrets.

Mon Dieu, comme j'avais déchanté.

Je m'étais imaginée belle, pure, maigrissime, volant au-dessus des rues et des gens. Au final, j'étais devenue laide et sale, accablée par la honte et les doigts pleins de dégueulis.

— Tu vomis depuis longtemps ? m'a-t-elle demandé d'un ton très doux.

— J'ai commencé vers mes 15 ans.

On tente un soir, comme ça, parce qu'on a trop mangé. On se persuade : c'est juste pour cette fois. Mais c'est comme enfermer dans un tiroir cadenassé une formule magique qu'on vient de découvrir. L'attraction est trop forte alors on recommence. Au départ c'est une fois par mois, puis une fois par semaine et on finit par gerber dix fois par jour sans s'en rendre compte. On ne prend même plus la peine de garder deux tomates ou une demi-pomme. On se débarrasse de la moindre miette. La trappe est refermée. Personne ne t'entend plus crier.

— Tu vomis beaucoup ?

J'ai acquiescé, consternée. Et il était terrible ce sevrage qu'imposait mon voyage. Je n'avais qu'une envie : descendre dans la première épicerie venue et amasser la nourriture entre mes bras.

Comme un câlin.

Mais ça, je ne lui ai pas dit.

M.A. a remué la tête, méditative, puis m'a lancé :

— C'est tellement dur ce que tu t'infliges.

Cette remarque m'a blessée sans que je ne sache trop pourquoi. Après tout, j'en étais consciente. Quand on se prive de nourriture, on sait que ce n'est pas normal. Quand on s'empiffre et qu'on se plonge la tête dans les toilettes, on sait que ce n'est pas normal. Mais je m'étais éloignée du brin de paille que j'étais alors, qui tanguait sur ses jambes décharnées et ne pesait que 36 kilos. Aujourd'hui, la balance en affichait 40. C'était encore trop peu mais je n'étais toujours pas capable de dépasser ce cap. Je savais pourtant que vomir était plus dangereux et plus délétère que de compter les calories. Je savais que je pouvais mourir d'une seconde à l'autre, si mon cœur décidait qu'il en avait assez.

— Mon corps tient, ai-je soufflé du bout des lèvres.

— Mais jusqu'à quand ?

Sa voix semblait teintée d'une légère inquiétude.

— C'est la future psy qui me parle ? ai-je rétorqué dans un sourire forcé.

Elle a lâché un rire fugace avant d'avaler la fin de son thé.

J'ai raconté les subterfuges, les mensonges, le secret. J'avais la nostalgie de l'époque où j'arrivais à ne pas manger. Comme si j'avais quitté la scène où dansaient les ballerines pour me réfugier en coulisses. Ici, pas de paillettes, pas de tutu, on plongeait ses mains dans la fange. J'avais constamment soif parce que les vomissements déshydrataient. Mes cheveux s'affinaient, tombaient. Mes dents se détruisaient. Mon corps entier se détraquait de l'intérieur.

Silencieusement.

— Et le pire, c'est les gens qui connaissent rien à la maladie et te disent que tu pourrais arrêter *si tu le voulais vraiment.*

Non, je ne pouvais pas et c'était là qu'était le piège. Après des années de chute, on est bien trop loin de la surface et on ne peut plus remonter. On est cloîtré dans une prison qui nous broie le cerveau et nous empêche de réfléchir correctement. On pense bancal, inversé ; on pense faux.

Et personne ne peut nous sauver parce que c'est dans la tête que c'est brisé.

Il est bien plus facile de sauver la chair que l'esprit.

— Il est de ton côté, ton corps, m'a dit M.A. en poussant légèrement mon thé intact vers moi. Il t'a rien fait. Il mérite pas tout ce que tu lui fais subir. Il est tout aussi malheureux que toi, tu sais ?

Cette remarque m'a frappée en pleine poitrine.

Je crois que, pour la toute première fois de ma vie, j'ai eu de la peine pour mon corps.

J'étais en train d'avaler une gorgée lorsque la poignée de la porte d'entrée s'est abaissée. Dimitri a glissé sa tête dans l'entrebâillement et demandé s'ils étaient encore punis, ce qui a détendu l'atmosphère. Les garçons ont inondé la pièce d'une odeur de feuilles et de terre mouillée. Thomas sentait également le tabac et quelque chose de plus fleuri lorsqu'il s'est assis à côté de moi.

— Les joints, c'était pas obligé, a marmonné M.A. en posant une casserole sur la gazinière.

J'ai happé le regard de Thomas, sourcils froncés, mais il s'est contenté de me sourire de toutes ses dents.

— T'es défoncé ?

— Possible.

J'ai soupiré pendant que M.A. ouvrait un paquet de coquillettes et que Dimitri passait sous la douche.

De façon très étrange, j'ai eu envie de parler à ma mère.

Je me sentais enfin *capable* de me confronter à elle.

Alors j'ai fouillé mon sac et j'ai fait signe à Thomas. Docile, il a récupéré le blouson qu'il venait d'ôter puis m'a conduite jusqu'à un parc de jeux qu'il avait longé avec Dimitri. Nous nous sommes adossés contre une grande construction en bois mouillé. J'ai pris une profonde inspiration, nerveuse. Allumé mon téléphone.

Ma mère n'avait pas changé : une vraie boule de ronces.

— Ah, c'est *maintenant* que tu m'appelles, Cha ? C'est MAINTENANT ?

Oui mais j'allais bien, c'était l'essentiel, je crois ? Non, je n'étais plus en Bretagne, j'étais quelque part dans les environs, pas loin. Non, je n'avais pas filé avec un mauvais garçon, toujours dans les extrêmes, maman. Oui je le connaissais. Thomas. *Thomas-tout-court*, maman, pourquoi t'avais besoin de connaître son nom de famille ? Non, je n'avais pas encore écouté tous tes messages mais je m'apprêtais à le faire. Mais oui, j'allais rattraper les cours que j'avais manqués, mes partiels étaient en janvier, j'avais le temps, bon sang.

Entendre sa voix me crispait ; je sentais physiquement mon corps se rétracter.

J'ai levé les yeux et je me suis raccrochée aux étoiles qui pétillaient comme des copeaux de topaze.

Quoi, Natascha Kampusch ? Mais qu'est-ce qu'elle venait faire dans l'histoire ? J'avais pas été *enlevée*, maman, j'étais PARTIE. Et j'avais 18 ans, donc non j'étais pas *obligée de prévenir*, et si j'avais envie de me barrer au bout du monde, ben je me barrais au bout du monde et t'avais rien à dire. Mais pourquoi t'avais paniqué ? Je t'avais envoyé des messages où je te disais que *j'allais bien*, maman, alors c'était PAS LA PEINE DE *CRIER*. Mais oui j'allais revenir, évidemment que j'allais revenir, j'avais pas décidé de débuter une nouvelle vie sur la route, j'avais eu besoin d'air parce que tout me gavait, *tu* me gavais, est-ce que tu pouvais comprendre ça ?

Visiblement non.

J'ai tourné la tête vers Thomas, exaspérée. Il s'était assis sur un poussin à ressorts et a brandi le poing pour me redonner du courage.

— Faut que je te laisse, maman.

On essayait de me joindre et je ne savais pas comment gérer le double appel. J'ai raccroché et tenté de reconnaître le numéro qui s'affichait, en vain. À peine ai-je prononcé « allô ? » qu'il m'a submergée :

— Je suis tellement désolé, Charlotte. Tellement, tellement, tellement...

Un baume, sa voix dans mon oreille. Je me suis rendu compte que je souriais. À deux mètres de moi, Thomas se balançait sur son poussin, hilare.

— Salut, Matthieu.

— Tellement, tellement, tellement...

— Tu m'as rien fait, à moi. Retrouve la fille.

— Hélène.

— Quoi... ?

— C'était ça, son nom. Hélène. Ça m'est revenu d'un coup.

— Retrouve-la, s'il te plaît.

Il a certifié qu'il allait le faire. Son souffle chuintait dans le combiné. Le poussin de Thomas grinçait. J'ai posé plusieurs questions à Matthieu : comment il allait (ça va), s'il était bien rentré à Kervignac (oui oui) et s'il avait repris le collège.

— Demain, m'a-t-il confié, morose.

— Gilles a pas sorti le fusil ?

— Non, a-t-il dit dans un raclement sourd, comme s'il tirait le téléphone.

— Il t'a crié dessus ?

— Comme d'hab.

— Il t'a tapé ?

— Vous êtes toujours à Nantes ? a-t-il demandé sans me répondre.

— Niort, ai-je corrigé.

Et ce bruit au loin, c'était Thomas qui s'agitait sur un gros poussin en métal. Ridicule.

— Il a fumé des trucs pas nets, ai-je ajouté plus bas.

J'ai entendu le rire frêle de Matthieu puis il s'est exclamé :

— Oh, tu te souviens du grain de beauté que j'ai arraché ?

Bien sûr que je m'en souvenais.

— Il repousse en grain de beauté, c'est dément, non ?

J'ai souri à l'herbe éparse et raccroché pendant que Thomas sautait, tout seul, sur une balançoire à bascule. J'ai pris le temps de répondre aux SMS de ma sœur et de mes copines puis j'ai rejoint Thomas pour lui rapporter les propos de Matthieu et de ma mère. Il m'a écoutée d'un œil légèrement vitreux et, sur le chemin du retour, il m'a confié :

— Moi, je crois à la famille qu'on se fait.

— Ta mère doit être morte de trouille, Thomas.

Il a soufflé par le nez puis lâché :

— Je vais l'appeler.

— Maintenant... ?

— Bientôt.

Lorsque Dimitri a ouvert la porte, un parfum de pâtes à la crème nous a enlacé le visage. Plusieurs lampes avaient été allumées, la table basse débarrassée, les bouquins repoussés sur le lino. M.A. a débranché l'une des prises pour que je puisse recharger mon téléphone puis elle a rempli quatre assiettes que Dimitri a ornées de cerneaux de noix.

J'ai regardé les garçons s'empiffrer et réalisé que c'était facile, au fond, quand on ne se posait pas de questions.

Alors j'ai voulu essayer.

D'être « normale ».

J'ai grignoté les noix en premier puis les coquillettes. Pauvre imbécile, je n'étais pas « normale ». Pourquoi un acte aussi élémentaire que celui de se nourrir était devenu si complexe et calculé ?

Comme les toilettes se trouvaient dans la salle de bains, j'ai profité du « moment douche » pour avaler ma tablette de chocolat dérobée à la station-service et tout vomir ensuite, tentant de faire le moins de bruit possible. Ça m'a soulagée mais j'avais envie de *plus*, de me bourrer la bouche, de combler tous les vides. J'avais envie de finir la casserole de pâtes, de descendre acheter des kilos de bouffe mais je ne pouvais pas.

Pas ici, au milieu de tout le monde.

Pas devant Thomas.

En sortant de la salle de bains, j'ai évité le regard de M.A., honteuse : je savais qu'elle savait. Dimitri était assis par terre, en tailleur, penché sur les lunettes de Thomas. Il avait ôté le scotch marron et fixait les deux morceaux avec – je me suis rapprochée – de la super glue. J'ai pris place face à lui pendant que Thomas partait se laver et j'ai observé ses gestes appliqués, souples et patients. Il a levé un œil vers moi et m'a souri.

— Il pourra pas plier la branche mais au moins ça tiendra.

J'ai opiné, aimantée par ses mains.

J'aurais voulu rester ici des jours entiers.

Ce couple m'apaisait et me renvoyait une douceur que j'avais oublié de m'offrir depuis trop longtemps. Ils n'avaient rien, leurs placards ne contenaient que des packs de pâtes et de thé mais ils s'en contentaient. J'avais la sensation qu'ils se laissaient porter et vivaient au jour le jour sans s'inquiéter de l'avenir.

Dès que Thomas nous a rejoints, nous nous sommes blottis les uns contre les autres sur le canapé. Dimitri a lancé *Bienvenue à Gattaca* et éteint les lumières. J'ai replié mes jambes contre moi et posé ma tempe sur l'épaule de Thomas. J'avais envie d'enlacer mes doigts aux siens mais je n'ai pas osé.

Puis un riff de guitare a sabré l'ambiance douillette.

— Ah oui, a commenté M.A. d'un ton morne. On n'a pas seulement la fille aux talons, on a aussi le type qui se prend pour Bellamy.

J'avais reconnu *New Born* mais c'était hésitant et fragile. Il jouait quelques notes puis s'arrêtait, recommençait, se trompait.

— Deux mois qu'il bosse la même PUTAIN DE LIGNE.

Elle avait haussé la voix de façon à ce qu'on puisse l'entendre de l'autre côté du mur. Nous avons éclaté de rire puis Dimitri a augmenté le son de la télévision.

J'ai dû m'endormir parce que je ne me souviens pas de la fin du film.

Vers 22h, Dimitri a transformé le clic-clac en lit d'appoint, s'est excusé deux fois de n'avoir qu'un oreiller à offrir, et nous nous sommes couchés. Le couple a disparu du côté de la mezzanine. Allongé près de moi, Thomas se badigeonnait les mains avec une crème qu'il avait trouvée sur le meuble télé.

— Pourquoi faut toujours que tu touches à tout ?

Il a haussé les épaules et lâché :

— Je suis un gars curieux.

Généreux, il m'a laissé la plus grosse partie de l'oreiller.

— Vire tes pieds, lui ai-je lancé, tes pansements me grattent.

Il a fait exprès de les plaquer sur mes chevilles donc je l'ai poussé contre le mur. Le matelas était dur, inconfortable, et la structure métallique couinait à chacun de nos mouvements. Dehors, le vent geignait, rebondissait sur les volets et faisait grincer les portails, comme s'il baragouinait un vieux cantique.

Puis un éclair a illuminé le store et le tonnerre a juré.

— Oh non, ai-je murmuré en me collant contre Thomas.

Il a ri en sourdine.

— Elle peut tomber sur la rambarde, la foudre ?

— Je crois qu'elle choisira le clocher de l'église avant, Charlotte.

Suite à un énième tressaillement de ma part, il m'a demandé pourquoi j'avais aussi peur de l'orage. J'ai confié qu'en réalité c'était l'électricité qui me terrifiait.

— J'ai pas pu finir *La Ligne verte* à cause de la chaise.

— C'est con, c'est l'un des meilleurs King.

— C'est *Simetierre*, le meilleur.

— *Bazaar*, a-t-il contré.

— *Simetierre*.

Il a fait claquer sa langue, irrité.

Malgré l'orage, je me sentais en sécurité près de lui. J'avais une confiance absolue en lui. Ma peau, mes doigts, le cherchaient dans le vide. Mais l'image de mon adversaire au loin tétanisait mes muscles et muselait mes désirs.

— J'ai la trouille, ai-je chuchoté sur ses côtes.

— On va pas être électrocutés, Charlotte.

— Non, j'ai la trouille de revoir le vieux.

Il a mis trois secondes à me répondre :

— Repense à la Chaudière.

Mon corps s'est crispé.

— Ou à la mouette au béret.

— J'ai *vraiment peur*, Thomas.

Il m'a frotté le dos puis a plaqué un baiser sur ma tempe.

— Lui faire bouffer ses couilles, j'ai dit.

Je lui ai donné une claque sur le torse. Il est resté silencieux un instant puis il a ajouté :

— On n'est pas obligés, tu sais.

Au début, j'ai été déçue par cette réponse. Puis j'ai compris qu'il me laissait le choix.

— Si je lâche maintenant... ai-je dit sans finir ma phrase.

— Oui, a-t-il conclu. Ce serait dommage.

Depuis quelques jours, j'avais des images qui refluaient, estompées, raturées, comme tracées au fusain. Des silhouettes traversaient le voile de mes paupières, abjectes. Un homme qui me hisse au sommet d'un toboggan et commente les fraises qui agrémentent ma culotte. Un homme qui sort nu d'une salle de bains et passe devant moi, imperturbable, sans même cacher son sexe. Un homme qui me câline la joue et lance, dans un petit rire, que s'il avait eu vingt ans de moins... Un homme qui me place sur ses genoux et

Qu'est-ce que tu fais de beau, Lottie-chérie ?

— Tu m'en voudrais si j'abandonnais ?

— Non. Bien sûr que non.

Il a pris une profonde inspiration puis m'a avoué d'une voix très fine qu'avant de me connaître, il n'aurait jamais dégondé une porte à cause d'une inscription machiste.

— Ça t'aurait pas choqué ?

Je l'ai entendu déglutir, embarrassé.

— Si, ça m'aurait choqué, mais j'aurais oublié une heure après.

Et il avait honte de le confesser.

J'ai repensé aux premiers jours au cours desquels il rechignait à me laisser payer pour lui. À son entêtement insupportable et aux paroles, parfois rudes, qu'il m'avait adressées. Mais cette bienveillance dont il faisait preuve à travers un geste, un regard, cette bonté naturelle, cette grâce du cœur, entière, le grandissaient.

— J'étais pas insensible, a-t-il repris, mais j'avais pas vraiment conscience de tout ce qu'on vit quand on est une fille.

Il s'est tu de longues secondes avant de chuchoter :

— Maintenant, ça m'importe.

Et ces mots m'ont réchauffée, ranimée.

— Tant mieux si je t'ai rendu moins con, ai-je soufflé.

Un sourire a vibré sur mes cheveux. J'ai écouté le vent ruer tel un cheval halluciné et remuer tout l'appartement. J'ai réécouté les confidences de Thomas se glisser en moi et raviver ma résolution.

— Quand même, ai-je murmuré, on n'a aucun plan.

— Pas encore.

Une seule chose était certaine : lorsqu'on arriverait à Poitiers, je ne voulais pas rentrer chez moi. Il a hoché la tête, compréhensif. Ça briserait l'intention, ça craquellerait l'atmosphère et la puissance du voyage. Si j'ouvrais à nouveau la porte de ma chambre, je redeviendrais cette adolescente, craintive, enchaînée et vaincue.

Je n'étais plus cette fille vaincue.

J'avais grandi plus vite en quelques jours qu'en dix-huit ans. J'avais mûri et commencé à démêler des nœuds anciens, même si le plus difficile restait à venir. Pour m'apaiser, j'ai plaqué mon nez sur les doigts de Thomas : cerise et amande amère.

— Tu sens bon la colle que je sniffais à l'école, ai-je souri, nostalgique.

— La colle avec la cuillère ?

— Oui.

— Avec les potes, on la bouffait.

J'ai levé la tête vers lui, atterrée. Le tonnerre s'était retiré et grognait par à-coups lointains. J'ai alors posé la question qui me brûlait les lèvres depuis la nuit dernière :

— T'es toujours amoureux d'elle... ?

J'ai cru qu'il ne m'avait pas entendue tellement j'avais parlé bas mais il m'a demandé de qui je parlais.

— Tu sais bien de qui je parle, Thomas.

— Non, a-t-il dit.

— « Non » à quoi ?

— Je suis plus amoureux d'elle.

Naturellement, j'ai voulu savoir à quoi elle ressemblait, cette Katel. Elle était blonde, grande, des yeux tirant vers le gris. Je ne sais pas ce qui m'est passé par la tête pour que j'en vienne à répliquer :

— Vous auriez fait des petits blonds.

J'ai senti son corps se crisper d'un coup.

— Oh merde, ai-je aussitôt lâché. Pardon, Thomas, quelle conne...

— C'est rien.

Mais j'ai continué à m'excuser, mortifiée, en me traitant de « triple conne » jusqu'à ce qu'il me coupe.

— Ça va, Charlotte, c'est bon. Parle pas de toi comme ça.

L'appréhension que je ressentais, à cet instant du voyage, était bien trop large pour être contenue. C'était une angoisse sourde et mate qui fondait sur moi comme un aigle. Une ambulance a filé dans la rue, carillonnante.

— *Noz vat*, Tommy, ai-je murmuré une fois le silence retombé.

— *Noz vat*, Madame Sirène.

21

J'ai été réveillée par le cliquetis des fermetures Éclair du sac de Dimitri puis la porte d'entrée s'est refermée. Derrière le store, la ville était muette ; aucun son ne filtrait. L'immeuble entier rêvait encore.

À mes côtés, Thomas dormait profondément, la joue sur le matelas.

J'avais les lèvres desséchées et le corps raidi par la rigidité du sommier. J'ai glissé hors du canapé, barbouillé ma bouche de baume puis fouillé nos vêtements et enfilé le pull de Thomas. Son odeur m'a immédiatement tranquillisée.

Comme les perles qui décoraient mes oreilles.

Je me suis rassise près de Thomas et j'ai posé ma tête sur son dos, comme j'aimais tant le faire. J'ai senti ses muscles frémir mais il est resté silencieux. J'avais envie de le toucher. J'avais envie de l'étreindre et d'absorber une partie de sa force et de sa chaleur. L'attraction était irrésistible, terrifiante.

— Tu sens la rivière, lui ai-je chuchoté. L'eau qui a un goût de galet.

Thomas a roulé sous la couverture et m'a fait face, l'avant-bras plaqué sur les paupières comme pour se protéger du soleil. Puis il a glissé ses doigts le long de ma joue. Il n'a pas eu le moindre mouvement de surprise lorsque j'ai pressé mes lèvres sur les siennes. J'ai fait ça vite, sans réfléchir. Ça ne m'était jamais arrivé auparavant : j'avais toujours *été embrassée*, je n'étais pas celle qui embrasse. Et voilà qu'aujourd'hui je prenais la bouche d'un garçon. J'occupais mon corps. J'agissais.

— Il est tout gras, ce bisou, a-t-il plaisanté en se léchant les lèvres.

Sa voix sortait sourde et craquée, comme blottie sous un tissu de feutrine.

— C'est mon baume, ai-je murmuré.

Il a étiré son sourire mais je me suis sentie tellement gênée que j'ai voulu quitter le canapé. Immédiatement il m'a cramponné le poignet et m'a ramenée vers lui.

— J'aime bien les bisous tout gras, a-t-il chuchoté contre ma bouche.

Il embrassait avec un abandon extraordinaire auquel je n'étais pas habituée.

J'ai eu la sensation que des marguerites fleurissaient partout en moi, dispersant leurs pétales de neige dans mon ventre, mon cœur, mes mains. J'ai eu la sensation qu'on jouait du violon dans mes veines et que le monde autour de nous s'était éclairci, embrasé puis incendié. Un court instant, capturée par les lèvres de Thomas, j'avais effleuré l'innocence pure de l'enfant qui croit que rien ni personne ne pourra jamais lui faire de mal.

J'en avais même oublié le poids de mon corps.

— De quoi t'as rêvé ? ai-je demandé pour tenter de camoufler ce tourbillon intime.

Il m'a raconté qu'on roulait sur l'autoroute dans la voiture d'Andrés qui portait une coiffe de carnaval sur la tête (j'ai ri). Thomas s'était dit : mouais, bizarre, il avait une casquette avant. Du coup, pour vérifier qu'il était en train de rêver, il avait visualisé un éléphant rose et l'animal avait surgi dans la seconde à travers le pare-brise.

— Pourquoi un éléphant rose ? ai-je pouffé, tentant de ne pas faire de bruit pour ne pas réveiller M.A.

C'était le code qu'il avait établi pour savoir s'il faisait un rêve lucide ou pas.

— Et ça s'est terminé comment ?

Il a agrippé l'arrière de mon crâne.

— J'ai fait décoller la voiture et on s'est tous mis à voler.

— Le pied.

J'ai senti son sourire se poser sur le mien. De la tarte à la poire, sa bouche. Moelleuse et chaude.

— Tu m'apprendras à faire des rêves lucides ?

— Si tu veux, a-t-il dit en tendant le bras pour ramasser ses lunettes.

Il a utilisé son T-shirt pour en nettoyer les verres et nous avons attendu, enlacés, les premiers rayons du soleil. J'ai grignoté les miettes de ma tartelette au citron qui avait souffert du voyage puis M.A. est descendue de la mezzanine et a mis la cafetière en route. Pendant qu'elle se battait avec le grille-pain, j'ai écrit « merci de m'avoir écoutée » sur un post-it que j'ai glissé dans son bouquin sur les hystériques de Charcot. La valse des talons a repris à l'étage du dessus. Un moineau a piaillé tout près, sans doute posté sur la balustrade du balcon. Thomas a avalé une grande gorgée de café qu'il a aussitôt recrachée dans son mug.

— T'es dégueulasse, ai-je lancé pendant qu'il se plaignait de s'être brûlé la langue.

M.A. a remonté le store, une biscotte calée entre les dents. Le ciel était chargé, blanc plâtreux. Une grue de chantier dépassait au loin.

— Y a moyen de faire une lessive ici ? a demandé Thomas en trempant un cannelé dans son café.

M.A. a hoché la tête et nous a guidés ensuite jusqu'au sous-sol, dans un local étriqué contenant une machine à laver et un sèche-linge cabossé. Une affiche indiquait : « MERCI DE NE PAS LAVER VOTRE LINGE ENTRE 22 H ET 6 H 30 DU MATIN POUR LE CONFORT DES LOCATAIRES ». Juste en dessous, quelqu'un avait complété, à la main : « et de ne pas squatter l'étendoir pour 3 slips et 1 soutif ».

— Ça, c'est moi qui l'ai rajouté, a ricané M.A.

Nous avons donc lancé un cycle court de trente minutes au cours duquel nous avons raconté une grande partie de notre aventure sur les routes. Passionnée, M.A. nous posait un tas de questions, s'émerveillait des rencontres que nous avions pu faire – et j'ai réalisé que j'étais vraiment chanceuse de vivre une telle expérience à 18 ans. De son côté, elle rêvait de visiter l'Asie du Sud-Est : Thaïlande, Vietnam ou Malaisie. Rien à voir avec des origines lointaines cachées dans son arbre généalogique ; ça « l'appelait », simplement.

Thomas a souri au sol, absorbé par les paysages russes qui languissaient en lui.

Dans ma mémoire, ces derniers moments avec M.A. sont enrobés d'un voilage brumeux. Dès que nous sommes remontés, j'ai passé nos vêtements humides sous le sèche-cheveux pendant qu'elle se préparait pour la fac.

Mais je n'arrivais à me concentrer sur rien.

J'étais à une heure de Poitiers et ma peau d'adolescente revenait me hanter.

Je me souviens de M.A. qui me prend dans ses bras et me chuchote à l'oreille : « Fais attention à toi. » Je me souviens de l'odeur de ferraille des escaliers abrupts. Je me souviens des deux chats qui se battaient au fond d'une ruelle dans un vacarme inouï – j'ai pensé à Matthieu, encore.

Nous nous sommes arrêtés devant un stand de cartes postales et j'en ai acheté deux. Assis sur un trottoir, nous avons rédigé quelques mots pour Pierre-Guy et Sonia puis avons rangé le tout en attendant de nous remémorer leurs adresses pour pouvoir les envoyer. Thomas ronchonnait parce qu'il n'avait pas retrouvé la sensibilité de sa langue. Les rayons d'un vélo fouettaient l'air derrière moi. Un petit garçon m'a souri, tapi dans sa poussette. Puis nous avons longé un immense graffiti qui clamait en grosses lettres noires :

MÊME PAS PEUR, MÊME PAS MAL

J'ai stoppé devant, à la fois hypnotisée et bouleversée, tandis que Thomas m'imitait. J'aurais donné beaucoup à cet instant pour figer le monde.

— Pourquoi t'as mis autant de temps à m'embrasser ? ai-je chuchoté aux lettres grasses.

Du coin de l'œil, je l'ai vu tourner la tête vers moi.

— C'est toi qui l'as fait.

— Parce que tu te *décidais pas*.

J'ai entendu ses semelles racler le bitume.

— Je voulais que tu viennes vers moi, a-t-il avoué.

— Pourquoi ?

Il n'a pas répondu et a ramassé le sac marin en pointant une petite voiture arrêtée sur le bas-côté de la route, au loin. Nous avons couru par peur de la voir partir. Peu à peu, je me suis rendu compte qu'elle n'était pas en très bon état : l'aile arrière était enfoncée à deux endroits, le rétroviseur droit manquait et les enjoliveurs avaient tous disparu. Un groupe de jeunes discutait juste à côté, cigarettes aux lèvres et canettes à la main. Lorsque nous sommes arrivés près d'eux, ils nous ont salués. Un garçon gigantesque aux cheveux noués en catogan a levé un soda, interrogatif. J'ai refusé mais Thomas a accepté et rattrapé la boisson au vol. Les anneaux métalliques ont été claqués. L'air a chuinté et s'est gorgé de bulles gazeuses.

— Sam, nous a souri le jeune homme en présentant sa paume.

Thomas s'est rapproché et l'a serrée. On m'a fait la bise avec enthousiasme. Ils étaient trois : Samuel, Pauline et Lucas, alias « K ». Un fort accent égayait leurs paroles. Contrairement à ce que nous pensions, ils n'étaient pas amis mais cousins. Pauline avait des paupières saturées de fard rubis, un foulard attaché autour du front et deux grands colliers en perles de rocaille multicolores. Sa chevelure était teinte en bleu pétrole et dévoilait deux bons centimètres de racines blondes. K, en perfecto noir et T-shirt *Star Trek*, avait les yeux dissimulés derrière des lunettes de soleil et les lobes des oreilles écartés par deux cercles en plastique que j'évitais de regarder. Samuel, quant à lui, portait un sarouel et avait le visage recouvert de piercings. Une fossette fendait son menton.

Je les ai observés du coin de l'œil. J'aimais cette authenticité qui les nappait comme de la pâte à sucre, j'aimais la spontanéité de leurs gestes et la ferveur de leur voix. Je sentais qu'ils étaient en totale harmonie avec leur corps, libres et immenses.

J'aurais payé cher pour connaître la recette de leur désinvolture et de cette liberté.

Thomas a ri à quelque chose qu'a dit Samuel, Pauline a tendu vers moi un gros sachet de bonbons fantômes ; j'en ai pris un sans réfléchir. Il était élastique et avait un goût de guimauve.

— J'ai mangé tous les tombeaux, s'est-elle excusée dans un clin d'œil.

Le ciel avait chassé ses nuages et affichait une peau lisse et bleu dragée. Je me voyais dans les verres-miroir des lunettes de K. Nous n'avons pas eu besoin de leur demander s'ils pouvaient nous embarquer avec eux : d'instinct, Pauline a ouvert la portière arrière pour nous laisser entrer. Ils se rendaient à Archigny mais nous déposeraient à Poitiers avec plaisir. Eux aussi étaient des adeptes de l'auto-stop, du coup ils ramassaient régulièrement les gens qu'ils croisaient en chemin, histoire de s'entraider.

— On prend pas l'autoroute, a prévenu Samuel, ça vous dérange pas ?

Thomas et moi avons secoué la tête.

Les cousins avaient fait des courses pour Halloween parce que de gros sacs bourrés à craquer de babioles orange et noires envahissaient l'habitacle.

— Poussez le bazar, nous a lancé Samuel avant de s'installer derrière le volant.

Nous nous sommes alors entassés dans leur minuscule Fiat qui n'avait même pas la direction assistée. Ça puait le tabac, les boissons gazeuses et le sucre chimique. K s'est assis sur le siège passager et Pauline s'est glissée à côté de Thomas. Curieusement, le trio n'avait pas besoin de s'adresser la parole pour s'écouter. Les rares moments où ils se parlaient, Samuel complétait les phrases de Pauline qui elle-même achevait les répliques de K.

On se sentait presque de trop au sein de cette osmose secrète.

Le paysage qui défilait semblait me susurrer : bientôt, bientôt, bientôt.

Sur ma gauche, Thomas avait fermé les yeux et se laissait bercer par le balancement de la voiture. Devant, K a bâillé sur son poignet puis calé sa tête contre la vitre et fixé la route. Les enceintes recrachaient une version rock d'un Vivaldi qu'il relançait en boucle.

— C'est qui ? ai-je demandé, ensorcelée.

— Patrick Rondat, m'a appris Pauline à ma droite. Le boss.

Le lecteur CD portatif pendait dans le vide, accroché à un câble abîmé. K s'est allumé deux cigarettes et en a planté une dans la bouche de Samuel puis les vitres ont été entrouvertes. Une giclée de vent m'a raclé les joues. Pauline marquait le tempo sur les badges qui recouvraient son sac et interprétait les solos dans l'air, le visage inspiré, du vernis bleu écaillé sur les ongles. Thomas remuait les jambes, désaccordé.

C'était très fort, très stimulant.

— Vous êtes musiciens ? ai-je questionné.

Tous trois ont hoché la tête en chœur. Samuel jouait de la basse, Pauline de la guitare et K de la batterie. Ils se produisaient dans les bars et restos qui voulaient bien d'eux. Mais la vérité, c'est qu'ils préféraient jouer dans la rue plutôt que devant des fils à papa trop occupés à déguster leur poisson-sauce pour apprécier la bonne musique. Le « poisson-sauce » a fait rire Thomas, fatigué. J'ai devancé ses paroles et confié au trio :

— L'écoutez pas, il a fait quatre ans de violoncelle et il se prend pour Raspoutine.

— Rostropovitch, a rectifié Thomas en levant un sourcil.

— Ouais, c'est kif-kif.

Il m'a tendu une moue sceptique.

— L'un fait quand même plus peur que l'autre.

Le sourire de Samuel a empli le rétroviseur tandis que le rire de Pauline inondait l'habitacle, aussi clair et brillant qu'une toile d'araignée sous l'aurore.

Je n'ai pas senti les kilomètres filer.

Pauline frappait le dossier de K dès qu'elle apercevait un panneau avec le logo « monument historique », réclamant qu'on s'arrête pour le visiter, mais Samuel poursuivait la route, imperturbable.

— Bande d'incultes, a-t-elle fini par grogner en se renfonçant dans son siège. Débiles de Cro-Magnon.

Et elle a continué sur sa lancée avec des insultes qu'elle avait visiblement l'habitude de leur cracher parce que ses cousins les prononçaient en même temps qu'elle.

— Elle nous les brise avec ses châteaux, s'est moqué K, s'exprimant pour la toute première fois.

Il avait une voix grave et suave, une voix-tiramisu.

— Vous auriez pas dix balles à nous filer par hasard ? a soudain demandé Thomas sans la moindre gêne.

— On a tout claqué pour la soirée Halloween, a répondu Pauline.

Et pourtant, ils étaient tous en train de fouiller leurs poches. Glissant son bras vers l'arrière, Samuel a tendu un billet froissé de 5 euros à Thomas. K y a ajouté un préservatif et Pauline un badge ainsi qu'un médiator. Je les ai remerciés avant de rendre le sachet plastifié à son propriétaire.

— Je crois qu'on n'en aura pas besoin, ai-je murmuré, embarrassée.

J'ai senti le regard de Thomas sur moi sans oser m'y confronter.

Au cours des derniers kilomètres, nous avons été ralentis un moment derrière un groupe de cyclistes puis un tracteur impossible à doubler mais Samuel ne s'est jamais énervé. Lorsque nous sommes parvenus à destination, il a tenu à me faire la bise, très galant. Resté dans la voiture, K nous a salués en levant une énième cigarette à travers le pare-brise. Pauline a sorti le haut de son corps par la vitre et secoué le bras, la bouche pleine de bonbons fantômes.

J'ai pensé à mes propres fantômes qui rognaient mes pas.

J'allais en retrouver un bientôt, sans doute le plus féroce et le plus impressionnant.

— Je sais pas comment on a réussi à loger à cinq dans cette boîte, ai-je dit en épinglant le badge de Pauline sur mon pull, une guitare version Picasso.

Nous avions parcouru plusieurs rues et la musique résonnait toujours en moi. J'avais le sentiment que les cousins m'avaient communiqué une part de leur quiétude et de leur lâcher-prise. Il suffisait de se laisser porter et d'agir selon ses valeurs et convictions profondes, sans accorder d'importance aux regards qui vous jugeaient de façon gratuite et vicieuse.

J'avais cherché à approcher cette légèreté mais j'avais allégé la chair au lieu d'alléger l'âme.

— T'as vu les oreilles de K ? ai-je demandé à Thomas, le nez froncé, tandis que nos pieds frappaient les pavés.

Il a hoché la tête d'un air songeur.

— J'ai trouvé ça cool.

— Moi j'avais peur que ça craque...

Après avoir atteint l'hôtel de ville, nous nous sommes installés sur les marches en pierre du parvis. J'ai ressorti les cartes postales et le stylo-pompon puis nous nous sommes disputés au sujet de l'adresse de Pierre-Guy.

— Et si on écrit « à la maison qui sourit » ? ai-je suggéré.

Thomas m'a observée, sceptique, mais ça ne m'a pas empêchée de l'inscrire en grosses lettres. Après tout, il n'y avait pas mille chambres d'hôtes gérées par un Pierre-Guy. Nous avons ensuite traversé la place et descendu de nombreuses avenues jusqu'au grand bureau de poste. À la sortie du bâtiment, j'ai observé le décor qui nous entourait. Deux gamins se couraient après dans des cris suraigus. Un oiseau a fendu le ciel en lâchant un son de ressort rouillé. J'étais à la fois très émue et mal à l'aise en retrouvant Poitiers.

Je réalisais que c'était en quittant mes attaches que je m'étais *sentie chez moi*.

Malgré tout, et même si j'avais envie de montrer ma ville à Thomas, j'avais très peur de croiser mes parents, alors nous sommes entrés dans une brasserie et nous sommes assis près du comptoir pour ne pas être aperçus par les passants. Affamé, Thomas a réclamé un steak-frites.

— On n'aura jamais assez pour la chambre, lui ai-je rappelé, inquiète.

— Profite, m'a-t-il simplement répondu.

Ses yeux étaient aussi doux qu'une génoise ; j'ai commandé une menthe à l'eau.

Les lampes tombaient bas au-dessus des tables carrées, pendues à des chaînes. De gros tuyaux peints en doré décoraient le plafond. Un homme matraquait un flipper dans le coin de la salle. Je me suis éclipsée aux toilettes, légèrement nerveuse, mais la seule inscription qui ornait la porte scandait : « mort aux cons et aux politiciens !!! » qu'une autre main avait assaisonné d'un : « y'a 1 différence ? ».

Lorsque je suis revenue, Thomas avait ôté ses lunettes et plaqué son front sur la table. Son dos tressautait.

— Tu pleures... ? ai-je dit en me précipitant vers lui.

Non, il était en plein fou rire. J'ai soupiré, soulagée, et je me suis réinstallée face à lui.

— T'as posé un éléphant rose dans la salle ? ai-je demandé en jetant un œil autour de moi.

Il s'est frotté les cils, a renfilé ses lunettes et s'est mis à parler de tatouages.

— Quels tatouages ?

— La fille derrière toi.

Je me suis retournée mais Thomas m'a rappelée à l'ordre. Je lui ai lancé un regard blasé tandis que le serveur apportait son steak-frites. J'ai avalé trois grandes gorgées de menthe à l'eau puis j'ai voulu savoir à quoi ressemblaient les fameux tatouages. Thomas s'est remis à glousser en coupant sa viande puis il m'a dit :

— J'ai pas envie d'être méchant mais je vais l'être quand même.

Et, un par un, il m'a lu les messages qui ornaient la peau de la fille en y ajoutant un commentaire à chaque fois. Il y avait un sublime « Jésus est vivant » auquel il a rétorqué :

— Mais vieux et plein d'arthrite.

Il y avait : « Tourne-toi vers le soleil et l'ombre sera derrière toi. » Sa remarque était sans appel :

— Ce tatouage ne fonctionne pas la nuit.

J'ai souri en lui volant une frite, puis une deuxième ; il a fait pivoter son assiette de façon à ce que je puisse me servir facilement. Puis il a voulu me rapporter le dernier tatouage mais a failli s'étouffer en riant.

— Le meilleur pour la fin, m'a-t-il enfin glissé en se penchant vers moi : « là où il y a une larme, il y a un ceour ».

J'ai froncé les sourcils, contaminée par son sourire.

— Un quoi... ?

— Un ceour, a-t-il répété. Je pense qu'à la base c'était « cœur ».

— Mais qu'est-ce qui s'est passé ?

— Le tatoueur était sûrement un pote à elle complètement bourré.

Nous nous sommes bidonnés au-dessus du steak-frites, oubliant momentanément le combat qui nous attendait. L'homme a délaissé son flipper dans un ultime coup de reins après avoir fait TILT, mauvais joueur. J'ai voulu utiliser toutes les épices qui se trouvaient sur la table donc

Thomas m'a laissé saler sa viande, la poivrer, la ketchuper puis la moutarder.

— Délicieux, m'a-t-il affirmé entre deux quintes de toux.

Lorsque nous avons quitté la brasserie, il était à peine deux heures de l'après-midi. Par sécurité, nous sommes entrés dans le premier hôtel que nous avons aperçu. Ça sentait la laine chauffée au soleil. Nous avons pris une chambre qui nous a coûté 55 euros. Des teintes de beige et de bleu, une télévision en hauteur et une peinture sur le mur qui nous a rappelé les toiles abstraites de Pierre-Guy. Une salle de bains spacieuse avec un grand miroir, une cabine de douche, des W.C. et un drôle de distributeur de savon en forme de téléphérique. Mais aucune porte ne la séparait de la chambre.

— C'est quoi le délire des gens ? ai-je râlé. Et l'intimité, ils connaissent ?

— Y a un rideau, a constaté Thomas en l'agitant.

— Mais c'est pas comme une porte...

— Ça te gêne ?

J'ai haussé les épaules, mal à l'aise.

— Un peu... pas toi ?

Il a secoué la tête. Lui pouvait chier devant n'importe qui, n'importe quand, dans n'importe quelle condition.

— Quel poète, ai-je plaisanté en ramassant mon sac.

Après avoir récupéré notre argent, je nous ai déniché un second hôtel, plus simple mais surtout bien moins cher. On entrait par le restaurant qui avait des allures de cantine de collège. Un parfum épais de soupe aux lentilles gonflait l'air de la salle.

— Y a une thématique « ânes », m'a soufflé Thomas en désignant le comptoir.

J'ai contemplé cette collection de sculptures étonnante. L'animal le plus imposant, une statue d'un mètre de haut, nous présentait le menu avec un sourire qui contenait trop de dents. Quant à la chambre qu'on nous a attribuée, elle était petite mais épurée. Deux lits gonflés par les oreillers, des lampes fixées aux murs qui ressemblaient à des torches. Un bureau rond patientait près de la fenêtre. La salle de bains était exiguë mais elle avait le mérite d'avoir une porte.

— Vendu ? m'a demandé Thomas.

— Vendu.

Je me suis couchée sur le premier lit et j'ai fermé les yeux. Il n'était pas du tout l'heure de dormir mais j'avais envie d'oublier. De presser le bouton PAUSE pour fuir la réalité.

— Juste une minute, ai-je chuchoté en reprenant sans le vouloir les paroles de Thomas lors de notre rencontre, à Vannes.

J'ai fini par m'assoupir parce que j'ai rouvert les yeux sous une grande couverture marron. On m'avait ôté mes tennis. Thomas était allongé sur le lit d'à côté, les mains croisées sous la nuque, et suivait une émission sans le son.

— Merde, ai-je marmonné en me frottant les cils, j'ai dormi longtemps... ?

— Une heure environ, a répondu Thomas en jetant un coup d'œil à sa montre.

Il était 16 h 12.

Nous avons poussé les deux lits l'un contre l'autre puis je me suis blottie contre lui. Il a retiré ses lunettes avant d'enlacer mon dos.

— Alors comme ça, tu veux devenir médecin ?

Il a simulé un étranglement puis s'est avachi, comme mort.

— Ce qui signifie... ?

— Je traîne sur les routes depuis *une semaine*, a-t-il raillé. Je me suis cassé du cimetière où on enterrait ma grand-mère et aujourd'hui je suis à 300 kilomètres de chez moi. J'ai l'air d'avoir envie de réussir médecine ?

— T'as menti ?

— Non, je repique vraiment ma P1. Mais ça m'intéresse pas.

Il m'a raconté que toute sa famille n'était constituée que de médecins et pas seulement ses parents. Le grand-père avait été un généraliste adoré par sa clientèle, la tante du côté maternel était pharmacienne, l'oncle était kiné. Du côté de son père, même ambiance : y avait un aide-soignant, une radiologue et deux infirmiers. Alors on l'avait poussé dans le tas sans lui demander son avis.

— Au moins, ai-je dit, si t'as besoin d'un rendez-vous en urgence, c'est pratique.

— C'est le point positif, c'est sûr.

— Tu viens de la haute ?

— Non, a-t-il souri, mais y a du fric chez moi, j'ai pas honte de le dire.

Il s'est interrompu quelques secondes avant d'ajouter qu'il pourrait me rembourser très vite. J'ai balayé sa remarque d'un mouvement du poignet puis demandé quel métier il voulait faire.

— Maître Jedi.

Je lui ai donné une tape sur les côtes.

— Sérieusement, Thomas.

Il a soupiré avec vigueur, ce qui a fait remuer ma tête. J'ai senti son cœur accélérer sous ma joue.

— Sérieusement, j'en sais rien. Est-ce qu'on est obligés de savoir ce qu'on veut faire de sa vie à 19 ans ?

Non, ai-je répondu en pensée. Moi aussi j'étais paumée face aux commandements du monde adulte. J'ignorais encore qui j'étais et à quoi j'allais servir dans la vie.

— Il faudrait avoir testé un paquet de métiers pour savoir lequel nous plaît, a-t-il ajouté, mais c'est pas possible.

Nous sommes ensuite restés plusieurs minutes sans nous parler puis j'ai pris appui sur un coude et je l'ai embrassé.

Il m'a liquéfiée, ce baiser.

Elle me semblait minuscule, ma tête, entre ses mains longues et fines. J'étais bouleversée par ses bras autour de moi, la chaleur de son corps contre le mien. J'avais passé les trois dernières années de ma vie à repousser le contact physique. Je sortais avec des garçons gauches et inexpérimentés parce que je les pensais inoffensifs. Dès que leurs doigts s'égaraient sous ma couche de vêtements protecteurs, je les chassais et mettais un terme à la relation.

Mais aujourd'hui je réalise que j'avais très peur qu'on me touche parce que j'en avais atrocement envie.

Les talons d'une femme ont frappé le sol et fêlé cette étreinte. J'ai pensé à ma mère. À sa paire d'escarpins argentés qui m'émerveillaient et claquaient de la même manière lorsque je les empruntais en secret.

— Tu veux pas appeler ta mère... ? ai-je proposé à voix basse.

Thomas a récupéré la télécommande et s'est mis à zapper, les dents serrées. Le carré de la télévision bougeait dans ses yeux. Il n'avait toujours pas réactivé le son.

— Tu lui ressembles physiquement ? ai-je demandé.

— À ma mère ?

— Oui.

— Je suis elle en garçon, sans les cheveux.

— Tu les tiens de qui, les cheveux ?

— De ma grand-mère.

— Celle que t'as perdue... ?

— Oui.

Un long silence s'est écoulé puis il m'a tendu sa paume en soufflant :

— OK, passe-moi ton téléphone.

Il a enclenché le mode « inconnu » pour ne pas exposer mon numéro. J'entendais presque les sonneries vibrer dans l'air.

— Hello, maman, a-t-il lâché dans un sourire factice.

Puis il est resté mutique, écoutant ce qu'on lui racontait à l'autre bout du fil, éloignant le combiné lorsque la voix s'envolait vers les aigus. Enfin, il a répondu qu'il allait plutôt bien puisqu'elle avait oublié de le lui demander. Il a dit : « Pas exactement mais pas très loin, dans le Sud-Ouest. » Il a haussé le ton, front ridé et regard de glace : « Tu m'étonnes qu'ils t'ont ri au nez, les flics, je suis *majeur* au cas où tu l'aurais zappé. » Il a dit : « T'es très mal placée pour me balancer ça, tu passais ton temps à lui rappeler tout ce qu'elle avait foiré dans ton enfance alors viens pas parler de dignité, maman, viens pas me parler de respect. » Il a frappé la couverture et a dit : « J'irai la voir en rentrant,

OK ? j'avais pas envie de les croiser, tous, à faire semblant d'avoir mal et à chialer faux, ça me *dégoûte,* et puis j'avais pas envie de le voir, son *foutu cercueil,* TU M'ENTENDS ? » Finalement, il a gueulé : « MAIS C'EST ÇA, VA LES POSER TES CONNES DE FLEURS, ELLE LES SENTIRA PAS, TU SAIS ? ».

Puis il s'est pincé l'arête du nez et n'a plus prononcé un mot durant de nombreuses secondes.

— Putain, pleure pas, maman...

Il m'a paru vulnérable soudain, un gamin se débattant avec ses fautes et ses torts. Il l'a répété plusieurs fois, « pleure pas, maman, excuse-moi, j'ai été trop loin » puis il a renversé la tête en arrière et fixé l'une des lampes égayant le mur.

— Je *sais* que c'est important pour toi, a-t-il dit d'un ton très doux. J'irai en poser aussi quand je reviendrai. Mais oui, une orchidée, je sais.

Immédiatement j'ai imaginé sa longue silhouette blonde s'avançant vers la tombe de sa grand-mère, la plante entre ses bras. Il a répondu : « bientôt », amorcé un sourire maladroit puis blêmi et serré les dents jusqu'à les faire crisser.

— Moi aussi, a-t-il chuchoté d'une voix presque inaudible avant de raccrocher puis d'observer l'écran qui s'éteignait.

Je lui ai repris le téléphone et l'ai jeté sur le lit.

— « Moi aussi » quoi... ?

— Champagne ! a-t-il clamé en trinquant avec le vide. Ma mère m'a dit qu'elle m'aimait. Je répète : ma mère m'a dit QU'ELLE M'AIMAIT.

J'ai souri en retirant un flocon de poussière qui s'était collé à ses cheveux.

— Et ça te fait quoi ?

Ses yeux, lointains, semblaient explorer les sous-sols délaissés de ses pensées.

— Laisse-moi digérer l'info et je te dis ça dans quelques jours.

J'ai ri puis repris ma place sur ses côtes. J'entendais son cœur gambader sous la chair fine. Mais très vite il s'est détaché de moi et a entrouvert la fenêtre pour s'allumer une cigarette. Comme j'ai senti qu'il avait besoin que je le laisse tranquille quelques instants, j'ai étendu nos vêtements encore humides sur le bureau pour qu'ils finissent de sécher puis j'ai sorti la revue de mots mêlés et décidé d'achever la grille de Matthieu. Il ne restait que trois mots à trouver : « chalutier », « écueils » et « méduses ». À travers la fenêtre, j'apercevais l'enseigne lumineuse d'un magasin dont l'avant-dernière lettre était éteinte. J'ai entouré « écueils ». La grille remuait et se brouillait devant mes yeux. Enveloppé par un serpent de fumée, le dos de Thomas me chuchotait en pensée : *bientôt, Charlotte, il faudra qu'on se sépare, je devrai rentrer chez moi.*

22

Le soir s'est glissé sur nous tel un morceau de guipure, troué des derniers rayons du soleil. Nous avons écouté *The days of Pearly Spencer* sur mon MP3 que j'ai ensuite mis à charger. J'ai coloré le gros ventre des D comme Matthieu avait rempli le chapeau des A. Thomas s'est amusé à lire la partie espagnole du livret d'accueil de l'hôtel en imitant l'enthousiasme déchaîné d'Andrés, puis il s'est mis à lancer le stylo-pompon dans l'air. Quelqu'un a traversé la rue en dribblant avec son ballon : un son dur, exaspérant.

Nous parlions de tout sauf de ce qui nous avait conduits ici.

C'est Thomas qui a finalement effeuillé la tension. Il a roulé sur le lit pour se rapprocher de moi et m'a regardée à l'envers.

— Y en a eu d'autres, des mains baladeuses ?

Je l'ai dévisagé, troublée.

— Quand t'as crié dans le bois, après avoir paumé ta valise, t'as parlé d'autres gars.

— Oh, ai-je murmuré. Non.

Mais le ton de ma voix ne l'a pas convaincu. J'ai levé les yeux au ciel, crispée.

— OK, quelques mains aux fesses, comme toutes les filles... C'est tout.

Il a haussé les sourcils avec lenteur et je me suis rendu compte des derniers mots que j'avais prononcés.

— C'est *lui* que je vise, Thomas, ai-je dit en lui dérobant le stylo pour me donner une contenance. C'est ce connard que je veux démolir, les autres je m'en fous.

— Alors prête pour retrouver son adresse ? a-t-il lancé en se remettant à l'endroit.

Sa voix sonnait soyeuse à l'image d'un nectar de mangue.

— Comment ?

— Je descends et je demande un annuaire.

Aussi simple que ça.

J'ai acquiescé, engourdie, puis je l'ai regardé enfiler ses baskets et quitter la chambre. Je n'ai rien pu faire pendant qu'il était parti. Les choses devenaient concrètes et me paralysaient. Lorsqu'il est revenu, les pages blanches calées sur le torse et un muffin entre les dents, je n'avais même pas changé de position, recroquevillée contre le mur. Il m'a tendu un deuxième muffin, l'air ravi.

— T'as pris ça où... ?

— A un ué en a.

— Pardon... ?

Comme je ne récupérais pas la pâtisserie, il l'a posée sur ma revue de mots mêlés.

— Y a un buffet en bas, a-t-il répété de façon plus claire.

— T'as le droit de te servir ?

— J'en sais rien mais je me suis servi quand même.

Puis il s'est affalé sur son lit pour ouvrir l'annuaire.

— Alors, comment il s'appelle ce pourri ?

— Fabrice Évrard. Avec un D.

Difficile de cracher son nom ; j'ai eu la sensation de me salir la bouche.

Concentré, Thomas a cherché les E en mâchant son muffin. J'ai ramassé celui qui m'épiait et entrepris d'en grignoter les pépites au chocolat. Mes doigts ont commencé à briller gras.

— Là, s'est exclamé Thomas, fier, en tapant la page. Y a un Fabrice Évrard et deux F. Évrard.

J'ai lâché la pâtisserie, tout à coup au bord de la nausée.

Nous avons décidé d'appeler les trois pour savoir si l'une de ces voix me perturbait. J'ai demandé à Thomas de téléphoner pour moi ; il a activé le haut-parleur et composé le numéro du Fabrice Évrard. On lui a raccroché au nez.

— T'es sûr du « Jean Moulin »... ?

— C'est le premier nom qui m'est venu à l'esprit.

— Trop jeune, ai-je objecté.

Je n'aurais jamais pu décrire la voix du vieux, désormais coincée dans ma chair sans aucune mélodie, mais j'étais persuadée que je la reconnaîtrais si je l'entendais. Thomas a composé le second numéro.

La sonnerie d'attente a empli la chambre.

Mon cœur gueulait sans aucune retenue.

Le Jean Moulin s'est transformé en Jean Martin.

Le premier F. Évrard était manifestement une Fabienne ou une Françoise mais le deuxième a réveillé en moi un malaise épais et diffus.

— Je sais pas trop, ai-je confié à Thomas lorsqu'il a reposé le téléphone. J'ai l'impression que c'est lui mais j'en suis pas sûre à 100 %.

— Tu veux que je rappelle ?

J'ai secoué la tête, perturbée. La voix n'avait pas provoqué de bond d'angoisse mais je sentais mon corps faible et fébrile, comme s'il percevait des détails intimes et souterrains auxquels je n'avais pas accès.

Sans surprise, j'ai eu besoin de manger.

J'ai proposé d'aller au restaurant, ce qui a étonné Thomas. Je savais que je n'allais rien garder de ce repas mais j'avais envie d'avaler quelque chose de soigné pour changer des kilos de sucre et de gras que j'absorbais dans la honte lorsque je me retrouvais seule chez moi. J'ai vidé le contenu de mon portefeuille et compté l'argent qui nous restait : 27 euros et 53 centimes. Nous sommes donc ressortis dans la fraîcheur du soir et avons scruté les différentes ambiances à travers les vitres. Le bistrot dans lequel nous sommes entrés était décoré à l'ancienne : chaises en osier, toiles Vichy et carrelage en damier noir et blanc. L'éclairage jaune dorait nos peaux.

Nous avons pris place autour d'une table carrée qu'on avait stabilisée avec un bout de carton. Le brouhaha m'enrobait comme un linge.

Ne pas penser. Ne *plus* penser.

À travers les enceintes ruisselait un filet de musique classique heurté par les tintements des couverts. Nous avons parcouru le menu en lorgnant les prix avant les plats. Un homme à la voix épaisse parlait plus fort que les autres. Le rire d'une femme a étoilé la salle.

— Très corsé et bouqueté, a commenté Thomas en dégustant une gorgée d'eau.

Le menton dans la main, je lui ai fait du pied sous la table ; il a souri sans lever les yeux. Ce sourire généreux qui lui prenait tout le visage.

Et tout le long du repas il a continué à me parler de tout et de rien pour que je ne me voie pas manger.

Je me souviens avoir commandé une omelette aux champignons là où la Charlotte raisonnable aurait opté pour une salade sans sauce. Je ne me souviens pas de ce que Thomas a choisi – un cadre noir occulte son assiette. En revanche, je me rappelle avoir partagé une grosse part de flan avec lui. Ça fondait dans ma bouche. Thomas s'amusait à le faire trembler dans sa cuillère comme un bloc de gelée.

— La meilleure scène de *Jurassik Park*, ai-je commenté. Avec les raptors dans la cuisine.

Évidemment, son avis différait.

— L'arrivée du T-Rex.

— Les raptors, ai-je insisté.

— Le T-Rex.

Je me souviens de cette sensation merveilleuse d'être presque « normale », assise à une table de restaurant.

Je me souviens des iris de Thomas, vert jade sous les lampes blondes.

Mais le diable à ressort a rejailli sous ma peau, grimaçant et tortionnaire. Sur le chemin du retour, j'ai demandé à Thomas de me laisser seule une demi-heure. Il a hésité un instant, jetant ses yeux vers le lointain, puis il m'a répondu :

— Non.

Je ne m'attendais tellement pas à ce refus que j'en suis restée étourdie.

— Quoi... ?

— Non.

Tout s'est bousculé dans ma tête. En quelques secondes, j'ai imaginé mille scénarios : courir et m'enfermer dans la chambre avant qu'il n'ait pu me rattraper. M'enfuir et chercher des toilettes publiques où vomir mon forfait. J'étais prête à le supplier mais j'ai tourné les talons et foncé vers l'entrée de l'hôtel. J'ai entendu Thomas me suivre au pas de course.

— Laisse-moi, s'il te plaît, ai-je dit en passant la porte.

Il m'a agrippé le coude en crachant :

— Arrête.

Sa voix crissait. Son regard me hurlait : je sais ce que tu fais et j'ai pas envie de cautionner ça. Nous avons grimpé l'escalier qui menait à la chambre dans un silence sinistre puis il a ouvert la porte et m'a dévisagée avec agressivité.

— Mais vas-y, a-t-il dit en pointant les toilettes. Fais ton truc dégueu, te gêne pas pour moi.

J'étais figée dans l'entrée, les bras croisés sur ma poitrine et les sanglots au bord de la bouche. Thomas s'était tourné vers la fenêtre et m'observait dans le reflet de la vitre. Incapable de soutenir son regard, j'ai fixé les pliures de son blouson.

— C'est pas la bonne méthode, Thomas...

Il s'est mis à respirer de plus en plus fort puis il a fait volte-face et quitté la pièce sans refermer la porte.

C'est moi qui l'ai claquée avant d'actionner le verrou.

Je chialais déjà lorsque je me suis précipitée devant la cuvette des toilettes. Honte et peine se mêlaient en moi en une pâte répugnante, mais la déception était pire encore. Celle que j'avais fait naître en lui.

Je n'ai pas pu.

La terreur de perdre ce garçon qui m'apportait tant a détrôné le dégoût de mon estomac gonflé.

J'ai rincé mon visage à l'eau chaude et couru à sa recherche. Comme je ne l'apercevais nulle part, j'ai demandé à la dame de l'accueil si elle l'avait vu. Oui : le jeune homme avait quitté l'hôtel mais elle ne savait pas où il était allé. Je me suis ruée vers la sortie et je l'ai appelé comme j'avais appelé Matthieu dans les rues de Nantes.

Dotée d'une résolution subite et invulnérable.

Mes pas m'ont conduite instinctivement vers l'église de Saint-Porchaire et j'ai repéré son blouson au loin. Il s'était assis sur un banc de la place d'Armes. Un filet vaporeux s'échappait de sa main et s'envolait vers le ciel de carbone.

Il ne m'a pas quittée des yeux jusqu'à ce que je le rejoigne.

Je me suis glissée à ses côtés et, sans réfléchir, je l'ai pris dans mes bras.

J'ai serré fort, comme jamais je ne l'avais fait auparavant. J'ai serré avec ma honte et ma rage, avec toute l'affection que j'éprouvais pour lui et qui me lacérait le ventre.

Et j'ai tout lâché, à défaut d'avoir vomi.

Je lui ai dit que c'était moi aussi cette fille moche, cette fille crade qui dégueulait sa famille et son passé, j'avais *pas prévu* de m'attacher à un garçon, j'avais *pas prévu* de rencontrer quelqu'un qui donnerait un grand coup de pied dans ma vie facile, et il l'avait fait, ce crétin, il m'avait bousculée, il m'avait chavirée, et j'avais bouffé tellement d'énergie à tenter de lui cacher cette fille-là, j'en pouvais plus, mais *c'était moi aussi* cette folle qui se jetait sur le frigo et se gavait jusqu'à s'exploser le bide, cette folle qui volait de la bouffe dans les magasins, mentait, trichait, tout le temps, pour qu'on découvre pas son petit secret répugnant...

Il m'a fait taire en pressant sa bouche sur la mienne.

J'ai mouillé son visage avec mes larmes ; ses joues rêches me piquaient la peau.

Il serrait l'arrière de ma tête avec sa main libre et, lorsque j'ai voulu reprendre mon discours, il a glissé son pouce sur mes lèvres.

— Je parle trop... ? ai-je bafouillé.

— Oui.

Son regard s'était adouci.

— Je te dégoûte... ?

Il a souri pour me dire « non » et libéré mes lèvres. Un long bâton de cendre pendait de sa cigarette. Il a tapoté dessus puis tiré une dernière taffe avant d'écraser son mégot sur le bitume. Nous avons regagné l'hôtel sans plus parler mais c'était un silence compréhensif, tranquillisé. De retour dans la chambre, j'ai aussitôt filé sous la douche pour me laver de tout ce que j'avais avalé. Gommer la dispute qui m'avait poissé le cœur.

Je me sentais mal, vraiment mal.

Mais c'était un repas *normal*, me répétais-je en me savonnant. Je n'avais pas englouti, j'avais mangé avec prudence et, surtout, j'avais partagé un moment doux et calme avec un garçon qui le respectait, ce corps.

Je suis capable de le faire, me suis-je dit en coupant l'eau chaude, parce que c'est comme ça que j'avancerai, un pas après l'autre, jusqu'à retrouver l'ancienne version de moi-même que j'avais égarée et qui m'appelait parfois, en rêve, pour que je revienne la chercher. Et puis j'avais envie de voir ce qui allait se passer si je refusais de vomir ce repas.

Les bas-fonds du monde ne m'envoûtaient plus et j'avais besoin de lumière.

J'en avais assez d'être laide ; je voulais rayonner, je voulais être M.A.

J'ai enfin quitté la cabine de douche puis je me suis séchée et j'ai enfilé ma chemise de nuit. Lorsque j'ai rejoint Thomas, il était couché sur le dos, les bras en croix, occupé à fixer le plafond. La télévision était allumée, le son au minimum, et diffusait un film de science-fiction.

— T'es mort ? ai-je murmuré en jetant mon drap de bain sur son visage.

Il a marmonné des mots que je n'ai pas compris. J'ai alors ôté la serviette en m'allongeant à ses côtés et appuyé ma bouche sur la sienne avec tant de force que j'ai senti ses dents.

— Comment on fait un rêve lucide ? ai-je demandé pour ne pas penser à mon corps.

— Cherche le détail bizarre.

— Quel détail bizarre ?

Le truc qui clochait, l'élément du décor qui contredisait la logique. C'était plus facile à repérer lorsqu'on rêvait d'un endroit connu : l'anomalie sautait aux yeux.

— Et après on appelle l'éléphant rose ?

— C'est ça, a-t-il souri.

J'ai pressé mon doigt sur sa fossette droite. Dehors, des freins ont crissé et nous ont fait grimacer. Il était presque dix heures à la montre de Thomas ; nous n'avions plus sommeil.

— Comment on va s'y prendre demain ? ai-je chuchoté, inquiète.

— Il bosse dans quoi ?

— La banque, je crois.

— Alors on se pointera chez lui en fin d'après-midi.

Sa voix résonnait dans mon oreille, grave, profonde.

— Faut déjà qu'on trouve sa maison, ai-je précisé.

— On suivra les traces de sa Porsche.

— C'était peut-être une Ferrari, j'y connais rien...

— C'est la même chose, c'est des bites en métal.

J'ai éclaté de rire mais ce rire s'est vite affadi.

— Et après... ?

Il a remué les épaules, faussement désinvolte.

— Après on improvisera.

Il s'est glissé hors du lit, a ôté son pull pour finir de se déshabiller dans la salle de bains. J'ai laissé les images de la télévision couler, sans aucun sens, en écoutant le bruit de l'eau. Je me revoyais dans le TGV, timide et effrayée par tout.

Et maintenant j'allais affronter le vieux.

Était-ce vraiment intelligent de vouloir brasser le passé ? Les souvenirs me fuyaient certainement pour une bonne raison. J'ai repensé à la grand-mère de Thomas qui, malgré elle, s'était pelotonnée dans l'oubli : *elle perdait la tête à la fin, elle m'appelait Claude*. C'était à la fois monstrueux et fabuleux ce que l'esprit était capable de faire pour sauvegarder l'âme. Ce que le cerveau parvenait à censurer, éradiquer, voire retoucher pour que le corps survive. Je ne savais pas ce que Fabrice m'avait fait et ne saurais sans doute jamais. Seuls les murs de ma chambre d'enfant restaient témoins de la scène et gardiens de mon drame.

Il faudrait continuer à vivre avec des « si » et des « peut-être ».

Mais c'est douillet, les « si » et les « peut-être ».

— Pourquoi ma mémoire fout le camp ? me suis-je questionnée à voix haute tandis que Thomas s'asseyait sur le rebord du lit, en caleçon.

Je me sentais trouée de partout, pleine d'accrocs.

— De quoi tu te souviens ? m'a-t-il demandé.

Instinctivement j'ai fermé les yeux.

— Les invités boivent et rigolent dans le jardin. Y a la musique à fond et j'observe un garçon qui mixe. Et puis, l'instant d'après, je suis dans ma chambre noire – je l'appelle comme ça parce que le papier peint est noir, c'est l'ancien bureau de ma mère – et j'écris dans mon classeur de chansons. La suite, tu la connais.

Il a enfilé le T-shirt de Sonia avant de se réinstaller près de moi et j'ai revu le vieux pénétrer dans ma chambre et me sourire. Je lui ai souri en retour.

Qu'est-ce que tu fais de beau, dis-moi ?

Je recopie des paroles de Starmania.

Tu me montres ?

Pauvre idiote, je n'ai rien compris.

Mais le reste de la scène m'échappait encore. Des écrans noirs camouflaient des parties de peau, des morceaux de corps, des regards.

Le visage de Fabrice surtout.

— Tu sais ce qui me frappe le plus ? ai-je dit à Thomas qui m'observait, attentif, en tripotant ses lèvres. C'est de me rendre compte que je suis toute seule. Où est ma sœur ?

Où est ma mère ? J'essaie de les repérer dans le jardin mais j'arrive pas à les trouver.

Et pourtant elles étaient forcément là, le monde n'avait pas été pulvérisé d'un claquement de doigts, mais le brouillard recouvrait tout. Dans ma mémoire, il n'y avait pas de coups, pas de sang – s'il y en avait eu, je ne m'en souvenais pas. Alors il avait fallu que le corps raconte.

Et j'avais fait hurler mes os.

Or, avant même de me sentir grosse, je me sentais *sale*. Lorsque je me remémorais le visage de Fabrice avec le réconfort du flou, j'avais envie de cogner dans tout ce qui m'entourait. J'avais envie de me défoncer le bide et vomir ce paquet de saletés qui n'avait pas de nom.

Dans la chambre mitoyenne, un couple avait commencé à s'engueuler. Dehors, une bande de jeunes est passée sous notre fenêtre dans un troupeau de rires alcoolisés. La mâchoire de Thomas s'est contractée d'un coup.

— T'avais bu ? m'a-t-il demandé, sourcils froncés.

Je l'ai dévisagé, troublée. J'allais répondre « non » puis je me suis rappelée.

— C'était la première fois que je goûtais à de la sangria...

Comment avais-je pu oublier ce saladier que mon père avait mis tant de passion à préparer ? Et combien de verres avais-je bus, au juste ? Oui, ça revenait, j'avais enchaîné les gorgées, imprudente, et fini par m'écrouler sur le carrelage de la maison, exhibant sans doute ma culotte à qui était là pour la voir. Je gloussais à des blagues que j'étais la seule à entendre. Quelqu'un m'avait subitement arraché mon verre des mains – mais qui ?

Et puis le noir, et puis l'absence.

— Parle-moi d'autre chose, ai-je alors lancé, tendue.

Épuisée de visiter mon passé et d'y découvrir, à chaque fois, davantage d'ombre et de mystères.

Thomas s'est allongé sur le dos et je me suis calée contre lui.

— Tu parles jamais d'elle, ai-je repris plus bas en fixant les images qui sautillaient sur la télévision.

— Qui ?

— Ta grand-mère.

J'ai senti son cœur manquer un battement.

Il a laissé couler une dizaine de secondes puis il m'a dit qu'il avait du mal à raviver les jolis souvenirs, ça lui rappelait que tout était fini. Qu'il ne dévorerait plus les *Tintin* sur le canapé en velours vert de Mamie Madeleine. Qu'il ne jetterait plus n'importe quoi dans son vide-ordures, le bloc de savon, des couverts ou des cailloux. C'était dingue parce qu'elle s'énervait jamais mais quand ça arrivait, elle lui sortait du « saperlipopette ! » et « nom d'une pipe en bois ! » qui le faisait marrer. Il s'amusait beaucoup avec les gâteaux qui portaient son nom, il coupait les têtes des madeleines et les coinçait derrière les verres de ses lunettes pour se faire « des yeux de robot ». Ça la faisait rire, Mamie, mais elle finissait quand même par lui taper le crâne avec son torchon en soufflant : « arrête donc tes sottises ». Qu'est-ce qu'il se rappelait d'autre ? Qu'elle collectionnait les beaux santons et qu'il adorait les cacher dans l'appartement pour qu'elle les cherche partout ensuite. Il beuglait des « tu chauffes ! » puis « tu refroidis ! » et Madeleine trottait de pièce en pièce, poings sur les hanches, en surjouant d'une voix haut perchée. Et quand il voulait manger des raisins, elle tenait absolument à les éplucher et à virer tous les pépins, et lui était tout heureux d'avaler ses raisins tout vides et tout lisses.

Il a finalement cessé de parler puis haussé des épaules désabusées.

— La mienne, elle met une grosse cuillère de beurre dans les pommes de terre, ai-je livré à mon tour, et après elle les passe au four. J'aimerais bien y regoûter, un jour.

Il a souri puis je me suis redressée pour me trouver au-dessus de lui, appuyée sur mes avant-bras. Son visage pâle était si près du mien que j'apercevais ses imperfections, la finesse de ses cils, les poils courts qui couvraient ses joues, les craquelures sur ses lèvres.

J'y ai posé mes doigts, sur ces craquelures.

Puis, timide, j'ai plaqué ma paume sur ses yeux et senti ses cils me chatouiller. La bouche collée à son oreille, j'ai chuchoté :

— J'ai envie de...

Pas l'audace d'achever la phrase.

Il a saisi mon poignet pour dégager ses paupières et nous sommes devenus peaux qui se cherchent, haleines qui s'emmêlent et dents qui s'entrechoquent. Lorsqu'il a roulé sur moi, sentir le poids de son corps m'a bouleversée. Je me sentais malhabile, ridicule, lui effleurant le dos du bout des doigts, freinée par la pudeur.

— Tu peux, m'a-t-il soufflé. Touche-moi.

Ma tresse se coinçait sous son coude et provoquait chez moi de petits rires nerveux. Nous nous sommes caressés par-dessus nos vêtements de nuit durant de longues minutes puis Thomas a évoqué à demi-mots la nécessité de se procurer des préservatifs.

Affolé, mon cœur s'est rétracté sous mes côtes.

— On aurait dû garder celui de K, a-t-il plaisanté en ramassant son jean.

— Tu vas où... ?

— En chercher.

Je l'ai regardé, la bouche tremblante, pendant qu'il enfilait son pull. Puis il a plongé ses yeux dans les miens et précisé :

— J'y vais uniquement si t'as *envie* que j'y aille, Charlotte.

J'ai hoché la tête sans réussir à sortir un mot et je me suis précipitée dans la salle de bains dès que la porte a claqué.

J'ai retiré ma chemise de nuit et scruté mon corps dans le miroir.

La première chose qui m'a frappée, c'est que je n'avais pas grossi autant que je l'avais appréhendé. Mon ventre n'était plus creux, cerné par les arêtes de mes hanches, mais je ne m'étais pas métamorphosée en un tas de gras. J'aurais voulu épiler mes jambes, un peu moins nettes qu'au début de ce voyage, mais je n'avais pas de rasoir. Alors je me suis contentée de me brosser les dents, de refaire ma tresse et j'ai observé mon visage et mes yeux comme s'ils allaient être irréparablement transformés après cette expérience.

J'ai longuement caressé mon ventre, imaginant Thomas à l'intérieur.

Est-ce que j'étais prête ? *Vraiment* prête ?

Je n'avais pas peur d'avoir mal ; j'avais peur d'avoir peur.

Au bout d'une vingtaine de minutes, il est revenu avec des protections généreusement fournies par la dame de l'accueil puisque toutes les pharmacies étaient fermées à cette heure et qu'il n'avait trouvé aucun distributeur en libre-service dans le coin.

— La honte... ai-je murmuré en plaquant mes mains sur le bas de mon visage.

Il a ri et nous avons repris nos caresses où elles avaient stoppé.

Cette fois, les vêtements sont tombés au sol. Je me suis retrouvée nue sous ses doigts mais si lourde, empotée, enfermée dans ma propre chair. Incapable de lui offrir ce que j'aurais tant voulu lui offrir. Une seule pensée pirouettait sous mon crâne tandis que sa peau frottait sur la mienne : mon Dieu, il va entrer, il va entrer.

J'ai tout gâché.

Il s'est détaché de moi pour s'asseoir sur le rebord du lit.

— Qu'est-ce qu'il y a... ? ai-je murmuré, plaquant la couverture sur ma poitrine.

J'entendais mon cœur boxer dans la pièce. Thomas s'est frotté les paupières d'une main lasse puis il a chuchoté :

— Tu veux pas, Charlotte.

— Si...

— Non, tu serres les jambes, t'as pas envie.

J'ai hurlé dans ma tête. Bien sûr que si, j'avais envie, mais c'était ce corps qui s'obstinait à dire « non ». Je me suis cachée sous les draps, étranglée de honte et de déception. Dès qu'il m'a entendue sangloter, Thomas a tiré sur la couverture pour dégager mon visage et essuyé mes larmes avec son pouce. Je l'ai repoussé pour renfiler ma chemise de nuit puis je lui ai tourné le dos.

— C'est pas grave, Charlotte... a-t-il dit d'une voix très douce.

Mais j'ai giflé l'air pour lui demander de me laisser tranquille. Ses doigts ont effleuré le haut de mon épaule puis son lit a grincé lorsqu'il s'est recouché.

Et moi j'ai pleuré en silence, les poings contre ma bouche.

« Que le vent peut détruire
comme des châteaux de cartes »

Il faisait encore noir lorsque je me suis réveillée. J'ai observé Thomas qui dormait le visage pressé dans l'oreiller, comme à son habitude. Je me suis redressée sans faire de bruit et je me suis déshabillée. Puis j'ai rampé sur son lit et je me suis glissée sous ses draps. Il n'a pas réagi, happé par les songes.

Alors j'ai caressé sa nuque du bout de mes doigts.

Il sentait bon le rêve et la peau nue.

Lorsqu'il s'est enfin retourné, il a cillé plusieurs fois puis émis un « oh » feutré, constatant que je ne portais plus ma chemise de nuit.

— Maintenant, lui ai-je soufflé à l'oreille. S'il te plaît.

Il a remué les lèvres avant de chuchoter :

— Je suis pas sûr que...

— T'as envie ? l'ai-je coupé avec une assurance qui m'a étonnée.

— Oui, bien sûr...

— Alors c'est moi qui sais ce dont j'ai besoin ou pas.

Sans prononcer un mot de plus, il m'a couchée sur le lit en écrasant sa bouche sur la mienne. Je l'ai pressé si fort contre moi que j'ai enfoncé mes ongles dans son dos. J'aurais voulu me fondre en lui, fusionner avec lui. Tous les sons me paraissaient amplifiés : le froissement des draps sous nos corps, le craquement du préservatif entre ses doigts, le frottement de sa peau contre la mienne.

— Vas-y d'un coup, ai-je chuchoté.

— Non.

— S'il te plaît, Thomas, vas-y d'un coup...

Mais il a préféré entrer lentement, doucement, transformant ma chair en braises, lave et poudre d'or. Son souffle chaud enrobait mes paupières. J'avais la sensation que j'allais tomber dans le vide si je le lâchais une seconde. J'avais la sensation que le temps s'était figé et que nous étions seuls à bouger sur Terre.

Mais nous étions vraiment seuls à bouger sur Terre.

Incandescents.

PARTIE III

L’AFFRONTEMENT

23

Lorsque j'ai rouvert les yeux, le soleil perçait sous les volets. Mon ventre gonflé me chatouillait comme si Thomas avait tout déplacé à l'intérieur. Et puis, sans pouvoir l'expliquer, une part de moi se sentait plus volontaire et plus puissante.

Presque endurcie.

Thomas dormait toujours donc je me suis levée et je suis passée sous la douche. Besoin de me laver, encore. Pas du garçon qui m'avait serrée dans ses bras mais du combat qui m'attendait.

C'était aujourd'hui.

C'était là, tout près.

Ce que j'avais fui ces dernières années.

Une fois habillée, j'ai regagné la chambre et je me suis assise sur le lit de Thomas. J'ai glissé mes doigts le long de sa colonne vertébrale puis embrassé le relief de ses grains de beauté.

— On repart sur les routes et on va voir ma pointe du Raz, ai-je déclaré tout bas.

Un sourire s'est brodé à sa respiration. Je me suis étendue sur lui, mes jambes le long des siennes.

— Vendu ? ai-je chuchoté en reprenant son expression.

Il a décollé son visage de l'oreiller et s'est appuyé sur ses coudes. Je suis retombée sur le lit.

— Il nous reste deux euros à tout casser, a-t-il fait remarquer en se frottant un œil.

— On s'introduit chez moi en douce, on dévalise tout ce qu'on trouve et on s'enfuit.

Il s'est retourné et m'a étudiée, les paupières à demi-plissées. Il savait que j'avais peur de me retrouver devant Fabrice et que j'essayais de me défiler. Alors, tentant de me tranquilliser, il a glissé sa main sur ma nuque pour me rapprocher de lui. Je me suis faufilée dans ses draps pendant qu'il chaussait ses lunettes et nous avons traîné dans le lit sans prononcer un mot. Au loin, une moto a démarré puis s'est éloignée dans un gargouillis métallique. De temps en temps, des voitures passaient dans un roulement mou.

— Raconte l'histoire de l'ongle pourri, ai-je enfin lancé.

Il a spontanément dressé son index abîmé.

— Je suis parti de chez moi en claquant la porte d'entrée. J'étais sûr d'être sorti en entier mais j'avais oublié un doigt.

— Ouille.

Un sourire a sillonné ses lèvres.

— Et la cicatrice sur ta jambe ?

Il a fait valser les couvertures avec ses pieds puis exhibé son tibia.

— J'ai arrêté une avalanche avec un coup de taekwondo.

— Thomas...

— J'ai renvoyé une météorite super dangereuse et sauvé la Terre.

— Tu me fais chier, tu sais ?

— OK, je me suis gamellé sur un ballon de foot quand j'avais 7 ans.

— C'est tout ?

— Oui.

— Bah mince, je suis déçue.

Il a doucement heurté ma tempe avec la sienne, taquin. Puis nos voix se sont raréfiées. Les bruits du dehors lézardaient nos confessions. Thomas avait un cil dans l'œil qu'il n'arrivait pas à retirer et moi j'étais bouffée par l'angoisse. Parlant bas, je l'ai remercié de m'avoir crue dès le début. Comme il a semblé surpris par cette confidence, je lui ai révélé que mon père ne m'avait pas crue. Il m'a redressé le menton.

— Sérieux ?

— Il a arrêté de voir Fabrice deux ans après cette histoire mais c'est juste la vie qui les a séparés.

J'avais répondu en serrant les dents. C'était la blessure la plus tenace, avant même l'offense au corps. Mon père avait encore fréquenté ce pourri pendant deux ans. Avait picolé avec lui, plaisanté avec lui.

À ses yeux, rien n'était fondé.

Une rumeur balayée d'un geste du poignet.

— C'est un peu ma faute, ai-je repris en me décollant de Thomas. Mon père est venu dans ma chambre, un jour, et il m'a demandé s'il s'était passé « quelque chose » avec Fabrice. Honnêtement j'ai jamais trop su qui lui en avait parlé, mais je pense de plus en plus que c'est ma sœur. Elle a dû voir un truc, sentir un truc. Elle, elle savait dégager les types qui la faisaient chier, Fabrice a jamais osé s'approcher d'elle ; moi j'étais fragile, crédule, impressionnable. Alors quand mon père m'a posé cette question, j'ai rien pu lui dire. J'ai rougi sous l'effet du malaise, regardé ailleurs et j'ai répondu : « non ». Il m'a posé la question une deuxième fois, j'ai répété : « non ». Alors il s'est relevé en se claquant les cuisses et m'a lancé : « Très bien, voilà qui est réglé. »

Thomas a secoué la tête, sidéré.

— Oui, j'ai menti, mais qu'est-ce que je pouvais répondre ? J'aurais fait n'importe quelle connerie pour qu'il soit fier de moi. Alors lui avouer que sa fille avait été tripotée ? Prendre le risque d'apercevoir du *dégoût* dans ses yeux ? C'était impensable pour moi, Thomas. Et j'avais tellement *honte*.

— De quoi ?

J'ai glissé hors du lit dans un haussement d'épaules puis ouvert les rideaux.

Honte d'avoir, sans le vouloir, provoqué ces mains sur moi ? Honte d'avoir été une fille ? D'avoir porté une jupe courte et un débardeur ? D'avoir eu de la chair à pétrir ? D'être montée sur ses genoux comme il me l'avait demandé ? De lui avoir souri et de l'avoir aimé ?

Les os de Thomas ont craqué lorsqu'il s'est étiré en quittant les draps puis il m'a enlacée, la bouche pressée sur ma tempe. J'étais tellement bien dans ses bras, je ne sentais presque plus la pesanteur de mon corps et l'espace qu'il prenait. Je devenais mousse, fleur de coton, je devenais buée.

Il me faisait voler, Thomas.

J'avais presque envie de respecter mon corps lorsqu'il me touchait.

Il a entrebâillé la fenêtre pour fumer une cigarette et l'air frais m'a fouetté les joues. Un joggeur est passé devant l'hôtel, les cuisses sèches et musclées. Une fille tanguait sur ses talons hauts et rattrapait son sac qui lui glissait sans cesse de l'épaule. Au loin, un employé de la ville gobait les feuilles mortes avec un drôle d'aspirateur. Entre deux bouffées, Thomas raclait avec ses dents les peaux gercées qui marbraient ses lèvres.

— Et si ça tourne mal ? ai-je demandé en tripotant ma bague.

Il a ouvert la bouche mais n'a rien dit. Pour la première fois, j'ai senti qu'il avait peur.

— Il est balèze ? a-t-il questionné d'une voix qu'il voulait solide.

— Pourquoi... ? Tu prévois une bagarre... ?

Il a secoué la tête mais j'avais le sentiment qu'il simulait cette désinvolture.

— J'essaie de me faire une idée du gars, c'est tout.

Difficile de répondre, Thomas. Dans ma mémoire, non, il ne l'était pas. Je le revoyais sans cesse courbé vers l'avant mais peut-être était-il penché sur les gamines que nous étions, ma sœur et moi. Et puis parfois je me souvenais d'épaules massives, d'une silhouette qui intimidait. Mais c'était la démarche, sans doute. C'était quelqu'un qui avait de l'aplomb et qui savait en jouer.

Je me rappelle une habileté inouïe à déclencher le rire.

Je me rappelle un homme au regard fier, perçant comme celui d'un rapace.

— T'es plus grand que lui, ai-je déclaré à Thomas pour tenter de le rassurer.

Il m'a tendu une moue incrédule avant de s'éclipser dans la salle de bains. Puis il m'a entraînée vers le rez-de-chaussée pour le petit déjeuner.

— On n'a pas payé pour, Thomas...

— Je prends juste un croissant, a-t-il dit en s'arrêtant devant le buffet.

J'ai pris place à une table du fond, près d'un âne en short rayé qui nous rendait invisibles du comptoir de l'accueil. J'étais tournée vers les autres clients pour éviter l'étalage indécent de nourriture qui brillait à ma droite – les buffets, c'était l'enfer pour quelqu'un qui dévorait par émotion. Au bout d'une longue minute, Thomas m'a rejointe avec une montagne de viennoiseries qui sentaient le beurre sucré à plein nez.

— Un croissant, tu disais ?

Il s'est assis en posant les deux assiettes entre nous ; je les ai repoussées vers lui. Sans faire de commentaire, il a mordu dans un palmier, éparpillant des copeaux d'amandes sur la nappe. Je l'ai regardé se goinfrer sans réfléchir, geste facile. Et je m'apercevais en transparence, deux doigts plantés loin au fond de la gorge. Pour la première fois de ma vie, je me suis rendu compte que ça ressemblait à un flingue qu'on s'enfonce dans la bouche.

Qu'est-ce que j'essayais de tuer à l'intérieur ?

Qui ?

— Mange quelque chose, m'a lancé Thomas en glissant l'une des assiettes vers moi.

J'ai plaqué mon poing sur mon ventre.

— Je peux pas, je suis nouée.

Je tentais d'imaginer Fabrice devant moi. Sa silhouette, sa démarche, la forme de son visage. Depuis des jours, dans les tréfonds de mon crâne, j'écrivais, réécrivais et peaufinais mon discours. Mais j'avais beau échafauder toutes sortes de scénarios, j'étais incapable de prévoir la façon dont j'allais réagir en me retrouvant face à lui. Quatre ans, c'était à la fois très court et très long. J'étais à quelques heures d'un événement qui allait déterminer le restant de ma vie et je sentais qu'une part de moi ne trouverait pas la paix tant que Fabrice n'aurait pas avoué.

— S'il est pas là ? ai-je chuchoté en détachant la tête d'une brioche boule.

Il m'a jeté un bref regard.

— On l'attendra.

Puis il est reparti chercher deux verres de jus de fruits. J'ai grignoté la tête de ma brioche en commençant par l'intérieur. Juste à ma gauche, une mouche se cognait sans cesse contre la fenêtre sans comprendre pourquoi elle n'arrivait pas à rejoindre l'extérieur.

La prisonnière.

— On va le défoncer, Charlotte, a déclaré Thomas en se réinstallant.

Mais trois gorgées de jus de pomme plus tard, je n'étais pas plus rassurée.

— Si t'y vas, a-t-il ajouté, je me fais tatouer : « là où il y a une larme, il y a un ceour ».

J'ai éclaté de rire et postillonné sur les viennoiseries.

— Pardon, ai-je dit en frottant la couche craquante et dorée.

— J'ai pas peur de ta salive.

— Chiche ?

— Pour le « ceour » ?

J'ai hoché la tête dans un grand sourire. Il a levé les trois doigts du milieu, le pouce appuyé sur l'auriculaire.

— C'est quoi, ça ?

— Un salut scout.

— T'as été scout ?

— Non.

Je lui ai donné un coup de pied sous la table qui l'a fait gémir avec exagération. Nous sommes restés un moment dans cette salle chaleureuse puis Thomas a récupéré les viennoiseries qu'il n'avait pas mangées et moi ma brioche décapitée. Juste avant de passer la porte, il a plongé la main dans un saladier de Malabar et en a ramassé une poignée. De retour dans la chambre, il en a déballé deux qu'il s'est fourrés dans la bouche. J'ai retiré les décalcomanies offertes en cadeau et je les ai collées sur son bras – un requin avec un collier ainsi qu'une salamandre stylisée. La pièce s'est mise à sentir le croissant froid et la fraise artificielle. Thomas soufflait des bulles énormes qu'il froissait sous ses dents avant que j'arrive à les éclater.

— Faudrait peut-être se barrer avant qu'ils se rendent compte qu'on a mangé gratos, ai-je chuchoté en caressant les tattoos.

Mais, finalement, aucun de nous deux n'a bougé. Nous avons tardé dans la chambre jusqu'à midi puis avons erré dans ma ville. À présent, je me fichais de croiser ma mère, mon père ou n'importe quelle autre personne proche de ma famille ; tout me paraissait insignifiant au regard de ma lutte à venir. J'ai traîné Thomas jusqu'à mon collège puis, quelques kilomètres plus loin, mon lycée. Je lui ai montré le carillon qui me terrifiait, gamine, avec ses poupées qui s'échappaient, toutes les heures, pour danser sous les cloches. Lui a voulu visiter la magistrale Notre-Dame lorsque je lui ai confié que ma mère s'était mariée ici. À la sortie, sur le parvis, un homme s'est avancé vers nous et a pointé la porte en baragouinant des mots incompréhensibles.

— Quoi... ? lui a demandé Thomas, le front plissé.

L'inconnu balançait d'une jambe à l'autre et agitait les bras en clignant frénétiquement de la paupière gauche. D'une main discrète, Thomas m'a poussée vers l'arrière et s'est placé devant moi, protecteur. J'ai eu la vision fulgurante d'un couteau jailli d'un blouson et d'une lame plantée dans son ventre. Le cœur-cymbale, j'ai cramponné sa manche pour le tirer vers moi.

— *Speak english ?* a-t-il questionné. *Deutsch ? Русски ?*[10]

Mais sourd à ce qu'on lui disait, l'étranger continuait à marmonner des paroles hermétiques – je ne sais pas pourquoi j'ai pensé à de l'arménien. Constatant que nous n'arriverions pas à nous comprendre, il nous a brutalement tourné le dos pour entrer dans l'église. J'ai vite entraîné Thomas vers une grande rue piétonne et nous avons repris notre déambulation en mâchouillant des Malabar. Dès que le mien n'avait plus de goût, je le donnais à Thomas qui a fini par se retrouver avec quatre chewing-gums dans la bouche. La boule pâle qu'il a recrachée a été enfoncée dans la serrure d'une voiture de luxe (sur ma suggestion, je dois l'avouer).

Il était déjà 17 h 17 à sa montre lorsque nous nous sommes installés sous l'abribus – je m'en souviens parce que j'ai fait un vœu. Sous mes pieds, un tract décoloré m'invitait à trouver Dieu. Je l'ai déchiré d'un coup de semelle puis j'ai sorti deux sucettes du sac marin : cerise pour moi, orange pour Thomas.

---

10. « Vous parlez anglais ? Allemand ? Russe ? »

Et j'ai posé ma tempe sur son épaule.

C'est l'image la plus prégnante que je garde de *l'avant.*

Il a tourné la tête pour m'embrasser ; sa bouche collait, sa joue piquait. Je me récitais cette phrase en boucle comme un mantra : *même pas peur, même pas mal*, et plongeais mes yeux dans le flou pour m'éloigner de la réalité. Lorsque le bus a freiné dans un éternuement sourd, Thomas est allé demander notre chemin au conducteur. Oui, nous étions sur la bonne ligne ; il fallait descendre au sixième arrêt.

Mon cœur s'est emballé ; j'ai appuyé ma main dessus.

Comme nous n'avions plus d'argent, nous avons fraudé en utilisant les tickets que j'avais conservés de Nantes. Une fois assise, j'ai attrapé mon MP3 et nous avons écouté *Always the sun* des Stranglers. J'ai choisi le titre au hasard mais, après coup, j'ai voulu y voir un signe de bon augure.

Le bus nous a largués au milieu de nulle part.

Nous avons croisé un jeune homme pissant contre un buisson (« il est pas gêné, lui... ») puis un barbu qui organisait une brocante sauvage dans son jardin, avachi sur une chaise pliante. Il a saisi le rebord d'un chapeau imaginaire pour nous saluer.

— Bizarre, ce mec, ai-je chuchoté.

— Tu veux une lampe-coq ? m'a demandé Thomas en observant ce bric-à-brac improbable. Une corne de brume ? Des sabots alsaciens ?

— Bouge, ai-je ronchonné en le poussant dans le dos.

La route était cuivrée par les feuilles mortes, bordée par une barrière en bois et pleine de graviers qui nous faisaient trébucher. Nous avancions par petits pas en étudiant le nom des rues. Mais j'étais surtout crispée par cette mobylette qui nous suivait depuis plusieurs minutes, roulant presque au pas, sans jamais chercher à nous dépasser. J'ai jeté un œil par-dessus mon épaule.

— Mais putain, c'est quoi son problème ?

Thomas s'est retourné après moi et s'est arrêté. La mobylette tournait en rond à cent mètres de nous. Le conducteur portait un casque mais semblait jeune. Lorsque Thomas a lâché le sac et s'est mis à marcher vers l'inconnu d'un pas résolu, celui-ci a dessiné un tour complet avant de prendre la fuite.

— Bouffon, a sifflé Thomas en revenant vers moi.

— Tu crois qu'il voulait quoi ?

— Nous emmerder, c'est tout.

Le ciel était d'un bleu givré, aussi velouté qu'un drapé de soie. J'étais absorbée par un nuage en forme d'ourson distendu lorsque des chiens se sont rués sur un portail dans un concert d'aboiements et de chaînes.

J'ai foncé vers le bord opposé de la rue, à bout de nerfs.

Puis Thomas a cramponné mon poignet, sourcils froncés.

— Tu t'es fait mal ?

J'ai regardé mon pouce : il était recouvert de sang. Impossible de savoir où je m'étais écorchée. J'ai essuyé mon doigt sur mon jean, écœurée.

— Fais pas ça, a râlé Thomas, tu vas mettre des saloperies dedans.

— J'aime pas le goût du sang...

Il a saisi ma main et plongé mon pouce dans sa bouche pour le nettoyer. Puis j'ai serré ma blessure autour d'un mouchoir en papier. Les ailes d'un corbeau ont fouetté l'air juste au-dessus de ma tête.

— Ça, c'est pas bon signe, ai-je dit en pointant l'oiseau.

— Mais si, c'est Augustin.

— Marcel, ai-je rectifié.

Le broutement de la mobylette résonnait de nouveau, au loin.

— Putain, ai-je lâché en fermant les yeux. Il nous suit ?

Thomas s'est retourné.

— Non.

J'avais peur, froid, puis chaud, puis froid encore. Le sang, la mobylette et le corbeau : je ne voyais soudain que de mauvais présages. J'ai voulu faire machine arrière.

— On laisse tomber, ai-je déclaré en stoppant dans la rue.

Thomas s'est figé puis s'est rapproché de moi. Il a pris mon visage entre ses mains et glissé son pouce sur ma joue.

— Pas maintenant que t'as fait tout ça.

— J'ai cru que je pourrais le faire mais je me suis gourée.

Les yeux de Thomas luisaient comme des gemmes. Le temps d'une seconde, il m'a semblé voir deux minuscules Charlotte coincées dans ses pupilles.

— J'ai *peur*, ai-je murmuré, honteuse. J'ai peur de lui. Depuis quatre ans.

— C'est pour ça qu'on y va. Tu peux pas continuer à avoir peur comme ça.

J'ai pressé mes lèvres sur les siennes et je me souviens parfaitement de ce baiser : brutal, nerveux et maladroit. La bouche de Thomas avait un goût d'orange et de cuivre. J'ai dégluti, inspiré, expiré, touché le badge de Pauline puis les boucles d'oreilles de Sonia et j'ai dit :

— OK, on y va.

Mais à l'intérieur j'étais en pâte à modeler. Plus rien ne tenait droit. On aurait pu me faire trébucher d'une pichenette.

Ce qui m'apaisait, c'était de me répéter que je pouvais m'enfuir.

À tout moment, je pouvais faire demi-tour et m'enfuir.

Le ciel s'était marbré de traînées rosâtres et huileuses. Le soleil arrosait les feuilles mortes, les transformant en médailles. Nous avons emprunté une ruelle aussi étroite qu'un ruban puis débouché sur une route plus terreuse.

Et là, inscrit sur un panneau en bois décrépit : le nom de sa rue.

Dans le champ de droite, un vieil homme nous a salués, penché sur un grand seau. Le vent plaquait des mèches de cheveux sur mes yeux. J'avais un goût de rouille dans la bouche.

Puis la maison a surgi, impudique et trop fière.

J'ai cru que j'allais tomber mais, étonnamment, je suis restée debout. Mon cœur poussait contre mes côtes comme si quelqu'un était piégé en moi et frappait des poings pour qu'on le libère.

— T'es sûr que c'est celle-là... ?

Thomas a pointé la boîte aux lettres sur laquelle on pouvait lire « F. E. » ; j'ai hoché la tête, engourdie. Puis il a prononcé mon prénom mais je l'entendais à peine. Je me trouvais à la fois devant cette bâtisse et au-dessus de moi, expulsée de mon corps.

J'étais comme *arrêtée.*

— Viens, a-t-il dit en attrapant ma main.

J'ai marché sur les deux tiges flageolantes qui me servaient de jambes et je me suis postée face au portail.

— Tu crois qu'il est là... ?

Thomas a jeté un œil à sa montre : 18 h 26. Nous avons étudié la maison, mains en visière sur nos fronts pour contrer le soleil couchant. Elle était gigantesque, grise et carrée. En me hissant sur la pointe des pieds, j'ai aperçu une piscine bâchée, une véranda et plusieurs chaises en métal penchées sur leurs tables en attendant le retour des beaux jours. Une drôle d'ampoule en demi-globe était collée sur la façade.

— Tu crois que c'est une caméra... ?

Thomas a secoué la tête en malmenant le portail pour voir s'il s'ouvrait facilement. Non, c'était du haut de gamme.

— Ou une alarme... ?

— C'est juste une lampe, Charlotte.

— Il serait assez vicieux pour mettre une alarme...

En guise de réponse, Thomas a enfoncé la sonnette. Je l'ai regardé avec des yeux apeurés.

— Faut bien qu'on sache s'il est là, m'a-t-il rétorqué à voix basse.

— Mais qu'est-ce qu'on fait s'il est là... ? Qu'est-ce qu'on lui dit... ?

Nous n'avons pas eu besoin d'y penser : l'interphone est resté mutique. Thomas a continué à matraquer la sonnette une dizaine de fois, sans résultat.

Le champ était libre. La maison était à nous.

Nous avons dissimulé le sac marin au fond d'un buisson pour ne pas nous encombrer et je n'ai gardé que le mien, passé en bandoulière. Puis Thomas a agrippé le haut du portail, calé son pied entre les barreaux et sauté de l'autre côté. L'ancienne Charlotte aurait paniqué en bredouillant qu'on n'avait pas le droit de faire ça ; la nouvelle n'a pas réfléchi et l'a suivi. La fébrilité s'emmêlait à une peur épaisse, gluante, que je n'avais jamais ressentie.

— Si les voisins nous voient... ? ai-je chuchoté.

— Bah on leur dira qu'ils habitent à côté d'un gros pédophile.

Nous avons traversé le jardin puis contourné une piscine octogonale jusqu'à une immense véranda. Je ne pouvais pas m'empêcher d'observer les alentours pour vérifier que personne ne nous épiait.

J'avançais vite, persuadée que mes jambes allaient céder si je ralentissais.

Les baies vitrées étaient d'une propreté irréprochable. On y voyait nos reflets pâlis et brillants. Par transparence, les arbres plongeaient dans nos corps et semblaient pousser dans nos ventres.

Mais ce qui m'a bouleversée, c'est cette gamine de 14 ans, piégée dans la glace.

Avec ses cheveux javellisés, sa jupe en dentelle et ses baskets blanches compensées.

Je me suis surprise à lui parler dans ma tête.

Reste dans le jardin, ne t'éloigne pas des invités, ne va pas dans ta chambre.

Je n'entendais plus ce que me disait Thomas ; j'étais ensorcelée par cette fille qui m'observait avec ses grands yeux bruns et son fard à paupières bleu mal appliqué. Elle s'était isolée dans sa chambre pour que Nassim la rejoigne mais...

Non, n'y va pas, c'est le vieux qui va venir, il te guette depuis...

depuis...

combien d'heures, de jours, d'années... ?

Je n'ai même pas eu le temps de réagir : l'adolescente s'est dirigée vers le jardin puis a ramassé une grosse pierre qu'elle a projetée dans la baie vitrée avec une force ahurissante.

Mille carillons ont tonné tout autour de moi.

24

J'ai mis du temps à réintégrer ma chair et à comprendre où j'étais. Thomas m'a pris le poignet et m'a fait reculer pour m'éloigner des morceaux de verre. Une brèche de la taille d'un poing me provoquait, insolente. *Qu'est-ce que j'ai fait*, ai-je murmuré dans ma tête, en secouant mes tennis recouvertes de tessons. Sous l'éclat du soleil, le sol semblait revêtu de diamants.

— J'ai cassé la vitre, ai-je balbutié, le corps mou et les yeux lents.

— On panique pas, m'a soufflé Thomas en contemplant les dégâts.

Durant de longues secondes, nos regards se sont enlacés tandis que nous tendions l'oreille, à l'affût d'un son ou d'une voix qui nous annoncerait une présence voisine.

Mais rien.

Seul résonnait le fracas des cloches à l'intérieur de mon crâne.

— Au moins, on sait qu'il y a pas d'alarme, a repris Thomas d'un ton sarcastique.

Je n'arrivais plus à parler. Mon cœur s'était transformé en une boule de fer qui s'agitait et ruait.

Il me faisait mal, ce cœur.

C'est Thomas qui m'a arrachée à ma torpeur en me poussant vers le jardin.

— Qu'est-ce que tu fais...... ?

— Je finis le travail, a-t-il dit en se penchant pour ramasser plusieurs pierres qu'il a redéposées sur la terrasse.

Il a ôté son blouson et l'a dressé devant lui pour se protéger le visage. Ensuite, les projectiles ont été catapultés un par un dans le vitrage qui gémissait à chaque impact. Je me bouchais les oreilles, effrayée. Puis Thomas a donné un ultime coup de pied dans les derniers débris tranchants qui s'accrochaient encore à la paroi.

— C'est bon, m'a-t-il annoncé, triomphant. Cette fois, on a *vraiment* pété la vitre.

Nous avons utilisé son blouson à la manière d'un parapluie pour nous glisser à travers la crevasse sans nous blesser et pénétrer dans la maison.

En marchant sur les bouts de verre, j'ai eu le sentiment de marcher sur ma peau d'enfant.

L'intérieur était à l'image de l'homme : tape-à-l'œil, faussement moderne et incroyablement prétentieux. Les trois canapés beiges malmenaient un tapis à l'imprimé zèbre – vrai ou faux cadavre ? Les lampes semblaient sorties d'un entrepôt, des tableaux contemporains décoraient les murs, sans aucun lien entre eux. La télévision ressemblait à un écran de cinéma et de petites statues s'efforçaient d'apporter un peu d'exotisme à cette accumulation de gris. Une grande coupe de fruits – vide – agrémentait la table pour donner une illusion d'humanité. De longs tabourets de bar cernaient la cuisine américaine. Et là, sur l'îlot, à côté d'une bouteille d'huile d'olive, on trouvait même...

Des fleurs.

Un vase rempli de roses.

J'ai laissé échapper un rire désenchanté tellement ce détail me choquait.

— On dirait que le gars a acheté tout le catalogue, a lancé Thomas, effaré.

Et j'avais le même ressenti. Aucune personnalité dans cette pièce, aucune sensibilité, aucune âme. Ça ne sentait rien, absolument rien.

— Si, m'a jeté Thomas dans une grimace. Ça pue la thune que tu gagnes en plumant les gens.

Nous sommes ensuite montés à l'étage par des escaliers étroits qui sonnaient comme des plaques de fonte. Ne voulant pas allumer les lumières, nous avons tâtonné dans la pénombre. Cette partie de la maison n'était pas totalement aménagée ; des cartons pleins grignotaient les murs.

J'en ai ouvert un par curiosité : il ne contenait que des vêtements pliés.

J'ai aussitôt lâché le carton et essuyé ma main sur mon jean.

Thomas déambulait dans le couloir, glissant la tête dans chaque pièce qu'il trouvait. Nous avons examiné un bureau dans lequel rien ne s'accordait : une chaise en métal noir près d'une commode en bois massif, un canapé décousu dissimulé sous une vieille couverture en patchwork à côté d'une chaîne hifi dernier cri. Nous avons visité une salle de bains aux allures d'hôpital, d'une blancheur inquiétante et contrefaite, trop pure pour être honnête. Le carrelage paraissait verni tellement il étincelait. Mais plus que les pièces en elles-mêmes, c'était les détails intimes qui me perturbaient : de la mousse à raser, une veste abandonnée sur un dossier, une paire de chaussures marron, un peignoir pendu à son crochet.

J'ai fouillé dans les tiroirs fixés sous le lavabo et déniché de l'alcool à désinfecter ainsi que des pansements avec lesquels j'ai pu soigner mon doigt. Puis j'ai poursuivi mon inspection et ouvert un grand placard laqué : tout était parfaitement organisé. Un flacon de parfum à l'esthétique étrange a attiré mon attention, relégué dans le fond. Curieuse de savoir s'il allait réveiller ma mémoire, je l'ai débouché avant de le porter à mon nez.

Il m'est tombé des mains et s'est fracassé sur le sol.

Thomas a surgi près de moi en me demandant aussitôt :

— Ça va... ? Tu t'es blessée... ?

Moi j'observais les bouts de verre noyés dans le liquide brunâtre en balbutiant : « J'ai cassé le parfum... j'ai cassé le parfum. » Ça puait le poivre, le thé noir et le cuir corsé, presque animal.

— Ça te rappelle quelque chose ? a grimacé Thomas en balayant l'air devant son visage.

— J'en sais rien... peut-être...

Des sensations de malaise et de nausée me démangeaient le ventre mais n'avaient aucun reflet. Ça restait enterré en moi, insaisissable. Instinctivement, j'ai cherché de quoi nettoyer mais Thomas m'a fait sortir de la salle de bains.

— On a pété une baie vitrée, Charlotte. On n'est plus à une connerie près.

Évidemment, je n'ai pas pu entrer dans la chambre à coucher. Je me suis contentée de rester sur le seuil, bras serrés contre ma poitrine, tandis que Thomas donnait un grand coup de pied gratuit dans le sommier. De l'autre côté du couloir se trouvait une pièce remplie de vinyles. Trois guitares électriques patientaient contre un mur.

C'est là que j'ai su qu'on était bien chez lui.

— Sa collection de vinyles, ai-je ricané. Avec mon père, ils en avaient plus de huit cents, je crois.

— On pourrait se faire un beau pactole en revendant toutes ces merdes, a suggéré Thomas.

Je me sentais glacée de l'intérieur, ce froid que j'avais connu lorsque je ne mangeais plus, ce froid compact qui vient des os, qui se fond dans les muscles et dans la chair, et que rien ne peut réchauffer.

À travers les vitrages, le soleil nous avait abandonnés.

— Passe-moi la lampe, m'a demandé Thomas, le bras tendu vers moi.

Je lui ai donnée et je l'ai regardé se lancer dans une exploration brutale des cartons qui gorgeaient la pièce. La torche calée entre les dents, il fouillait, brassait, violentait.

— Qu'est-ce que tu cherches ?

— De l'or, a-t-il articulé avec cynisme.

Je me suis adossée au mur du couloir, les doigts roulant sur les boucles d'oreilles de Sonia. J'avais la sensation que le parfum du vieux s'était enfoncé sous ma peau. Et je n'arrivais pas à oublier les roses.

J'ai redescendu l'escalier à tâtons, la main collée à la rampe.

Bientôt, a chuchoté l'adolescente en moi. *Bientôt il sera là.*

Prise d'une bouffée d'angoisse, j'ai ressenti le besoin d'entendre Matthieu. Sur mon écran, je n'avais qu'une barre de réseau mais j'ai tenté. C'est Suzanna qui a décroché et m'a aussitôt assaillie de questions : Comment j'allais ? Et mon petit ami ? C'était quoi déjà son prénom... Antoine ? Guillaume ?

— Thomas, lui ai-je dit avant de demander si je pouvais parler à son fils.

— MATTI ! a-t-elle beuglé sans éloigner le combiné. Le téléphone pour toi, mon ange.

Froissements plastiques, chuintements métalliques, puis la voix de Matthieu comme un bonbon à la fraise.

— Charlotte, a-t-il souri.

C'était tellement bon de l'entendre. Comme si j'écoutais un petit frère récemment débarqué dans ma vie. Un petit frère tout neuf.

— Ça peut couper à tout moment, Matthieu, je capte mal.

— OK.

— On a pété la véranda, ai-je dit sans transition.

— Quelle véranda ?

J'ai raconté avec précipitation tandis que la nuit m'enrobait comme un suaire. J'ai dit les pierres projetées dans la baie vitrée et le parfum éclaté au sol.

— Bien fait, a-t-il craché.

— Non, on est *dans la merde*, Matthieu.

— Cassez tout, a-t-il enchaîné, plus dur. Salopez tout. Foutez le feu.

La détermination qui baignait ses mots m'a soulevée. La colère a enflé, dévastatrice. C'était des choses matérielles et facilement remplaçables que j'avais brisées.

Mais Fabrice, c'était mon corps et mon esprit qu'il avait ruinés.

Thomas est redescendu avec la lampe-torche et s'est assis sur le dossier d'un canapé. Au fond du combiné, la voix de Matthieu s'était assourdie. Il débutait des phrases qu'il n'achevait jamais. J'ai aussitôt soupçonné une présence indésirable.

— Y a ta mère à côté ?

— Non, dans la cuisine.

— Y a Gilles ?

— Oui.

Ses paroles se sont réduites à des chuchotis lorsqu'il a ajouté :

— Il regarde la télé dans le salon.

— Tu peux pas aller dans ta chambre ?

Non, il ne pouvait pas parce que ce n'était pas un téléphone sans fil. Alors nous avons continué à discuter sous l'oreille du chasseur. Cette tension que je percevais chez Matthieu se propageait à mon corps et coulait sous ma peau. Je me suis soudain retournée vers l'odeur mentholée qui chatouillait mon nez. Thomas s'était allumé une cigarette qui scintillait dans l'obscurité. J'ai soupiré, de plus en plus crispée.

— T'abuses, Thomas...

— J'aime pas quand ça sent rien, a-t-il répliqué, effronté.

Matthieu a voulu savoir ce que Thomas avait fait.

— Il fume tranquille dans la baraque.

Le rire de Matthieu, lisse et régulier. J'ai revu la fossette au-dessus de sa lèvre.

— Pourquoi je suis venue ici... ? ai-je pensé à voix haute. Bon sang, qu'est-ce que je *fous* ici ?

— T'es venue pour le faire tomber.

Je me suis rapprochée des roses. J'ai touché la soie d'un pétale. Arraché ce pétale.

— Il dira rien, Matthieu. Il fera celui qui a oublié.

Et comme ma mémoire s'était brisée, je n'aurais rien pour lutter.

J'entendais le souffle de Matthieu pulser contre mon oreille. J'arrivais presque à sentir son odeur tout près : pain d'épices et savon ancien.

— Fais-le tomber, Charlotte.

La conversation m'épuisait. J'étais à la fois concentrée sur Matthieu qui parlait trop bas, Thomas qui intoxiquait l'air, et à l'affût du moindre bruit qui nous parvenait du dehors. Nous avions beau être à la campagne, des voitures passaient de temps en temps telles de grosses abeilles molles.

L'horloge murale indiquait 19 h 37 en chiffres rouges luminescents.

J'ai raccroché, absorbée par le pétale arraché, pendant que Thomas pressait son mégot sur le dossier du canapé. La cigarette a sifflé sur le cuir, répandant des effluves âcres et musqués. Le vent chuintait à travers le trou béant de la véranda. La nuit s'élargissait, intimidante, fardant nos visages et nos yeux.

— Viens avec moi, a soufflé Thomas en se dirigeant vers l'escalier.

Je l'ai suivi, désorientée, jusqu'à la grande pièce qui jouxtait la salle de bains puis je me suis figée.

— Non, non, j'entre pas dans sa chambre...

— OK, a-t-il dit. Je reviens.

J'ai entendu un raclement puis il est ressorti avec un livre épais entre les mains. Il s'est accroupi et l'a ouvert sur ses cuisses en braquant le faisceau de la torche sur les pages. Je me suis accroupie à côté de lui, de plus en plus rongée par l'angoisse.

— Regarde ça, m'a-t-il dit, amer.

C'était un ouvrage réunissant les plus beaux clichés d'un photographe dont le nom ne me disait rien. Son modèle favori ? Les jeunes filles. *Très* jeunes filles. 13 ou 14 ans mais pas davantage. Et elles étaient presque nues. Toutes. Enrobées de robes blanches et transparentes en flanelle et mousseline. Tissus aussi fins qu'une goutte de rosée.

Et les corps en dessous.

À peine formés.

— Oh mon Dieu, c'est dégueu, ai-je lâché en m'écartant des images. Comment on peut acheter un truc pareil ?

Thomas a refermé le livre dans un clappement brutal.

— Mais certains appellent ça « de l'art ». Je te parie qu'on trouve le même genre de photos dans son ordi.

Je lui ai arraché l'ouvrage des mains et je l'ai jeté loin. Lorsqu'il a heurté le parquet, j'ai presque été déçue : je voulais du bruit, du fracas, que tout déflagre autour de moi. Alors je me suis précipitée vers le livre et j'ai commencé à en déchirer les pages. Je ne me reconnaissais plus, je n'étais plus qu'un bouillonnement de fièvre et de dégoût. Je me coupais avec les feuilles et saignais sur ces filles-enfants mais ça ne m'arrêtait même pas. *Cassez tout,* braillait Matthieu dans ma tête, *salopez tout, foutez le feu.* Les corps frêles volaient jusqu'au sol et Thomas me laissait faire sans un mot.

C'est monté de ma chair d'adolescente et ça a explosé.

J'ai foncé dans sa chambre puis j'ai ouvert l'armoire et balancé tous ses vêtements à terre. J'ai piétiné ce tas informe, hurlé en tentant de déchirer les coutures. J'ai saccagé le lit en marchant sur les draps avec mes tennis boueuses puis renversé une immense étagère de livres qui s'est effondrée sur la moquette, tremblant jusque dans mes os en un cri libérateur. Mes hanches, mes coudes heurtaient les angles des meubles et des portes mais je ne sentais rien.

J'étais dépersonnalisée, focalisée sur un seul but : détruire tout ce que je pouvais.

Quittant la chambre, je me suis figée devant la pièce à musique : Thomas était en train de massacrer toute la collection de vinyles et je n'avais rien entendu. Il cassait les disques en deux en les frappant contre son genou levé. Il les calait aussi en tas contre une armoire puis, armé d'une guitare électrique, il cognait dessus jusqu'à les réduire en morceaux. La lampe posée sur le sol éclairait ce pillage magnifique.

— JE PRENDS PART AU CHAOS, a-t-il hurlé en apercevant mon air ahuri.

Nous étions révolte, anarchie, ébullition.

J'ai marché jusqu'au bureau sous le raffut des disques éclatés et des instruments disloqués. J'ai fouillé les tiroirs à la recherche d'un marqueur noir mais je n'ai trouvé que des feutres fins.

— Pour les filles des photos, ai-je déclaré en attrapant un crayon noir.

J'ai écrit « **SALE PORC** » à l'aveugle sur le papier peint blanc, repassant plusieurs fois sur les lettres pour les grandir, les épaissir, les rendre saisissantes. Qu'elles lui crachent à la gueule. J'ai écrit « **TRIPOTEUR DE MÔMES** » et j'ai écrit « **VOLEUR D'ENFANCE** ». J'appuyais si fort que j'ai fait des trous partout. J'ai même frappé les mots, les ai tachés de sang. Et puis je me suis retournée lorsque les pas de Thomas ont résonné derrière moi. Il fixait, avec gravité, les inscriptions embrasées par le rayon lumineux.

C'est à cet instant-là que nous avons entendu la voiture. Thomas a vite éteint la torche et j'ai lâché le feutre noir. Mon cœur est tombé dans mes pieds.

25

Les yeux de Thomas ont serré les miens.

Ma main s'est ancrée à la sienne.

Tous les gens qui m'avaient grandie sont venus bouger dans mon ventre : Matthieu, Sonia, Pierre-Guy, M.A.

Un claquement de portière a retenti pendant que nous descendions les marches sur la pointe des pieds.

(Mon cœur frappait contre mes côtes.)

Le craquement de pas sur les graviers.

(Mon cœur frappait et frappait.)

Le grincement du portail électrique qui se refermait suivi d'un :

— C'EST QUOI CE BORDEL ?

Des éclats de verre qu'on déplace du pied. D'autres jurons jetés entre les dents. Les clochettes d'un trousseau de clefs.

Même pas peur, ai-je chuchoté en moi. *Même pas mal.*

26

L'homme s'est arrêté sur le seuil de la porte, ses yeux oscillant entre Thomas et moi. Puis il a pressé l'interrupteur avec brutalité et toutes les lampes se sont allumées.

Il m'a figée, ce visage.

Il m'a tuée debout.

Comment avais-je pu m'imaginer que je serais incapable de le reconnaître si je le croisais dans la rue ?

Il était bien plus trapu que dans mon souvenir ; ma mémoire bancale l'avait aminci, asséché et durci. Mais tout le reste était intact : la chevelure et la barbe grisonnantes, le front haut, dégarni, et la bouche fine, presque sans lèvres. Il portait un costume anthracite, des richelieux noirs et une montre en or scintillait autour de son poignet.

— Vous êtes dans une propriété privée, a-t-il craché d'un ton curieusement calme.

J'ai bredouillé deux mots qui se sont coincés dans ma gorge ; j'avais à nouveau 14 ans. Du bout du pied, Fabrice a repoussé la pierre qui traînait sur le sol puis a poursuivi, plus acerbe :

— C'est votre œuvre, la véranda ?

— C'était comme ça quand on est arrivés, a lancé Thomas d'une voix dure.

— Me prends pas pour un con.

— C'était comme ça quand on est arrivés, a répété Thomas, plus offensif.

Fabrice s'est allégé de sa mallette et de ses clefs puis a fouillé la poche intérieure de sa veste pour en sortir un téléphone :

— Eh bien, vous raconterez ça à mon assurance.

— Je suis la fille de Jacques, ai-je enfin réussi à bredouiller, enveloppée par mes bras. Jacques et Sabine Duchesne... Charlotte, vous vous souvenez... ?

Fabrice a fait quelques pas dans ma direction, paupières plissées. Son ombre a marché sur mon ombre. Puis son visage s'est tout à coup illuminé.

— Charlotte, a-t-il sifflé d'une voix devenue douceâtre. Mais bien sûr, la petite Lottie...

Cette voix a résonné dans les recoins de mon oreille, visqueuse.

Tu montes sur mes genoux ?
Tu me fais un câlin ?

— À l'époque, j'étais blonde, ai-je soufflé en m'éloignant d'une foulée.

Mais il s'est figé, l'œil impénétrable.

— C'est bien ce que je pensais, a-t-il marmonné en tapotant son pied sur le sol. Vous avez fumé dans mon salon.

J'ai reculé ; Thomas n'a pas bougé. Fabrice nous observait avec une étrange précision, comme s'il hésitait entre l'agressivité et la fausse amabilité.

C'est la seconde qu'il a choisie.

Terrifiants, tous ces masques dont il se paraît les uns après les autres.

— Alors ? a-t-il repris dans un sourire forcé en retirant sa veste. Y a-t-il une raison particulière à cette *petite visite* ?

On entendait : vous allez cracher le morceau vite fait parce que j'ai pas que ça à foutre. On entendait aussi : pensez pas vous barrer si facilement, vous savez pas qui vous défiez.

Je me suis encore écartée jusqu'à buter contre l'îlot de la cuisine.

— J'avais besoin de vous voir parce que...

— « Vous » ? m'a-t-il coupé en s'asseyant sur l'un des canapés, les jambes croisées. La fille de Jacquot me vouvoie ?

— Ça fait longtemps...

Il était tourné de trois quarts vers moi, l'un de ses bras plié sur le dossier en cuir. Il n'a pas remarqué la brûlure laissée par le mégot de Thomas sur le sofa d'en face.

— Combien de temps, d'ailleurs... ?

— Quatre ans.

— Quatre ans déjà...

Il était tout ému d'un coup, quatre ans sans avoir de nouvelles de la petite Lottie, c'était fou ce que la vie passait vite... Qu'est-ce que j'étais devenue depuis... ? J'habitais toujours chez Jacquot ? J'avais quoi... ? Ses yeux m'ont léchée des pieds à la tête. 17 ans ?

— 18.

— Trop vieille pour toi, a sifflé Thomas sous ses dents.

J'ignore si Fabrice a feint de ne pas avoir entendu l'estocade mais il n'a pas réagi.

— Venez donc vous asseoir, a-t-il déclaré d'un geste élégant du poignet en désignant les autres canapés. On parlera réparations plus tard.

— Réparations... ?

Il m'a examinée avec stridence puis il a pointé son doigt vers la véranda.

— Vous pensez quand même pas que je vais payer pour vos conneries ?

Je fixais les mains de Fabrice et les imaginais sur mes cuisses.

Attends, Lottie-jolie, je ferme ta porte.

— Je recopiais les paroles d'une chanson, ai-je alors murmuré en contemplant le vide. C'était l'anniversaire de ma mère. Vous êtes entré dans ma chambre.

Soupir interloqué de la part de Fabrice.

— Vous avez eu des gestes déplacés.

J'ai enfin redressé la tête, la lèvre inférieure maltraitée par mes dents. Fabrice a haussé les sourcils, à peine étonné.

— J'ai pas bien compris, a-t-il répondu, la main en cornet devant son oreille.

Il était doué, le porc. Il me forçait à répéter. Alors j'ai répété. Plus bas.

— Vous avez eu des gestes déplacés.

— Je t'entends pas, ma belle, a-t-il raillé. Toujours ta petite voix de flûte, dis-moi ?

Comme je m'embourbais dans mes propres paroles, Thomas est venu à ma rescousse :

— Tu l'as tripotée, tas de merde.

Fabrice l'a observé, l'œil ahuri.

Un silence énorme, monstrueux.

Puis une exclamation, la tête renversée en arrière.

Atroce, ce rire gorgé de souffles. Il a ressuscité des images morcelées, des photographies sur lesquelles j'avais 12 ans, 9 ans, 7 ans, des bouées à l'effigie de la princesse Aurore enroulées autour de mes bras-brindilles

Mais oui je te tiens, ma bichette,
je vais pas les laisser te manger, les méchants requins

un bateau gonflable en forme de tortue
qui m'aide à planer sur la mer

il nage loin, ton papa,
tu le vois, Lottie ?
c'est le petit point bleu tout là-bas

un maillot de bain blanc à volants
dont on claque l'élastique de la culotte

non, c'est pas moi, Lottie-chérie, hi hi hi

— Tu parles que *c'était pas toi*, ai-je gueulé en bousculant le vase.

La porcelaine a explosé dans un son musical, aussi aigu que le gémissement d'un bébé. L'eau a giclé sur mes tennis. Les roses se sont dispersées avec leurs tiges squelettiques. Des pétales partout autour de mes pieds comme des

baisers souillés.

Ça sentait la fleur déchirée.

— Tu comptes casser toute ma maison ?

Le ton s'étirait entre le sarcasme et le dédain.

— Et encore, t'as pas vu l'étage, a marmonné Thomas.

Fabrice s'est levé et s'est mis à marcher sur la peau de zèbre.

— Y avait tes mains sur moi, ai-je poursuivi en fixant les pétales.

Tes mains qui malaxaient mes cuisses

tu t'en souviens ?

dis-moi que tu t'en souviens s'il te plaît

— Ça suffit, a-t-il ordonné. Sortez de ma maison.

J'avais une jupe et un débardeur avec de la dentelle sur le col

je me souviens de cette jupe parce que je l'avais roulée sur elle-même au niveau du ventre pour qu'elle ne glisse pas sur mes hanches

et ça faisait un petit bourrelet de tissu

j'étais déjà fine à l'époque

ma taille tenait entre deux mains serrées

les tiennes, n'est-ce pas ?

j'avais des baskets blanches compensées dont j'avais coloré le logo jaune au blanco

j'avais des cheveux très blonds et très longs que j'avais mis plus d'une demi-heure à lisser

je m'étais maquillée

du fard à paupières bleu électrique que j'avais emprunté à maman

j'avais voulu faire femme

mais c'était

pas pour toi

Fabrice

c'était pour Nassim Djebbari
tu te souviens de Nassim ?
le garçon qui mixait vos vinyles à toi et à papa
le « grand bougnoule » comme tu l'appelais
oh si tu l'appelais comme ça, fais pas l'amnésique
vous étiez des putains de gros racistes avec papa mais c'est pas le problème ici
j'avais décidé que j'embrasserais Nassim ce soir-là
ça devait être mon tout premier baiser
mais ça s'est pas passé comme ça
t'es venu dans ma chambre et t'as tout bousillé
— Tu inventes, Charlotte, sors d'ici.
Non non je les SENS tes mains sur mes cuisses qui me pétrissent comme une pâte à gâteau
je peux pas inventer une sensation
je sens ton souffle sur ma joue
tu puais le vin et le pastis
putain qu'est-ce que vous vous enfiliez comme pastis avec papa
y avait les Five Letters qui gémissaient dans le jardin

« It seems your crying have gone
I call your name, ma keen dawn »

tes doigts ont dégagé la masse de mes cheveux pour découvrir ma nuque
et après ?

et après ?
j'avais *confiance* en toi et tu m'as trompée abusée trahie
— Arrête ce cirque, Charlotte, t'es ridicule.
J'ai jamais embrassé Nassim parce que t'as pris sa place
tu t'es assis sur mon lit et tu m'as posée sur tes genoux
comme un bébé
un jouet
ou une putain de marionnette
tu te souviens ?
— Tu vires aussi dingue que ta mère.
T'as sali mon premier baiser
t'as sali mon corps et mon lit
t'as sali les mains de tous les garçons qui me toucheraient plus tard
lorsque tu as

d é b o u t o n n é

ma peau d'enfant

sale dégueulasse
— Sortez de ma maison ou j'appelle la police.
J'ai pris mon corps en horreur après ce soir-là
si tu savais ce que je lui ai fait subir
je l'ai affamé maigri gavé et vomi
j'ai fondu pour effacer l'empreinte de tes mains sur moi
les os n'avaient pas été souillés, eux

ils m'ont dit : viens

ils m'ont dit : ici tu crains rien, on est dans un quartier de haute sécurité, personne te touchera plus jamais

mais c'était pas à moi d'être punie

c'était pas moi le criminel

après ça, je me suis mise à ne porter que du noir et j'ai jeté toutes mes robes et mes jupes

un changement radical que ma mère a commenté d'un : « si tu veux faire fuir les garçons, c'est réussi »

mais elle avait pas vraiment tort

je voulais plus qu'on me voie

je voulais plus qu'on m'approche

et je me suis tuée pour

TE TUER

TOI

mais ça n'a pas fonctionné

j'ai cru qu'en détruisant la chair je détruirais le mal

mais c'était pas le bon chemin

j'ai simplement fini le travail de dévastation que t'avais commencé

et voilà aujourd'hui le résultat

j'ai tellement épuisé mon cœur que souvent je le sens faiblir

il saccade il suffoque il me dit : arrête j'en peux plus

j'ai peur de m'endormir un soir et de ne plus me réveiller

je lui dis : force encore un peu, me trahis pas, m'abandonne pas

je ne veux pas mourir, tu sais ?
j'ai besoin de ce corps
je veux aimer Thomas avec

« j'ai la tête qui éclate »

j'ai tellement
tellement
d'amour à donner

« au milieu de la nuit »

27

J'ai attendu que Fabrice réagisse, n'importe quoi, un mot, un geste, un ricanement, mais rien ne s'est produit alors j'ai redressé les yeux. Il se tenait debout, près du canapé, et se frottait la mâchoire d'un air absent. Son corps entier me méprisait, me traitait de menteuse, de folle.

— Écoute, Lottie, je ne sais pas quoi dire, je ne suis *jamais entré dans ta chambre.*

Sa voix était si tranquille, imperturbable. Les articulations de Thomas ont craqué de l'autre côté de la cuisine.

— M'appelle pas « Lottie ».

Fabrice a levé les mains, obéissant. Un rictus déformait le coin de sa lèvre.

— Je ne suis jamais entré dans ta chambre, *Charlotte.*

J'ai serré les dents, le ventre et les poings.

— Je *te vois* dans ma chambre.

Il a secoué la tête, buté, le regard arrogant, affirmant qu'il ignorait à quoi elle ressemblait, cette satanée chambre.

— Les murs étaient noirs avec des fleurs blanches.

Il a esquissé quelques pas autour du tapis zèbre. Les fers de ses semelles claquaient sur le carrelage. Exaspéré par la perfidie dont il était témoin, Thomas a craché :

— Un ami de la famille qui connaît pas la baraque ?

Fabrice s'est retourné vers lui.

— Mais bordel, t'es qui, toi ?

C'est là que ça a vraiment dérapé.

À bout de nerfs, Thomas a agrippé le dossier d'un des tabourets de bar et l'a jeté à terre. Ça a fait un bruit terrifiant d'acier tordu. J'ai reculé vers le mur, apeurée. Le téléphone de Fabrice a atterri dans sa main.

— Ça suffit, j'appelle la police.

Mais Thomas n'était plus qu'un bloc de rage. Il a saisi la bouteille d'huile qui traînait sur l'îlot et l'a levée en se dirigeant vers Fabrice. En pleine panique, je me suis précipitée vers lui et j'ai cramponné son bras.

— Arrête... ai-je balbutié.

Mais il continuait à avancer en hurlant :

— Je vais le MASSACRER.

— Il en vaut pas la peine, Thomas...

Soudain il s'est figé, abasourdi. Fabrice s'enfuyait par la crevasse de sa véranda.

— C'est une blague... ? a soufflé Thomas.

Je lui ai repris la bouteille et l'ai posée sur le carrelage tandis qu'il gagnait l'entrée.

— Mais c'est ça, CASSE-TOI, a-t-il craché en s'échappant de mon champ de vision. T'as rien dans les veines, t'es juste un lâche, un GROS PUTAIN DE LÂCHE.

Je ne comprenais pas ce que lui répondait Fabrice, ne percevant que des éclats de voix épars, grondant par à-coups comme des secousses de tonnerre.

— Mais RAMÈNE-LES, TES FLICS, a gueulé Thomas, de plus en plus féroce. On leur racontera ce que t'as fait à une gamine de 14 ans.

Moi j'étais toujours figée, les pieds cimentés au sol, les ongles écrasés dans mes paumes. L'énergie que j'avais mobilisée pour cracher toute ma rancœur, toute ma bile et toute ma peine m'avait littéralement vidée.

J'étais là, statufiée, et j'entendais.

Parfois un mot se dérobait. Noir, blanc, noir, noir, comme les notes de Matthieu sur le piano.

— PRENDS TA COPINE ET DÉGAGEZ D'ICI.

— AVOUE ET ON SE CASSE.

— JE VOUS TRAÎNE _______ TRIBUNAL SI VOUS DÉGAGEZ PAS.

— TA THUNE TE SAUVERA PAS, TU SAIS ?

— DÉGAGEZ DE CHEZ MOI OU JE VOUS FAIS _______.

— T'ES JUSTE UNE MERDE.

— PETIT FUMIER, TU _______ À QUI TU T'ATTAQUES.

J'ai enfin réussi à me décoller du béton qui me clouait les pieds et j'ai marché comme un pantin jusqu'à la véranda. À vingt mètres de moi, les deux silhouettes se faisaient face sous les spots bleutés du jardin. Le menton haut, la main levée, Fabrice chiffrait les affronts qu'on lui avait infligés.

— Un : dégradation de propriété privée.

Tu me chantes ta chanson ?
Attends, je ferme la porte.

— Deux : violation de propriété privée.

Tu me montres, Lottie-chérie ?
Tu me fais un câlin ?

— Trois : dénonciations calomnieuses.

T'aimes bien quand je fais ça ?
Et ça ? Et ça ?

J'ai eu la sensation de grandir d'un coup sec.

De vieillir, aussi, quelque part en moi.

J'ai compris que jamais cet homme n'avouerait ce qu'il m'avait fait. J'ai compris qu'on s'était attaqués à quelqu'un de trop puissant et de trop corrompu.

Pour l'instant, en tout cas.

Parce qu'on se reverrait, Fabrice. Dès que j'aurais retrouvé les autres filles que tu avais saccagées – parce qu'il n'y avait pas que moi, j'en étais persuadée. Dès que j'aurais rassemblé suffisamment de preuves pour te faire emprisonner. Dès que ma mémoire volée aurait décidé de rompre son exil et de parler, enfin.

Je ne te laisserais pas tranquille, Fabrice.

Et ce serait à moi de te hanter comme tu m'avais hantée.

— REVIENS, THOMAS, ai-je appelé à travers l'épaisseur de la nuit.

Il a tourné la tête sans quitter son adversaire du regard. La main tendue vers lui, j'ai répété :

— REVIENS...

Il a hésité quelques secondes, lèvres serrées, puis a pointé un doigt rageur sur Fabrice sans prononcer un mot. Il m'a rejointe en un instant puis a saisi mon poignet et m'a entraînée vers le portail. Ses yeux étincelaient sous la lumière artificielle du jardin. Il respirait fort et de façon saccadée.

C'est moi qui ai hurlé.

Je me suis retournée pour voir le visage du monstre et j'ai crié :

— J'AI PLUS PEUR DE TOI, FABRICE.

C'était presque irréel d'entendre ces mots jaillir de ma bouche. Pour la première fois depuis bien longtemps, il en sortait de la beauté, de la force, un courage aussi dévorant qu'une coulée de lave.

Ça a percé la peau des nuages et explosé les étoiles.

Étourdies, les étoiles, mais fières, si fières de moi.

28

Un grand coup de pied dans le rétroviseur droit de la Ferrari rouge. C'était magique. L'objet a cédé avec une facilité déconcertante ; j'ai cru que Fabrice allait devenir fou. Thomas a cogné à nouveau dans la portière juste pour le plaisir puis m'a aidée à escalader le portail. Il a sauté après moi tandis que Fabrice ramassait son rétroviseur désossé. Je l'ai aperçu une seconde, accroupi devant sa voiture de luxe, et pendant cette infime seconde, j'ai presque eu de la peine pour lui.

Presque.

Une fois à l'extérieur de l'enceinte, j'ai cramponné la main de Thomas et nous avons couru, couru, couru. Je ne sentais plus les graviers sous mes semelles et le vent qui s'enfonçait dans ma bouche. Je ne sentais plus le poids de mon sac ni la bandoulière qui me sciait l'épaule. Je n'ai même pas entendu les chiens qui ont sans doute martelé la grille lorsque nous sommes repassés devant eux.

— MERDE, ai-je soudain gueulé en ralentissant, LE SAC DE SONIA.

— Laisse tomber, m'a lancé Thomas en tirant sur mon bras.

Nous nous sommes remis à trottiner puis avons accéléré.

— Y a des trucs importants dedans... ai-je haleté. Y a des souvenirs...

— On ira le chercher plus tard, a-t-il tranché.

Je ne sais pas si c'était le froid, l'adrénaline qui redescendait ou le contrecoup de ce qu'on venait de vivre qui me faisaient pleurer. J'avais beau ciller, je n'apercevais plus la route devant moi et me laissais totalement guider par Thomas.

— On va finir en prison, ai-je gémi.

— Il les appellera pas, Charlotte. T'as vu ce que t'as écrit sur les murs ?

Sale porc.

Tripoteur de mômes.

Voleur d'enfance.

Nous galopions, éreintés, et pourtant j'étais devenue plus légère qu'une aile de libellule, j'avais arraché la bride qui me comprimait la gorge et je fendais les airs. Après de longues minutes, à bout de souffle, j'ai fini par stopper en plein milieu d'une rue. Thomas s'est arrêté après moi, entraîné par mon élan, et je l'ai enlacé, écrasé contre moi, fondu en moi. Ses lunettes ont tangué, ses mains ont entouré mon dos.

J'aurais voulu avoir trois bras, dix bras, mille bras pour le serrer plus fort encore.

Un oiseau a jeté un glougloutement frisé et moi j'ai senti mon ancienne peau se détacher et glisser le long de mon corps à l'image d'une mue. J'ai vu l'adolescente blonde de 14 ans me remercier d'un sourire. J'ai entendu *Ma keen damn* se ratatiner dans ma tête en un chant de plus en plus lointain, une note microscopique s'évaporant telle une bille de mercure.

Et enfin, j'ai pu respirer.

Pour des informations ou du soutien, quelques ressources

- Le site du gouvernement (https://arretonslesviolences.gouv.fr/besoin-d-aide/violences-sexuelles) permet de signaler une violence en ligne, de trouver des associations autour de soi pour partager son vécu. Il rappelle que les violences sont sanctionnées pénalement en mentionnant des articles de loi. Un numéro d'écoute, d'information et d'orientation est également proposé : le 3919.

- Un site permettant de signaler une violence conjugale, sexuelle ou sexiste en ligne : https://www.service-public.fr/cmi.

- Une plateforme destinée aux jeunes de moins de 20 ans : https://www.teljeunes.com/Tel-jeunes. Propose des contenus en ligne pour informer sur différents sujets, un forum et un chat pour échanger librement, ainsi que des possibilités de dialogue avec des professionnels. (https://www.teljeunes.com/Tel-jeunes/Tous-les-themes/Sexualite/Consentement-agression-sexuelle : rubrique sur les agressions sexuelles).

- Un collectif féministe contre le viol (https://cfcv.asso.fr/professionnel-les-et-militantes/ressources/) qui propose une permanence téléphonique nationale et gratuite au numéro suivant : 0 800 05 95 95. Des groupes de paroles sont organisés à Paris.

- Une association qui propose des ressources et organise des groupes de paroles pour les parents d'enfants ayant été victimes de violences : https://www.sos-inceste-violences-sexuelles.fr/.

DÉCOUVREZ L'AUTRE PUBLICATION D'AURÉLIE MASSÉ CHEZ SLALOM

#Amitié
#Émotion
#MeToo

C'est l'histoire de Gabriel, l'insoumis pétillant, Agathe, la fêtarde insouciante, Alex, l'élève parfait, Sarah, la discrète mal dans sa peau. C'est aussi et surtout l'histoire d'Eden, dont l'aura suffit à combler le mutisme. C'est l'histoire d'un secret, de gestes déplacés qui mènent un jour à l'inconcevable... Durant une nuit, le temps s'arrête et cinq vies basculent.

Mention spéciale du jury pour le prix Axl Cendres

DÉCOUVREZ LES AUTRES PUBLICATIONS 100 % ÉMOTION DE SLALOM

Le parcours d'un migrant, des difficultés indicibles de son voyage jusqu'à la résilience.

#Immigration
#Famille
#Espoir

Avoir 15 ans dans un pays en guerre, être forcé de devenir un homme, se retrouver projeté sur les chemins de la clandestinité, effleurer les limites de l'humanité, apprendre à survivre, s'effacer, oublier...
Puis
Vivre – à nouveau
Ressentir – encore
Faire confiance – petit à petit
Garder espoir – toujours

Prix Radio Télévision Suisses (RTS) 2023
Prix des lecteurs Orée de Bercé Belinois 2023
Prix des Embouquineurs 2022/2023
Prix Durance Ados 2022/2023 (4e/3e)

Un message d'espoir pour tous, une ode à la tolérance et à l'amour.

#Homosexualité
#Famille
#Acceptation

Depuis toujours, Paul réussit tout ce qu'il entreprend, même son histoire d'amour avec Estelle. Issu d'une famille très conservatrice, sa vie semble écrite à l'avance... Son monde s'effondre le jour où il réalise qu'il aime éperdument un garçon.
Alors qu'il est dévasté par le doute, ses proches le poussent vers une thérapie de conversion, unique solution selon eux pour une vie dans le droit chemin.

Thalia est une passionnée, éprise de liberté, qui enchaîne les relations jusqu'à sa rencontre avec Loïs. Elle vibre d'amour et de désir pour cette fille, au point de crier ses sentiments au grand jour... et de se retrouver humiliée par ses amis, rejetée par ses parents.

À 18 ans, Paul et Thalia sont à un tournant de leur vie.
Mais où trouver la vérité qui leur permettra, enfin, de s'épanouir ?

Un road trip thérapeutique sur fond de musique nostalgique, le récit touchant et enjoué d'une renaissance.

#PremièresFois
#Passion
#RoadTrip

Mara, 17 ans, est un cœur d'artichaut. Elle vit de fantasmes, d'idylles et de coups de foudre à répétition jusqu'au jour où elle rencontre Jeremy. Jeremy, c'est LE bon. La preuve, dès qu'elle le voit, elle a des papillons dans le ventre. Mais quand Mara découvre que Jeremy lui ment, l'amour tourne à l'obsession dévorante. Elle perd pied au point de se faire peur à elle-même. Est-elle une *love addict*, comme sa mère qui vit recluse et sous médicaments chez ses parents ? Mara devra trouver son propre chemin pour se libérer et guérir, aux côtés d'alliées plutôt inattendues...

Une correspondance inattendue, une grave maladie, les débuts d'une histoire d'amour sur fond d'humour, d'espoir et de littérature.

#Humour
#Maladie
#Correspondance

Axel vient de trouver une bouteille à la mer. Elle appartient à Charline qui s'ennuie sur son île d'Ouessant. Un échange par mail commence entre les deux adolescents. Le ton léger de leur correspondance prend une autre dimension lorsque la jeune fille apprend qu'elle est atteinte de leucémie. Sa mère est effondrée, son père absent, sa seule bouée de sauvetage : Axel. L'humour est leur meilleure arme face au protocole de chimio, aux médecins parfois maladroits, à la vie ascétique à l'hôpital... Et entre des parents auteurs-illustrateurs totalement immatures et une grand-mère anarchiste qui perd la tête, Axel a de quoi puiser assez d'inspiration pour soutenir Charline !

Pour plus d'information :

#lisez engagé !
www.lisez.com

Imprimé sur du papier issu de forêts gérées durablement.

Toute notre actualité et nos auteurs sur :
www.slalom-editions.fr